未熟児を陳列した男

新生児医療の奇妙なはじまり

ドーン・ラッフェル
林啓恵 訳

THE STRANGE CASE OF DR. COUNEY

How a Mysterious European Showman Saved Thousands of American Babies

by Dawn Raffel

原書房

未熟児を陳列した男

新生児医療の奇妙なはじまり

赤ちゃんたちへ

目次

第一部

発明の父たち　9

第二部

適者生存　63

第三部

黒いコウノトリ　187

プロローグ　息吹

予定より早く訪れた痛み。子宮の収縮。切れ切れの息遣い。外に出たがっている命。妊婦のマリオン・コンリンのお腹には双子がいた。そして、五月のとある木曜日、なんの変哲もないうららかな日に彼女は産気づいた。早すぎる陣痛。あまりに早かった。収縮のたびに激痛が走った。

彼女とその夫ウルシーが結婚を祝ったのは、わずか一年前のことだった。一九一九年の夏。アトランティック・シティへの新婚旅行。第一次世界大戦が終わって、禁酒法が施行されるまでの短くも平和な時期のことだから、新婚の二人はシャンパンを飲んだかもしれない。そして占い師から美しき未来を告げられ、水着で海水浴を楽しみ、二人で笑いあったのではないだろうか。

その二人がブルックリンの病院にいた。陣痛を止めることはできない。すでに生まれ落ちた娘の一人は、二〇分ほど息をしたのち、今は静かに横たわっている。二人めは切なくなるほど小さく、肌は透きとおるようだった。

産科医にはなぐさめの言葉もなかった。亡くなったばかりの赤ん坊を指さして、「埋葬を急がないほうがいい」と、ぶしつけに言った。「どうせもう一人も埋めることになる」

「でも、まだ生きてるんですよ」ウルシーは言い返した。

「今日一日もたない」

父親にしてみたら聞くに堪えない発言だ。「お言葉ですが、この子はまだ生きています」ウルシーは旅行中にアトランティック・シティの遊歩道で見た未熟児用の保育器の展示を思い出した。「小さすぎる子を育てる機械があるんじゃないんですか？」

「まあな。だが、あいにくうちにはなくてね」産科医は言った。「たとえあったところで、この子はどうせ生き延びられない」

アトランティック・シティははるか彼方、何時間もかかり、それでは赤ん坊の命がもたない。だがそのときウルシー・コンリンは、遊歩道にいた医師がほかにも展示室があると言っていたことを思い出す。そう、もっと近くに。産科医が見とおしの暗さを縷々《るる》述べるなか、ウルシーは九〇七グラム（二ポンド）のわが子をタオルに包んで抱きあげると、外に出てタクシーを拾い、「コニーアイランドまで」と運転手に告げた。「急いでもらえるか？」

第一部

発明の父たち

赤ちゃん好きは万国共通

一九三四年、シカゴ

まだ水曜日だというのに、その週のシカゴははじめから災難続きだった。トラブルの幕は、銃声とともに切って落とされた。日曜日に警官数人が映画館の外でジョン・ディリンジャーを撃ち殺したのだ。ギャングのディリンジャーは映画を観ていた。それだけ聞いたら、死者の弔《とむら》い合戦がはじまったのかと思うだろう。ディリンジャーが息を引き取ると同時に、シカゴの息の根も止まりそうになった。火曜日には、しゃれたハヴォリン温度計タワーの水銀が四〇度を示していた。このタワーは〈進歩の世紀博覧会〉の会場にあり、会場はミシガン湖の湖岸に設けられていたが、空港のあった内陸部では、四二度にも達したという。なんにせよ、シカゴはこの日、観測史上最高の気温を記録した。

熱気のせいで空気がもやもやと揺らいで見え、着衣が体に張りついた。そして肉の悪臭が漂っていた。氷が足りないせいで、食肉処理場のにおいが強まったのだ。人々は眠れる場所を求めて、ミシガン湖の湖畔に逃げた。

昼のあいだ、汗まみれの群衆は、博覧会の大ホールとパヴィリオンに殺到した。科学技術や文化の驚異を伝える展示物が見たいからというより、冷気のなかに身を置きたかったからだ。そして催事場へと押しだされた彼らは、コットン素材の夏服につばのついた帽子を汗みずくにしながら、たたんだ地図で顔をあおぎ、食べる先から溶けるアイスクリームを舐めた。フリーク、未開人、セクシーなストリッパーなどが、来訪者の目を楽しませていた。汗は止められなくとも、つかの間、厳しい大恐慌とドイツのニュースから離れることはできた。

そして今日は、ようやく最高気温も三七度ほどに下がりそうだった。それだけでもめでたい。そしてニュースといえば、一二時四五分から午後一時までの一五分間、マーティン・アーサー・クーニーと彼の保育器によって救われた愛すべき赤ん坊たちが電波放送を占有する予定だった。

その日のラジオの脚本には、〝プログラムを茶番扱いしないように〟というト書きがある。つまりアナウンサーには、泣きわめく赤ん坊たちについて多少の冗談は許されても、その筋の専門家であるシカゴ市の医師たちの〝倫理的な立場〟を考慮して、不用意な発言は慎まなければならないということだ。それに、この赤ん坊たちの〝同窓会〟の話は、二週間前にあった小人症の人の結婚式の話題の半分もおもしろくなさそうだった。小人症の歌手が若い男性とコニーアイランド内にある〈リリパットの村〉で結婚式を挙げるというので、元合衆国副大統領まで参列し、野次馬たちの暴徒化を防ぐため警官が動員される騒ぎになった。

〈進歩の世紀博覧会〉の会期中は、日々、新たなドタバタ劇が繰り広げられた。この博覧会は科学技術の殿堂というに留まらなかった。宗教、旅行、輸送の殿堂であり、建材を規格化しておくという、夢のような未来の住宅の展示場でもあった。うだるような暑さが続く夜には、リプリーの珍品コレク

世界一小さな男性と女性。〈進歩の世紀博覧会〉にて

ションやストリッパー、マーチングバンド、アールデコ風のネオンが会場を彩った。一八九三年に開催されたかの有名なシカゴ万国博覧会（通称ホワイトシティ）ほど大規模でないが、名高い観覧車や、同様に注目を浴びたスカイライドがないと文句をつけるのは、昔を知っている年寄りぐらいなものだ。〈進歩の世紀博覧会〉の立案者と資金提供者は称賛に値する。大恐慌の時代に帽子からウサギを取りだすかのごとき芸当をやってのけたのだから。

金を使うより逃げだしたい、と思う人もいたかもしれない。タブーという名の香水に、パーマのシェービングクリーム、夏の汗。そんなにおいを放つ人たちが催事場を埋めつくし、持ち金を使いたがっていた。銀色のクリップにはさまれた大枚だったり、ポケットに突っこまれた紙幣だったり、拾った硬貨だったり、公衆電話からくすねてきた小銭だったり。

続々とユニオンステーションに到着する列車が、来訪者を吐きだす。自宅から離れられない者たちには、ラジオがあった。今日の番組では、生者のなかでもっとも小さな者たちがふたたび集められることになっている。心臓や肺や魂があることが信じられないほど小さな未熟児たち――一年前の夏、催事場に立つマーティン・クーニーの展示場で眠ったり、つぶやいたりしていた子たちだ。展示場には〝保育器のなかで生きる赤ちゃん〟という、いやでも目に入る大看板が掲げられていた。すぐ隣の、パリの街角を模した一角では、サリー・ランドが扇を使って扇情的な踊りを披露していたが、マーティン・クーニーの展示は大半の人にとって初体験となる珍奇な見世物だった。

剣や炎を呑みこむより、体重一キロの人間を救うほうが、見世物としては上等といえる。当時、そんな施設を持っている病院はほとんどなく、仮にあったとしても、ずかずかと入り込むわけにはいか

ない。そんなわけで、集まった人たちは日々、二五セント硬貨を差しだして低体重児を見物した。ウエストを絞ったきれいなプリントのドレスを着た主婦、トピーカ、キャントン、スクラントンから物見遊山にやってきたセールスマン、ごつい靴をはいた女性教師、農地や工場で働く労働者、周囲の男子の注目を集めるかわいい女子学生、いきな帽子をかぶった流行に敏感な娘たち、速記者や電話交換手、おばあちゃんやおばちゃん、やんちゃな子供たち。運がよければ、収容されている赤ちゃんに看護師が食事をさせたり、風呂に入れたりするようすが見られた。フランス人看護師のマダム・ルイーズ・レチェは、キラキラ輝くダイヤモンドの指輪を取りだしては、赤ちゃんの手首にはめた。腕の上のほうまで通せば、どんなに細いかよくわかる。

プレスリリースによると、今日の段階で「じょうぶな肺を持つ、国籍も肌の色もさまざまな男女児四二人」が「卒業者」とされた。そのなかには双子もいたし、三つ子のなかで一人だけ生き残った子もいた。さらには、三〇年以上も前にバッファローで開催された万国博覧会でクーニー医師の展示場にいた、〇一年クラスのメイ・ウィンター嬢のようなVIPもいた。この三三歳になる未婚女性は、カーソン・ピリー・スコット産業の旅行部門で働いていた。つまり、ごくふつうの大人になったのだ。保育器で育てられても、あたりまえに成長する子がいる。死なくていい命だったということだ。

マーティン・クーニーは生涯をかけてその考えを広めてきた。アトランティック・シティでハインツ・ピックル・ピアというアトラクションに行ったことがある人、コニーアイランドで海風に吹かれて一日を過ごしたことがある人なら、彼のうわさを聞いたことがあっただろう。赤ん坊たちは、雑然とした病院の、血まみれの分娩台からまっすぐ彼のもとに連れてこられた。医師たちから、ほどなく死ぬ、あるいはマーティンがいなければ死ぬ、と宣告された赤ん坊たち。ほかに希望はなかった。一九〇〇年代の彼は、シカゴのアミューズメントパークの展示場にいた。ほがらかなヨーロッパ人で、多くの人から名士と目されていた。ただし医学界だけは例外だった。大半の医師からは無視され、不安をかき立てる存在とみなされた。命を救っているとはいえ、滑り台や見世物小屋のどよめきのかたわらに未熟児たちが展示されていることに対して違和感を覚えていたのだ。

今日の放送でその評価をくつがえせるかもしれない。一時一五分過ぎには、〈進歩の世紀博覧会〉の催事場に押しも押されもせぬ医師二人が合流して、このような形で赤ん坊たちが救われることに賛意を表明してくれることになっている。いや、展示という形にではない。マーティンが一貫して申し立ててきたとおり、献身的なケアのもと保育器を使って——本来なら公費を用いて——救うことにだ。脚本には、マイケル・リーズ病院付属のサラ・モリス子供病院の院長であるジュリアス・ヘス医師と、

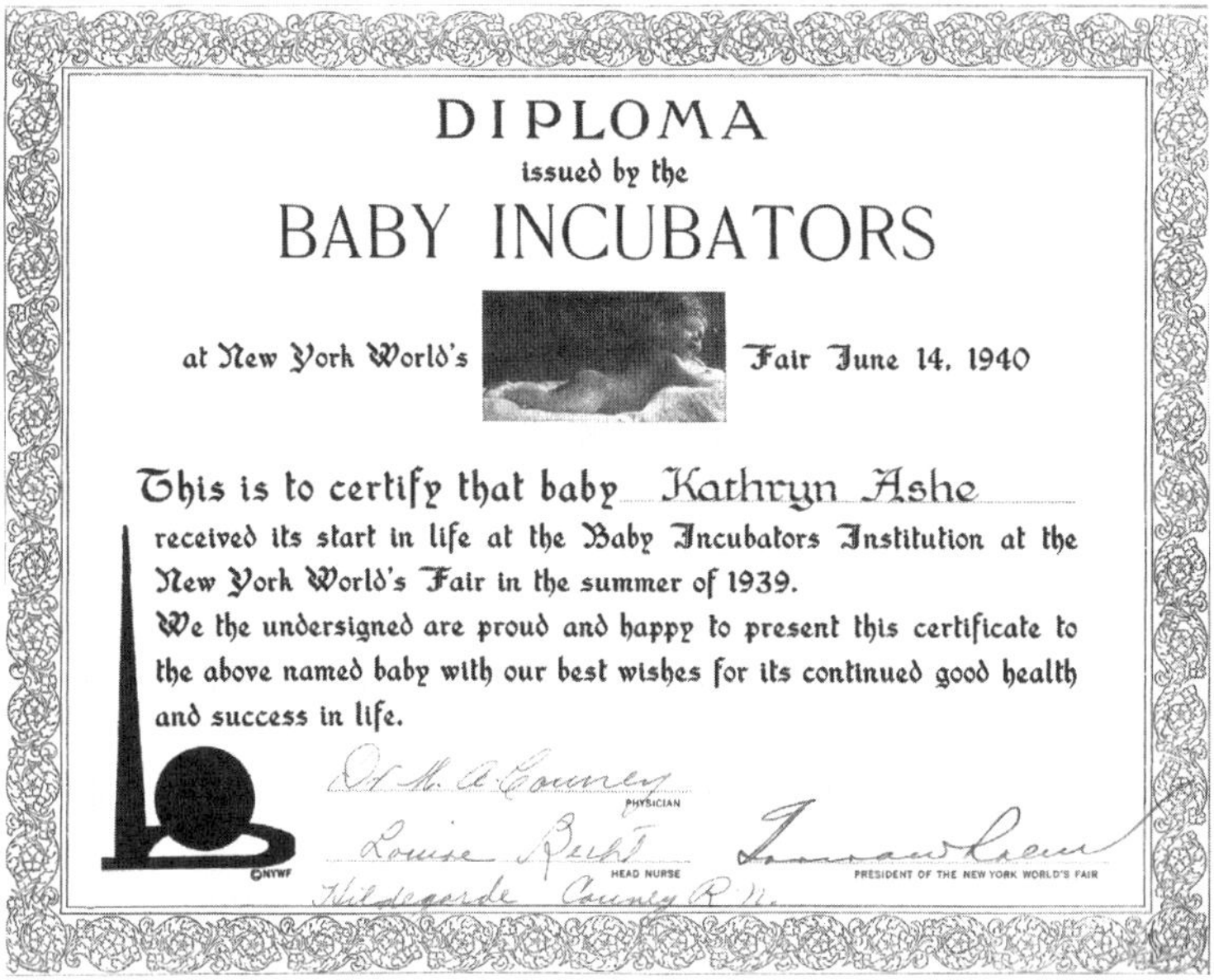
DIPLOMA

issued by the

BABY INCUBATORS

at New York World's Fair June 14, 1940

This is to certify that baby Kathryn Ashe

received its start in life at the Baby Incubators Institution at the New York World's Fair in the summer of 1939.

We the undersigned are proud and happy to present this certificate to the above named baby with our best wishes for its continued good health and success in life.

Dr M. A. Couney
PHYSICIAN

Louise Recht
HEAD NURSE

Hildegarde Couney R.N.

PRESIDENT OF THE NEW YORK WORLD'S FAIR

©NYWF

マーティンは1940年代を通じて卒業証書を発行しつづけた

シカゴ医師会の会長であるハーマン・バンドセン医師の名前がある。申し分ない。バンドセン医師は衛生局長の地位にあり、マイクを通じて話すのが大好きなことで知られていた。

しかもこの番組は電波に乗って、アメリカ全土に放送される。そう、埃《ほこり》っぽい飛行機、小作農の小さな農地、鉄道の路盤、共同住宅、煌《きら》びやかな大通り、貧民街、家畜小屋のある牧場、こざっぱりした住居やオフィス、合衆国全土に広がる小さな町々の簡易食堂や煙たなびく安酒場——そんなものすべてを超えて津々浦々に。

今日ばかりはラジオ番組の司会者もおふざけは厳禁。真顔を保って、冷静に番組を進行してくれるだろう。

催事場にある自分の持ち場――空調が効いている――で待ちかまえるマーティン・クーニーは、上機嫌だった。ついに自分に脚光があたる。まさかこんな晴れがましい日が来ようとは。これまでの地道な積み重ねが、今日という日につながった。お偉方から見下されてきた日々。命を救うことが疑問の余地のある行為であるかのようにあしらわれた。食わせ者とみなされた。科学的でない。たまたま金持ちになっただけの、うさんくさい人間。しかし実際はマーティンは一度も患者の親に支払いを求めなかった。肌の色や宗教や社会階層にも頓着しなかった。高級なペントハウスの住人でも横町の住人でも、分け隔てなく救いの手を差し伸べた。見物客が金を払い、それでマーティンが儲けるのなら、誰に文句がつけられるだろう？

多くの医師たちはマーティンを黙らせて、その活動をやめさせようとした。笑止千万な、ならず者であるかのごとく扱った。夏のあいだ彼のもとで学んでおきながら、その事実を都合よく忘れる医者もいた。そんななかにあって、ジュリアス・ヘスだけは、二人が若くて希望に満ちていた遠い昔のシカゴ時代から変わることなく誠実でありつづけた。

いったいどれだけの赤ん坊が墓場に送られたのだろう？　シカゴもさることながら、ニューヨークはさらにひどく、それ以外の場所では目もあてられない有様だった。まず第一に、保育器があろうとなかろうと、その赤ん坊たちに生まれる価値があったのかどうか疑問だという意見があった。ただでさえ飢えている人間が多いのに、さらにお荷物を増やす必要があるのか、というわけだ。科学館内の大ホールを訪れれば、優生学の展示を見ることができた。適者生存。選ばれし優良なる資質が、欠陥品の可能性のある〝弱者〟や〝変質者〟を淘汰する。科学館には、ご立派な科学者の手によって瓶詰にされた胎児が啓蒙と称して展示され、その一方でマーティンの新生児の保育器の展示が見世物扱いされた。

マーティンは獅子《しし》奮迅《ふんじん》のうちに齢を重ねた。六四歳、髪は薄くなり、腹回りは太くなった。彼と妻のメイは三〇年のあいだ、フランス人の看護師ルイーズ――一般には〝マダム〟で通っていた――とともに、マスコミの注目を集めようと工夫を重ねてきた。子供が死ぬのは日常茶飯事、そのことをとくに取り沙汰する人のいない時代だった。

暑さなどものともせず、マーティンは旧世界出身の人間らしく優雅に装っていた。一七〇センチそこそこという背の低さを立ち居振る舞いで補った。太りすぎを指摘する向きもあるだろうが、痩せる必要がどこにあるだろう。マーティンにとって仕事は人生そのものだが、生きるには食べなければならない。湯気とともに皿から立ちのぼる、おいしそうなにおい。年代物の高級ワインの馥郁《ふくいく》とした香り。多くの客人と囲む食卓。それこそが人生に望みうる最善かもしれない。そう、赤ちゃんをのぞいて。

赤ちゃん！

赤ちゃん好きは万国共通。マーティンが標榜《ひょうぼう》したこのスローガンは、展示のたびにドアに掲げられた。人が殺到したのだから、事実、そのとおりだったのだろう。少なくとも、妻のメイがリボンやフリルで飾りつけた、かわいらしい赤ちゃんは。だが、赤ちゃん好きにかけて、マーティンの右に出る人はいない。愛情深さでは、メイにもルイーズにも、ことによると赤ん坊の実の親たちにも負けていなかった。赤ん坊の目の光。弱々しい息遣い。ほっぺ。はじめて対象を認識したときの目の煌めき。

そして、保育器を卒業したのちに訪ねてくる丸々とした幼児たち。近ごろでは、やれハイスクールの卒業式だ、結婚式だと、クリーム色の招待状が届くようになった。送り主は、マーティンとメイとルイーズ以外は誰も一歳の誕生日を迎えられると思っていなかった子たちだ。

暑かろうと、足が痛かろうと、マーティンは展示場の入り口に立った。赤ちゃん好きは万国共通！一度見たら、忘れられない！そして世間に向かって、飽くことなく説きつづけた。マーティンが小さな生物《クリッター》を作りだしたと思い込んでいる――やあ、先生、どこで卵を手に入れてきたんだい？と連中は言った――そんなアホどもに対しても同じだった。ときには赤ん坊を作ってくれと言ってくる輩《やから》もいたというのに。

マーティンは怯える親たちを励ましつづけた。なるほど、彼らの子の体重の軽さに産科医は匙《さじ》を投げたかもしれない。けれどマーティンは生かすと約束し、その言葉どおり、赤ん坊の多くは数カ月もするとメイに身なりを整えてもらって帰宅した。育児指導（二時間おきにミルクを飲ませ、つねに愛情を注ぐこと）をしていたのは、正規の看護師としてじゅうぶんな訓練を積んでいたメイだったのだろう。マーティンは〝マーティンおじさん〟とか〝きみの養い親〟とサインした光沢仕上げの写真を渡し、ルイーズは自分の写真に〝ルイーズおばさん〟と記した。

メイはカメラを避けていた。赤ん坊の世話をして、帳簿をつけ、看護師や乳母を指揮し、備品を手配して、仕事の要所を支えた。ラジオの原稿に彼女の発言はないが、今日は彼女も忙しくなる。

メイは同窓会に大金がかかるのを知っていた。金に無頓着な夫マーティンは、一ドルあれば三ドル使ってしまうような人だ。今日は総勢四〇人の昼食会が開かれ、刻印入りの銀のカップ四二個が集まってくる子たちに贈られることになっていた。

マーティンは日々、展示室の入り口のゲートでお金が入ってくるのを見ていた。その額は決して少なくなかったものの、メイが見ていたのは請求書のほうだった。これ以上削れる経費はなく、保育室に関してはなにも省いたりはしょったりできなかった。しかも毎晩、催事場がアールデコ調の明かりで明々と照らされる時刻になると、大勢で夕食の卓を囲んだ。スタッフや乳母、そしてつねに客人がいた。なかなか公には夫を支持しない医師たちも、食事の誘いは断らない。夫はメイが知りあったころから一貫して、医者たちをもてなしてきた。自宅のあるニューヨークでは最高級のレストランが使われることが多かったけれど、ここシカゴでは、催事場を離れることはめったになかった。

彼の姪によると、マーティンは料理好きだった。スープ用の骨ぐらいしかない状態からでもごちそうが作れる、と本人は豪語していた。だが、催事場のキッチンにあったのは、骨どころの騒ぎではなかった。人一倍すぐれた味覚の持ち主だったマーティンは、マスタード一つにもこだわった。それに対して食べ手は、メイ自身がそうであるようにポークチョップとトウモロコシで育った中西部出身者だったので、マーティンの料理を通じて美食の楽しみを知ったのかもしれない。ジュリアス・ヘスとその妻クララ、ハーマン・バンドセンや、論文審査のある専門誌『ジャーナル・オブ・アメリカン・メディカル・アソシエーション』の編集者であるモリス・フィッシュバインなどが、そうした食卓の常連だった。モリスは娘のバーバラを伴うことが多く、この若い女性の舌にはエスカルゴの味が刻まれていたはずだ。

マーティンはその日のラジオ番組で、謙虚な姿勢に徹しようとしていた。フランス語とドイツ語だけでなく、英語も流暢《りゅうちょう》にあやつる彼は、自由自在にマーティンおじさんのキャラクターを使い分けた。陽気だったり、上品だったり、世慣れていたり。記者やともに食卓を囲む客人たちは、彼の語る経歴を額面どおりに受け取った。生まれはフランスもしくはドイツ、アルザスと答えることもままあった（誰に質問されたかによってちがった）。科学の都の誉れが高かった二つの都市、ベルリンとライプツィヒで教育を受け、そこからパリに出て、世界的に著名なピエール＝コンスタン・ブディン医師のもとで学んだ。そう、医学を学んだ客人たちは、この医師の名前を聞き知っていた。

マーティンによると、ブディンは一八九六年、ドイツ語を話せる弟子（マーティンのことだ）をベルリン産業博覧会へ派遣した。その弟子に与えられた使命は、新しい発明品を見せることだった。ブディンは新生児用の保育器を発明し、それをパリ産科病院《パリ・マタニティ》で実用化して大成功をおさめていた。若いマーティンにはある案があった。保育器だけを展示するのではなく、ドイツの病院で恵まれない家庭の赤ん坊を借りてきて、その赤ん坊を入れた状態で展示するのだ。その展示を〈赤ちゃん孵化器《キンダーブルートアンシュタルト》〉と名付け、会期前から酒場でそれが歌になって広まった。のちに彼が話したところによると、展示はコンゴの村やチロルのヨーデル歌手以上の注目を集めたという。

そこへ登場するのが、イギリス人興行師のサミュエル（サム）・シェンケインだ。このいきなショービジネスの申し子は、赤ちゃん孵化器を見て、翌年ロンドンで開催される予定のヴィクトリア女王即位六〇周年祝典に招いた。ブディンは喜んで送りだし、保育器の展示はそこでも大成功をおさめた。

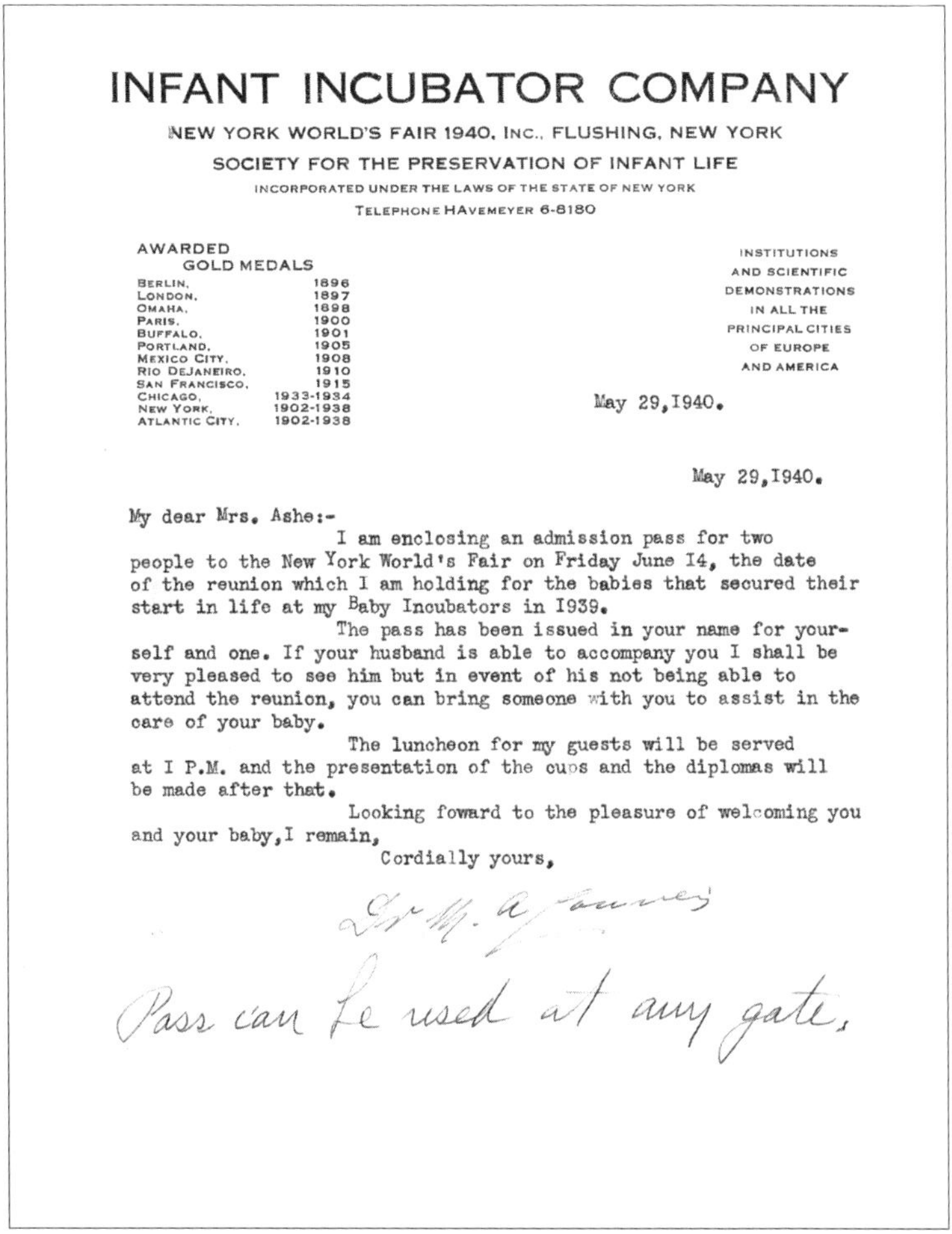

INFANT INCUBATOR COMPANY

NEW YORK WORLD'S FAIR 1940, INC., FLUSHING, NEW YORK

SOCIETY FOR THE PRESERVATION OF INFANT LIFE

INCORPORATED UNDER THE LAWS OF THE STATE OF NEW YORK

TELEPHONE HAVEMEYER 6-8180

AWARDED GOLD MEDALS

BERLIN,	1896
LONDON,	1897
OMAHA,	1898
PARIS,	1900
BUFFALO,	1901
PORTLAND,	1905
MEXICO CITY,	1908
RIO DEJANEIRO,	1910
SAN FRANCISCO,	1915
CHICAGO,	1933-1934
NEW YORK,	1902-1938
ATLANTIC CITY,	1902-1938

INSTITUTIONS AND SCIENTIFIC DEMONSTRATIONS IN ALL THE PRINCIPAL CITIES OF EUROPE AND AMERICA

May 29,1940.

May 29,1940.

My dear Mrs. Ashe:-

I am enclosing an admission pass for two people to the New York World's Fair on Friday June 14, the date of the reunion which I am holding for the babies that secured their start in life at my Baby Incubators in 1939.

The pass has been issued in your name for yourself and one. If your husband is able to accompany you I shall be very pleased to see him but in event of his not being able to attend the reunion, you can bring someone with you to assist in the care of your baby.

The luncheon for my guests will be served at I P.M. and the presentation of the cups and the diplomas will be made after that.

Looking foward to the pleasure of welcoming you and your baby,I remain,

Cordially yours,

Pass can be used at any gate.

マーティンは自分の経歴に箔をつけることに熱心だった

そしてさらにもう一つの大陸へ向かう。一八九八年、マーティンは大西洋を横断してネブラスカ州オマハで開かれた万国博覧会に参加した。これを好機ととらえた彼は一九〇〇年に駆け足でパリの万国博覧会を訪れたときパリ産科病院に別れを告げると、ふたたび新世界行きのチケットを手に入れ、二度と後ろを振り返ることなく、それきり病院で乳幼児を扱うこともなかった。

マーティンの話はころころ変わった。保育器の発明者を自任することも少なくなかった。だが、そのラジオ放送当日の彼は、ほかの医師たちに話を任せようとしていた。

ルイーズはその日もいつもと変わらず、保育室で乳幼児の世話をしていた。パウダーをはたき、軟膏を塗る。おむつを替え、ミルクを飲ませる。吐瀉物や排泄物を片付ける。そんなことが彼女の日常を形作っていた。神に恵まれし日も、夜のあいだも、変わらず心配すること、信じること。調子の悪い子、体重が減っている子はいないか？　吐き戻した子や、青ざめた子はどうだろう？　わずかな顔色の変化にも目を光らせる。

そんなことが彼女には一目でわかった。マーティンよりも、補佐するために来ている医者の卵たちよりも、瞬時に変化を察知した。ルイーズとメイには、まだ乳を飲む力のない赤ん坊も扱えた。鼻から赤ん坊に栄養を与えるのが誰よりもうまいのがルイーズだった。一度にほんの数滴ずつ、乳母の母乳を与える。長いあいだ、毎日そんなことを行ってきた。マーティンとのつきあいという点では、メイよりもルイーズのほうが長かった。彼に請われるまま、アメリカで乳幼児を抱く生活を送るためにパリを発った。壊れそうな体。出入りする息。透けるほど薄い皮膚。その体は魂ほどの重さしかない。

余興や見世物に彩られた暑い夏のあいだ、ルイーズはマーティンとメイと同居していた。夫に先立たれたメイの母親も亡くなるまではいっしょだったし、マーティンのいとこのイサドー、そしてかわいらしい小さなヒルデガードもいて、彼女からはルイーズおばさんと呼ばれていた。今やすっかり大きくなったヒルデガードは、母親と同じ看護師の道を選び、両親がいないあいだはアトランティック・シティの展示室を取りしきっていた。

見物客からは見えない、奥まった場所で赤ちゃんが亡くなる日もあった。発育不全の体に高熱を発して、息を引き取った。それでも、彼らには生きるチャンスが与えられた。ルイーズはそのチャンスすら与えられない子たちが大勢いることを知っていた。それを思ったら、見物客を喜ばせなければならない。彼女は〝マダム〟として人前に立ち、みんなを楽しませた。

マーティンはこれを〝未熟児のためのプロパガンダ〟と呼んだ。そのためなら彼女はなんでもした。

さかのぼること二カ月前、マーティンは一世一代といってもいい宣伝の機会を逸していた。五月二八日、オンタリオの田園地帯でとある女性が出産した。一人、二人、三人、四人、五人。当然ながら未熟児だった。五つ子全員が生き延びたという話は前代未聞だ。三つ子でも大変なリスク、全員が生き残ることはまずない。双子でも命はあぶない。それが五人となったら、手の施しようがないのではないか？　しかし当時の新聞王ウィリアム・ランドルフ・ハーストは閃《ひらめ》いた。かの有名なマーティン・クーニーを派遣しよう！

断ることを知らない男マーティンも、そのときばかりは断った。そしてすぐに後悔した。イヴォンヌ、アネット、エミリー、セシール、マリー。のちに世界一有名となったディオンヌ家の五つ子たち。だが、そんなことが予見できたはずもない。その女の子たちを見たことのないマーティンには、五人のうち誰かが死ぬとしか思えなかった。それに万が一、全員死んだらどうなる？　世間の評判ががた落ちになることだけは、避けなければならなかった。

彼がシカゴでの評判を守ろうとしたからといって、誰に非難できるだろう。預かることに気乗り薄だった理由も明らかだった。マーティン自身の秘密が白日のもとにさらされて、これまでの苦労が水の泡になる可能性があった。

今日の放送はそれにもひけをとらない、いや、もっと重要なチャンスかもしれない。

ロンドン、アールズコート

午前一一時、シカゴじゅうから母親たちが集まってきた。一番上等な夏用のドレスを着て、磨きたての靴をはいて、汗まみれになりながら。双子をふくむ子供たちは照りつける太陽のもと、ふつうの幼児と同じように泣いたり、騒いだり、吐いたり、叫んだりしている。会場ではマーティンとメイが彼らを出迎えようと、笑顔を輝かせていた。〇一年クラスのメイ・ウィンター嬢がやってきた。そして、完全無欠の人、ジュリアス・ヘスと、ハーマン・バンドセン、それにモリス・フィッシュバインがいっしょだった。物見高い人たちがなにごとかと集まってくる。彼らの頭からは、地球の反対側でナチスがオーストリアにクーデターをしかけたニュースなど、もはや消えた。

一九三四年七月二五日、午後一二時四五分。CBSラジオの司会者は切りだした。

未熟児を抱えて、アトランティック・シティで山車に乗るヒルデガード・クーニー

「今日はシカゴで行われている〈進歩の世紀博覧会〉の保育器展示場から、世界初の同窓会のようすをお届けします」彼はまずマーティン・クーニー医師を紹介し、マーティンは現在預かっている赤ん坊の少なくとも八五パーセントが生き延びるだろうと端的に述べた。続いてモリー・グリーンフィールド夫人が三三年に世話になった赤ん坊の全母親を代表して感謝を述べ、そのあと司会者はシカゴ市の衛生局長にマイクをまわした。

「赤ちゃん好きは万国共通」ハーマン・バンドセンは開口一番、そのスローガンとともに話をはじめた。

死んでいないのに死亡広告

一九五〇年、ニューヨーク

三月のとある木曜日の午前中、《ニューヨーク・タイムズ》紙を読んでいた野心に燃える若き医師は、ある記事に目を留めた。その医師の名は、それから一〇年でアメリカ有数の小児科医と目されるようになるウィリアム・シルヴァーマンだ。彼はニューヨークの長老派教会病院の小児病院で行われていた新生児集中治療の責任者となり、当時はまだ広まっていなかった科学的根拠に基づく医療にこだわる人物として名を馳せた。

ウィリアム・シルヴァーマンは医師たちの多くが直観頼みで失敗を重ねていた時代に医学の道を志した。戦後の、裕福で、楽観的で、出生率が急上昇した時期のアメリカでは、保育器（B－29爆撃機を見本にしたプラスチック製のドームがついていたそうだ）が標準で病院に設置されていた。それ自体はいいことだ。問題だったのは、医療的に裏付けのない治療法が広がっていたことだ。たとえば一〇〇〇グラムとか一五〇〇グラムしかない赤ん坊は嘔吐や下痢によって死ぬことが多いので、最初の数日は絶食させるべきという理論がまかり通り、患者たちが餓死に追い込まれた。死亡率は跳ねあがり、死なずにすんだ赤ん坊にも、高確率で脳に障害が残った。しかもぎりぎりまで〝赤ちゃんを飢えさせる〟ことで医療的な処置の手間が飛躍的に増え、なかには病んだ患者の血を抜くといった処置まで行われた。

もう一つの悲惨な理論は、酸素に関わるものだ。酸素を供給することで新生児の呼吸が楽になることから、酸素量は多いほどいいと考えられた。結果として、ある世代の幼児――スティーヴィー・ワンダーもその一人――は、水晶体後線維増殖症と呼ばれる謎の症状によって視力を失った。一九五〇年代の後半には、ウィリアム・シルヴァーマンをふくむ複数の医師によってその謎が解明された。

誰にでも趣味はあるものだ。シルヴァーマン医師の趣味は《ニューヨーク・タイムズ》の死亡欄を読むことだった。その日の死亡者を確認しないことには一日が終わらない、と語っていたという。一九五〇年三月二日、新聞を手に取ったシルヴァーマンは、なんとも奇妙な死亡広告を目にした。マーティン・A・クーニー（八〇歳）に関する記事だった。医学の教科書では目にしたことのない名前ながら、《ニューヨーク・タイムズ》によると、この〝保育器医師〟は半世紀にわたってアミューズメントパークのあるコニーアイランドや、アトランティック・シティ、博覧会の会場で未熟児を治療してきたという！　しかもとんでもないことに、入場料を徴収して患者を見世物にしていた。にもかかわらず、ヨーロッパにおける一流の資格を持っていた。なんと奇妙きてれつな話なのだろう。

こんな男のことは聞いたことがないと思ったものの、しばらくすると厚い雲が取り払われたように、ある記憶がよみがえった。そう、初耳ではなかった。一九三三年にシカゴで開催され、多数の観客が押し寄せた、〈進歩の世紀博覧会〉で、〝保育器のなかで生きる赤ちゃん〟という看板が掲げられた展示場の前を通ったことがあったのだ。それは水晶体後線維増殖症が問題視されるずっと前、いや、酸素を使うどころか、まだ赤ちゃんの療育に保育器を使う病院がほとんどない時代のことだった。その展示は科学館ではなく、にぎにぎしい催事場にあった。当時のシルヴァーマンはまだ一五歳だったが、それでも、その異様さに驚いたものだ。

一九五〇年三月三日の段階でマーティン・クーニーが生きていれば、緻密な科学者であるウィリアム・シルヴァーマンは彼に電話をかけていたかもしれない。そして健康状態が許せば、マーティンは地元の名士が集まる夕食会にシルヴァーマンを招いただろう。目に浮かぶようではないか。給仕長と懇意の慇懃なヨーロッパ人が、クリーヴランド生まれの医師と食事をする。医師はめったに口にすることのない羊の脚肉を食べ、少なからぬワインを飲んでいる。夜が深まるにつれて、店内の客が減る。マーティン・クーニーはおいしい料理をきれいに平らげ、歯ごたえのあるパンの最後の一かけらでソースをふき取る。小さな人類を助ける意義を熱っぽく語り、フランス時代に世話になった師の思い出を語る。ああ、偉大なるピエール・ブディンよ！　と。そして亡き妻メイのことを口にするや、リネンのハンカチを目にあてがい、古き良き日々に涙する（実際、彼のことをよく記事にした記者によると、そのとおりだったそうだ）。そして、立ち入った質問をのらりくらりとかわす。たとえば、どこの医学校に通ったのか、正確にはどこで生まれたのか、なぜこんなに重要な医療を催事場で展開することになったのか。ワインは値段の張るとびきりの極上品。二本めが空いたとき、マーティン・クーニーはろくに伝票を見ないで財布を取りだす。ともに食事をした相手は席を立ちつつ、来たとき以上に疑問が増えていることに気づくが、こんなに気分のいい会食ははじめてだし、これが長く続く友情の第一歩になるかもしれないと思う。

だが悲しいかな、《ニューヨーク・タイムズ》紙の死亡欄にあるように、マーティン・クーニーはもういない。そして故人が墓のなかから、〝捕まえられるものなら捕まえてみろ〟とからかっているようだ。私的医療ともいうべき実践を行ったこの魅力的な男は何者なのだろう?

マーティン・クーニーについて書かれた本は一冊もない。制度的な後ろ盾もなければ長期的な展望もなく、儚《はかな》くも煌びやかな催事場の世界に生き、浮き草稼業の人たちに囲まれていた。なにかしら記録があるだろうと思われるかもしれないが、彼に救われた初期の赤ん坊たちに関する情報を集めるぐらいなら、そのためにかかったガス代や電気代を調べるほうがまだ簡単に思えるほどだ。またクーニーCouneyはフランス人でもドイツ人でもありうるし、綴りがCooneyとなれば、アイルランド人でもおかしくない。

二〇世紀を代表する鋭敏な知性の持ち主の一人であるウィリアム・シルヴァーマンは、この謎を徹底的に掘りさげようと決めた。その時点では、何年かかるかわからず、さらにはそれだけの年月をかけてもなお、このばかげた話の端緒すら完全には解明できないことを知らなかった。

ショーマン誕生

一八六九年、プロイセン

ある女性がプロイセンのクロトシンという町で産みの苦しみにあえいでいた。彼女の名前はフレデリケ・コーン。彼女とその夫のハーマンは、普仏戦争の数年前に、国境地帯ゆえに係争地となる運命を背負ったアルザス＝ロレーヌ地方を離れていた。フレデリケには、すでにマックス、アルフォンス、レベッカという、立てつづけに生まれた三人の子があった。それがまたもや陣痛だ。これが彼女の末子になることは天のみぞ知る。六〇年代が終わって血まみれの七〇年代がはじまろうとしていた一八六九年一二月二九日、フレデリケはマイケルを出産した。

現在はポーランド領となったクロトシンは、矛盾をはらんでいる。東欧の多くの場所がそうであるように、いたるところに歴史が滲んでいる一方で、削り取られたがゆえのうつろさがある。

ハーマン・コーンの生業がなにであったにせよ、その記録は存在しない。だがフレデリケの実家であるリーヴィ家は医者の家系であり、ナポレオンの侍医だった人物もいるとされる。マイケル出産時の彼女は、前払いで借りたせまい一室で子供たちを育てていた。ルーベル・モナシ・プレスという、祈りの本や『エルサレムのタルムード』などを出版していた名の知れた出版社の一室だった。そのタルムードのなかに、〝一つの命を救うのは、世界を救うようなもの〟という、ことのほか有名な一節がある。

だが、現地化したユダヤ人の多くは学者ではなく、商業者や商店主だった。一九世紀の末にはその地を立ち去りはじめ、第一次世界大戦の前後には人口が減ってきていた。

そして一九三九年九月、ナチスが残っていたユダヤ人をまとめてウッチ・ゲットーに送ったとき、クロトシンに残っていたユダヤ人はわずか一七人だった。

だが一八六九年時点、全員の顔ぶれがそろったコーン家には、二〇世紀の幕開けがどんなものになるのか、見当もついていなかった。

ほら！《エ・ヴォワラ》　人工のめんどりだよ

一八七八年、パリ

マイケル・コーンの誕生からいうと九つめ、普仏戦争からだと七つめの厳しい冬が過ぎていた。ドイツはパリを包囲すると、兵糧攻めにして降伏させ、皇帝を捕虜にした。皇帝はその後、亡命先で亡くなる運命にあった。だが、ついに万国博覧会の開催とともに再建の時が来た。それも戦争前に万国博覧会が開かれたのと同じ、誇るべき土地で。パリがこれほどの威光を取り戻すのは、ナポレオン三世が去って以来、はじめてのことだ。目的は世界の表舞台にフランスが戻ったと知らせ、その栄光に陰りがないのを示すことだった。

完璧とは言えなかったが。

アルザスは失われた。コーン家が立ち去った土地も、移り住んだ先の町も、今や統一されたばかりのドイツ帝国の領土だった。それでも引っ越した先が遠くなければ、コーン家は万国博覧会を見物に行っていたかもしれない。すぐれた発明品の数々、豪華な庭や工芸品。自由の女神像を見たら、マイケルはどう思っただろう？　会期終了後、その頭部は胴体の待つ海の向こうへ送られた。鉄の骨組みを使う建築物で、ギュスターヴ・エッフェルという技師が名を上げつつあった。

しかし、あらゆる産業、発明、成果が展示されて、復興が象徴的に表現されているのに、フランスでは国家として決定的なある資源だけがいまだ不足していた。一八六〇年代から減少傾向にあった出生率が、ギロチンのごとく急落したのだ。

その日の午後、エチエンヌ・タルニエ医師は動物園にいた。パリ市民がこぞって博覧会に出かけて観光客とともに汗をかいていようが、関係なかった。パリ産科病院の産科医長であるタルニエには、考えなければならないことがあった。急激な人口減少は大問題だ。人々が懸念しているとおり、再度戦争という運びになれば――ならないと思うのは、よほどおめでたい輩のみだった――じゅうぶんな兵力のないフランスには勝ち目がない。こんなに子供が少なくて、どうしたら経済で勝ち残れるのか。愛すべきフランス文化にしてもそうだ。フランスは敵の攻撃を待つまでもなく、みずから死に向かっている。

子供の数は、女性が外に出て働くようになるにつれて減少した。その現実にはあらがえないとしても、出生児の死亡率は高すぎる。この時点でタルニエには応軸鉗子《かんし》という発明品があった。胎児の頭が出てこないときに使う、新デザインの鉗子だ。また五〇歳にして、産褥熱といった出産後の合併症を治療するという大仕事にも、新たな一歩を刻んだ。だが、早産によって体の発育が不十分な赤ん坊はどうしたらいいのか？　体の弱い赤ん坊、医学文献で〝虚弱児〟と呼ばれている子は？　二〇〇〇グラムに満たない子や、妊娠七カ月に満たない子は、ほぼまちがいなく亡くなった。

その日、ブローニュの森にあってアクリマタシオン庭園と呼ばれる動物園には、考える材料がたくさんあった。動物園そのものが死の底からよみがえった場所だったからだ。戦時中、包囲されたパリ市民たちは、食べられる動物を手当たりしだいに消費するしかないところまで追いつめられた。馬、犬、猫、齧歯類。動物園の動物たちも対象となり、被害をまぬがれたのは、人間にそっくりの猿だけだった。カストルとポルクスという名で愛されていた一組の象は、ある日、〝蒸し煮にした象のプディング〟となり、〈ボワザン〉という店のメニューを飾った。果敢に飢えと向きあった証ともいえる。

戦争も後期に入ると、動物園には人間までが集められた。最初はアフリカ人とエスキモー、やがてアルゼンチンのカウボーイとサーミ（ラップランドに住む少数民族）が加わった。人類学的な好奇心から来園した人たちは、彼らを自分たちとは異なる劣った種族とみなして見物した。

エチエンヌ・タルニエの興味はまったく別にあった。

ここへ来たのは鶏、いや、より正確に言うと、鶏の卵を孵化させて雛を育てる新しい機械を見るためだ。雛が殻を破って出てくる、なんという神秘。ついさっきまで球体だったものが、今は羽毛に包まれた別の物体になっている。椅子に腰かけて観察していたタルニエの頭に、ある考えが閃く。機械で鳥類を育てられるなら、人類の早産児にも機械が使えるのではないか？

ドイツのライプツィヒ産科病院のカール・クレーデ産科医長、五八歳が、〝熱シンク《ヴェアーメヴァーメ》〟と呼ばれる機械を使って虚弱な赤ん坊を助けるようになって、すでに一〇年以上がたっていた。ロシアではもっと前から、よく似た〝温熱たらい〟が使われていた。どちらも赤ちゃんを乾いたベッドに寝かせ、湯の入った二重の容器で囲む仕組みだ。早産児は、皮下脂肪の不足、循環の不全、神経と呼吸器官の未発達、代謝異常などの問題を抱えているがゆえに、凍死しやすい。とくに危険なのが冬期で、〝室温〟が摂氏一〇度に満たない場合だ。農民たちは赤ん坊が弱っているとみると、羽毛を詰めた容器のなかに入れた。もう一つの対処法は、オリーブオイルを塗りつけた虚弱児をコットンかシープスキンで包み、あとは祈りとともに暖炉のそばに置くことだった。めざましい結果が得られることは、めったになかったけれど。

熱《ヴェアーメ》シンク《ヴァーメ》は完璧ではなかった。絶えず注意を払う必要があった。だが、クレーデは長年の着実な仕事を通じて、特段の進歩を遂げていた。そしてエチエンヌ・タルニエの〝神が顕現した日〟によって、歯噛みすることになる。

カール・クレーデに尋ねれば、この鶏好きのフランス人がどこでインスピレーションを得たか教えてくれただろう。それはパリの動物園ではなかった。当時野心的な研修医としてタルニエのもとにいたピエール・ブディンは、訪問先のモスクワで熱《ヴェアーメ》シンク《ヴァーメ》を見ていた。それだけではなく、タルニエは動物園で雛を見たのと同じころ、ライプツィヒに詳しい情報の提供を求めていたのだ。クレーデの機械が開放型なのに対して、タルニエが作ろうとしていた機械は閉鎖型だったが、コンセプトは同じだった。

その点では議論の余地がない。だが、カール・クレーデのライバルであるタルニエのほうが本を出版するのが早かった。

一八八〇年、エチエンヌ・タルニエは孵化器《クーベンス》を完成させ、産科病院で使用を開始した。タルニエは

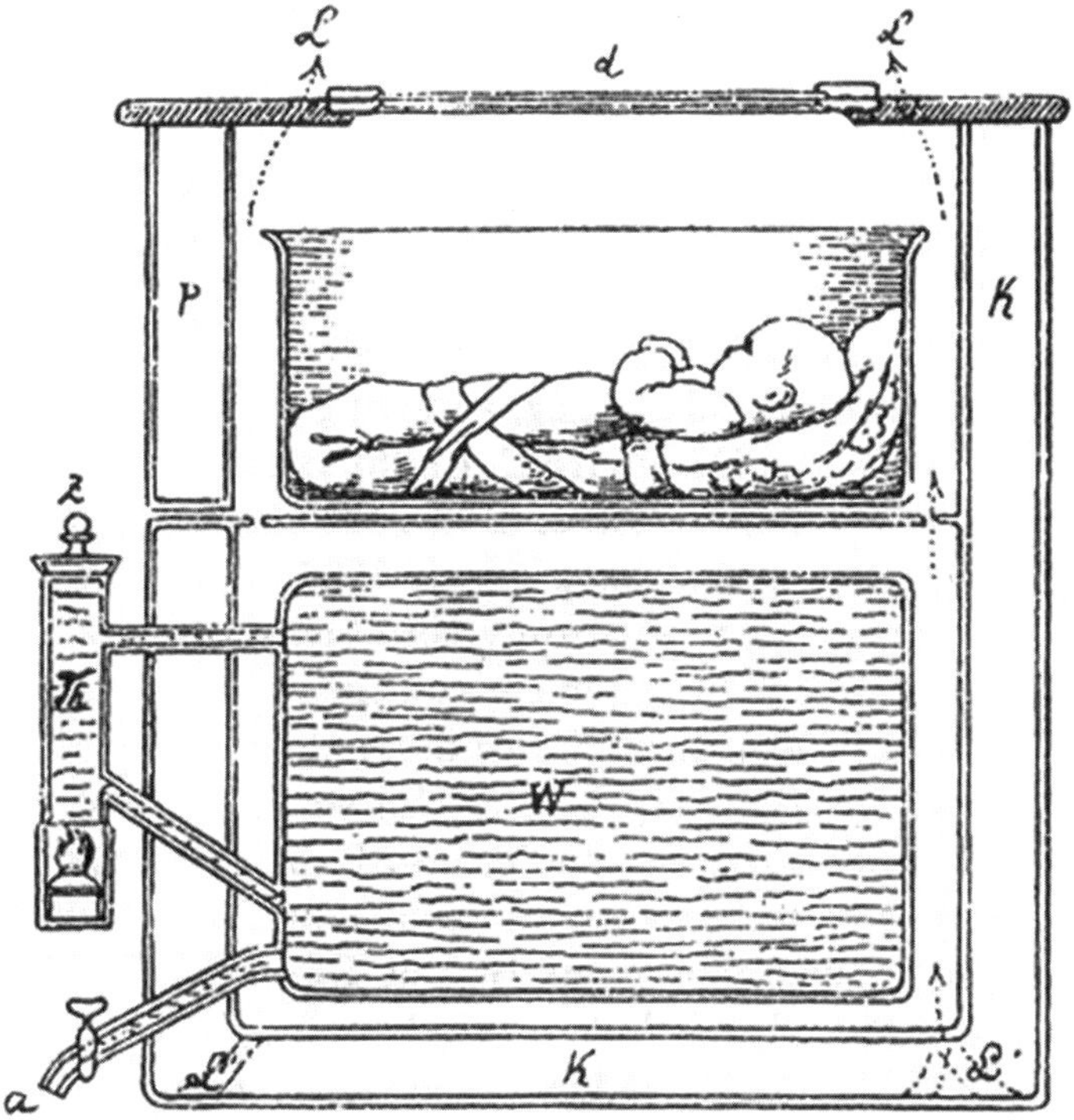

タルニエの孵化器の一つ

機械の製造にあたって、鶏の孵化器を作っていたオディール・マルタンという技師を雇った。この〝人工のめんどり〟は二段式だった。下段に容器を置き、それをアルコールランプを熱源とする熱サイフォンで温める。鶏の孵化器と同じように、上段には複数の新生児が乗せられるようになっていた。

タルニエ本人の弁によると、この孵化器によって虚弱児の死亡率は半減した。しかし、まだ手放しで喜べるような状況ではなかった。この孵化器は圧力調理器のようなものだった。ボイラーが強力なうえに、慈善病院ではガスの供給が不安定で、しかもまめにチェックできる体制がなかったため、容器の水を煮えたぎらせてしまう危険があった。そんなことになれば、上段の患者は蒸されてしまう。

その忌まわしいリスクを回避するため、看護師は手作業で水を注ぎ足したり、熱サイフォンを外したりした。タルニエと、彼のもとで学ぶ研修医の一人であったアルフレッド・オヴァーは、機器の改良に乗りだした。容器の代わりに湯を入れた瓶を用い、上段は一人用とした。この時点ではまだ自動化にはほど遠く、とくに斬新さもない。

そしてモスクワで熱《ヴェアーメ》シンク《ヴァーメ》を見てきたピエール・ブディンには、当然のごとく、研修医仲間であるオヴァーに大きく水をあけられたくないという気持ちがあっただろう。

ウィリアム・シルヴァーマンとクーニー愛好会

一九七〇年、ニューヨーク市

ウィリアム・シルヴァーマン医師は立ちあがって、スピーチを行った。アトランティック・シティ近郊の小児科医が〈ニューボーン・ダイナー〉に集まって開かれた年次総会でのことだ。マーティン・クーニーの死亡記事が掲載されてから、早二〇年がたっていた。その保育器医師のことを知る人たちは何人か見つかったものの、近しい人たちはすでに物故していた。『ランセット』をふくむ複数の医学専門誌に彼の展示に関する言及があり、いくつかの歴史的な公文書に写真が掲載されていた。シルヴァーマンの最大の功績の一つは、イーヴリン・ランディーンを探しだしたことだ。彼女は長きにわたってジュリアス・ヘスのもとで看護師長を務め、しぶしぶながらも応援要員として〈進歩の世紀博覧会〉に駆りだされていた。そんな彼女は、専門家として未熟児の看護に関する記事を発表したり、パンフレットを出したりしており、イリノイ州のナースオブザイヤー賞にも選ばれたことがあった。

ある午後、シルヴァーマン医師は高齢のランディーン嬢にマティーニを提供しながら、彼女がマダムことルイーズのある行為――ダイヤモンドの指輪を赤ん坊の手首にはめる――を悪趣味だと思っていたことを知る。そんなランディーン嬢も、そのフランス人女性による未熟児のケアには非の打ち所がなかったことを認めている。

スピーチを行った当時のシルヴァーマン医師には、調査への情熱を分けあう仲間がいた。デンヴァー小児病院のL・ジョゼフ・バターフィールド医師は、保育器医師が一夏デンヴァーにいたことがあると知って、がぜん興味を持った。ニューヨークのアルベルト・アインシュタイン医学校で小児科教授にして新生児学の長であるローレンス・ガートナーは、義理の母親の友人グラディスがコニーアイランドでマーティン・クーニーの世話になった赤ん坊であったこと、そして義理の母親が催事場で赤ちゃんだった友人を見ていたことを知ったのがきっかけになった。

シルヴァーマンとガートナーとバターフィールドの三医師は、やがて自分たちをクーニー愛好会と呼んで、親交を深めていった。ガートナーはニューヨークとアトランティック・シティを担当し、稀代のショーマンに縁のある人を探した。ガートナーの義理の母親の友人であったグラディスはもちろん、医師たちや、アトランティック・シティの救急車の運転手、赤ん坊の母親などだ。こうした人たちは、すり切れた記憶の糸をたぐり寄せようとした。あのとき記録を残していれば、とみな口々に言った。だが、記録があったところで、たいして事態は変わらなかったと思われる。マーティン・クーニーと日常的に顔を合わせていた人も、彼のことをよく知らなかったのだ。クーニーは愛想よしで、物腰がやわらかかった。救急車の運転手をしていたジェローム・チャンピオンは、「偉そうなところのない、いい人でしたよ。チャンピオン、ごきげんはいかがかな、と声をかけてくれたもんです」と、当時のことを語った。

一九七〇年のディナー――ごちそうとカクテルが出る楽しい集まり――で講演者を選ぶにあたって、ローレンス・ガートナーは最適な人選を行った。

室内は活気に満ちていた。ウィリアム・シルヴァーマンは演壇に近づいた。「私は新生児学の食事会に出るたび、多少なりとも講演者を案じてきた」彼はこう切りだして、聴衆を和ませた。「集まった数百という新生児学の酔っぱらった研究者たちと向きあうと想像しただけで、おののかずにいられなかったのだ」

早くも笑いが起きた。「以前、ヴァージニアの小児学の集まりで話をしたことがある。ふんだんにカクテルがふるまわれ、立派なディナーの席が準備されていた。ディナーの最中には、男声四重唱グループによる歌の披露まであった。参加者は上機嫌だった。そこで司会者が立ちあがり、『これからシルヴァーマン先生が双子についてお話しになります！』と言った。どういうことになったか、想像がつくと思う」さらなる笑い。「というわけで、今回は双子については話さない。今日は一九五〇年三月二日にはじまったあることを話させてもらう……」趣味で行っている調べ物について、すでに自分から話を聞かされた臨席者もいることに触れたうえで、情報が二転三転してなかなか実体がつかめないと続けた。

「マーティン・クーニーは一八七〇年一二月一三日にアルザスか、一八六〇年にブレスラウで生まれた」そのあやふやさをおもしろがるような口ぶりだった。「私たちが調べたかぎりでは、ブレスラウと、さらにはベルリンで教育を受けて、医学士号を取得し、その後パリに出て、かの有名なピエール

＝コンスタン・ブディンのもとで学び……」

銀器が食器にあたるカチャカチャという音がするなか、会場には興味深く耳を傾ける人たちの心地よい雰囲気が満ちていた。

マイケル・コーンが見たもの、それは象と新世界の光

一八八八年、ＳＳゲッレールト

ハンブルクで船に乗り込む乗客たちは、希望と憂いを抱き、恐怖にびくつき、なかには早くも故郷を恋しがる者もいた。ここまでの道中は悲惨だった。ドイツじゅうの町々から列車に揺られてやってきた。途中、金を払って宿に泊まっては、ノミだらけのマットレスで一晩じゅう輾転と寝返りを打ちながら体を掻きむしり、しかも、こそ泥にポケットを探られるというおまけまでついてきた。

ごろ寝する三等船室の乗客たちは、わずかな着替えと、わずかな銀貨、それに八月ではあったけれど、とりあえず手に入った一番暖かいブランケットを持参していた。私物といえば、家族の写真と、丁寧に折りたたんだ推薦状、別れてきた人の残り香のついたハンカチぐらい。船酔い防止用のレモンと、大雑把な地図を買い、身の程知らずの計画を胸に、咳が出そうになるのを我慢していた。

向かうは新世界だが、彼らがあとにしようとしている旧世界もまた、変化の波に洗われていた。イタリアのトリノでは、四四歳になるアヘン依存症者、フリードリヒ・ニーチェが最後の生産的な日々を送っていた。『道徳の系譜』が完成したのは前年のことだ。のちにベニート・ムッソリーニはこのテキストをねじ曲げて、都合よく政治に利用する。シレジアではグレゴール・メンデルは亡くなった

けれど、遺伝学の種子は根付いており、やがて姿を変えて、優生学へとつながっていく。アルルでは、フィンセント・ファン・ゴッホが視覚のパラダイムを切り裂いていた。それから一年とせずに、彼は自分の耳を切り落とす。パリでは、ギュスターヴ・エッフェルが翌年の万国博覧会に向けて特別な建造物を作ろうと、頭をひねっていた。光の都のどこかでは、前の研修医と今の研修医が継承者を狙うなか、エチエンヌ・タルニエが機械を改良していた。そしてハンブルクの港では、クロトシン出身の一八歳の青年がゲッレールト号の三等船室に乗り込んでいた。この青年は名をマイケル・コーンといった（乗船時にすでにマーティンの名前を使っていた可能性もある）。

マイケルのことだから、要領よく甲板に出ていたにちがいない。寝台は吐瀉物やらなにやらでひどいにおいがした。人の泣き声や、うめき声、嘆き声。昼夜を分かたず船酔いに苦しめられる日が一四日にわたって続く。だが、ニューヨークまであとわずか。母親のフレデリケは寂しがっているだろうが、その母も、クロトシンに息子を引き留めておけるものがないことはわかっていた。父は死んだ。そして若者たちはこぞって荷物をまとめて、さらにドイツ国内の深くへ移動するか、海を渡るか、西へ向かうかした。兄のアルフォンスが先に海を渡っていた。わずか一五歳でニューヨークへ発ったのだ。いきで気取り屋のアルフォンスは〝コーンCohn〟から〝コニーConey〟に改姓し、今は騎手として競馬のレースに出ている。少なくとも、銀行で事務員をしていないときはだが。実際の暮らしぶりはわからないものの、どうやら小器用に立ちまわっているらしい。

移民たちは、今や二歳となった、松明を掲げる自由の女神像を見たがったが、最初に目にしたのはそれとは別のものだった。象のような形をしているあれは……？　遠くに見えるのはコニーアイランドだった。〝海辺のソドム〟の異名を持つこの地は、その軽薄な騒々しさ、賭け事、ナイトショー、踊り子、売春宿で悪名を馳せていた。象の形をした建物は〈エレファント・ホテル〉という七階建ての斬新な巨大建築で、目の部分に望遠鏡が埋め込まれていた。その瞬間にも、象の内側にいる誰かが船でやってきたドイツ人たちを見ていたかもしれない。

ゲッレールト号がニューヨークの北側にある出っぱりをめぐると、明るい未来を約束してくれるような自由の女神像がはっきりと見えてくる。その壮麗さに、こんどは嬉しくて泣けてくる。

あともう少しで、マイケル・コーンは三等船室に満ちたおぞましい空気から離れて、刺激的に汚

れたニューヨークの大気に入っていける。最初の立ち寄り先は、移民の受け入れセンターがあるキャッスル・ガーデンだ。誰かが彼の口のなかをのぞき込み、喉の具合を見て、名前を書きつける。この奇妙な新国家ではなにが起きるかわからない。アルフォンスは彼の新しい名字を喧噪のコニーアイランドから取ったにちがいない。そのうち自分も改姓しようか、とマイケルは思う。〝マイケル〟という名のほうに関しては、もう心に期したものがあった。自分にはマイケルより〝マーティン〟のほうが合う。マーティン・アーサー。そうだ、その名前のほうがしっくりくる。

クーニー愛好会、謎の人物、M・ライオンに遭遇

一九七九年、ニューヨーク市

それから二九年後、ウィリアム・シルヴァーマンはこれまで大切に育んできたプロジェクトに一区切りつけようとしていた。「医学史上、精彩に富んだ（そして奇妙な！）一章」に関する論文を小児科医の専門誌『小児科学』に発表するのだ。

当時のウィリアム・シルヴァーマンが、より差し迫った深刻な懸念を抱えていたのは確かだ。それは医学の進歩によってもたらされる倫理的な問題だった。息も絶え絶えな赤ん坊を救うために手を尽くしたとする。それによって赤ん坊の命が助かったとしても、身体や知性に重篤な障害が残るかもしれない。シルヴァーマンはその後、〝一言居士《いちげんこじ》〟という半ば公然の筆名で過激な論を展開する。「技術力の飛躍的な向上によって、新生児医療は高圧的になっているのではないか」というのが彼の主張だった。無理に生かすことが、残酷なこともあるのではないか？

その疑問は、生命の誕生の場面にも――そして終わりの場面にも――つきまとって離れない。植物状態で生かしておく技術を得た今、私たちはどうしたらよいのか。相手が幼児あるいは九〇代だったら、どうなのか？　生命維持から、遺伝子の検査や書き換えまで、先端技術の進歩によって、選択は

むずかしくなる一方だ。どの命を救うべきか？ 誰がそれを決めるのか？

それに比べて、赤ん坊を見世物にするこの楽しいビジネスには、痒いところに手が届くような満足感がある。

一九七九年八月、『小児科学』にウィリアム・シルヴァーマンの記事が載る。彼はいくつか「未解決の疑問」が残っていることを認めつつも、記事はクーニー愛好会の面々が持ち寄った結果をすべて網羅した包括的な報告になっていた。パリ、ベルリン、ロンドン、オマハ、バッファロー、そして、当然ニューヨーク、シカゴ。若かりし日の、そして後年の保育器医師の写真。おしゃれで、鷹揚な姿。そして晩年の見るからに悲しげな目つき。

こうして一応の決着を見た。そのはずだった。

そこへ一通の手紙が届く。消印は西ドイツ。手紙の送り主である、いかにも信頼できそうな

マーティンは1930年代の末になると、入場料を値下げした

読者の名前はフィーリックス・マルクスといい、ベルリン産業博覧会に関する事実に相違があるのではないかと指摘していた。彼が文句をつけているのは〈赤ちゃん孵化器〉でも、そこから生まれた酒場の歌でもなかった。ベルリンでこの展示を行った人物についてだった。それはマーティン・クーニーではなく、ライオンとかいう名前だったというのだ。

この小さな一声がもたらした振動により、マーティン・クーニーをめぐる物語の土台はもろくも崩れ落ちることになった。

前代未聞の大発明！

一八九七年、ロンドン

どうしたら愛さずにいられようか。活気に満ちたロンドン。救われる赤ん坊。そしてマーティンとサム――クーニー・アンド・シェンケイン商会――は、すばらしい発明品の展示によって世間の注目を集めていた。ヴィクトリア女王即位六〇周年祝典は、芸術と娯楽の祭典だったが、なかでもこのアメリカに移民した二人に集まった関心は群を抜いていた。

吐き気に苦しみながら大西洋を渡っただけのことはあった。クラコフ出身のサムには資金力があり、マーティンには魅力があった。その二人が力を合わせて、華々しい結果を引き寄せた。すでにフランスでは保育器展示が成功していた。そして、前年のベルリンでも見物客を狂喜させていた。一〇万人以上が展示に足を運び、わずか三日で六〇〇〇人の女性が見物に訪れた。

クーニー・アンド・シェンケイン商会は、その夏、ロンドンでの展示に独占権を得ていた。バーナム・アンド・ベイリー・サーカスも真っ青の活躍ぶりだった。彼らの展示はくだらない見世物ではなかった。教育的で、有益なものだ。そして、なにからなにまで最新鋭だった。立派なドイツ語の商標が入ったぴかぴかの機械に、赤ん坊の扱いに長けたフランス人の看護師たち。しかも彼らの展示場はアールズコートの歓迎センターの向かいにあったので、人通りも保証されていた。

マーティンの仕事は客人を歓迎して握手し、際限なく寄せられる質問に答えることだった。毎日、三六〇〇人ほどの来場があった。客寄せにこんな口上を述べたのではないか。「そうです、あなた方が目にしているこの小さな赤ちゃんたちは本物です。そして、ほとんどが生き延びます。いえ、こちらの声は聞こえていません。熱はあそこのコイルからとっています。すべて自動化されていましてね。ほお、あなたはお医者さまですか？」マーティンにはわざとらしさがなかった。小柄ではあるけれど洗練されていて、穏やかだけれども適度に能弁だった。彼は相手を選ばず話ができた。苦労の跡が残る労働者とも、繊細なご婦人とも、たこだらけの手をした男性とも、ナイフを手にする外科医とも。そしてなにより、命を救っていた。サムは金に気を配り、マーティンは赤ん坊の寝顔に気を配った。

『ランセット』の紳士たちはこれを正しい方向への一歩とみなした。一八九七年五月二九日、編集者は展示開始前の段階でこう記している。「イングランドにはいまだ早産児や未熟児の命を救う手段として保育器が導入されていない。しかしながら、そうした赤ん坊を救う最善の、そしてほぼ唯一の方法が、気温の変化や寒さからしっかり守ることであることは自明にして、広く知られた事実である」イングランドでは、その前年だけで二五三四人の新生児が未熟児であるがために死亡していた。『ランセット』はカール・クレーデとエチエンヌ・タルニエが考案した以前の保育器を引きあいに出し、その維持のむずかしさを指摘した。そして、「この新型保育器の主たる特徴」として、「熟練者の看護を常時必要とせず、自動化されていることだ。数時間でも、いや数日間でも、換気が行われ、温度は上下することなく一定に保たれる。もはや保育器に触れる必要はない。あとは乳児に乳を与え、体を洗ってやることだけが、必要な世話として残る」と記した。

マーティンはこの発言の誤解を解く立場にはなかった。だが、彼には、食事を与えること（日中は二時間ごと、夜間は三時間ごとに夜警が看護師を起こした）と、体を清潔に保つこと（赤ん坊を沐浴させるに留まらず、保育器のなかを清潔にしておく必要があった）が、温度の管理と同じくらい重要であるとわかっていたはずだ。フランス人の看護師で、マーティンよりも熱心に赤ん坊の面倒を見ていたマダムことルイーズ・レチェは、とくに体の弱い赤ん坊には、漏斗状のスプーンを使って鼻から食事を与えることが多かった。マーティンとサムは彼女のことを尋ねられると、パリ産科病院で特殊な訓練を受けたと答えた。敬意が払われてしかるべき人物だということだ。乳母も雇われていたし、イギリス人の医師が毎日赤ん坊を診察していた。だが、欠かせない人物といったらルイーズだった。

夜が更け、人がいなくなって静かになった会場で夜警と看護師たちだけが動きまわるなか、マーティンも居残って彼女とフランス語で話をしたのではないか。食事室の暑さに汗をかきながら、新生児の抱き方をマーティンに――そして赤ん坊の家族に――教えたのは彼女かもしれない。

海峡をはさんだフランスで、M・アレクサンダー・ライオンがみずからの作品の成功に満足していたのはまちがいない。だが、驚くようなことではなかった。ベルリンでの成功を考えたら、誰の目にも自明の結果だった。競争に勝ち残れなかった孵化器、熱シンク《ヴェアーメヴァーメ》の扱いにくさ、ぶざまさを見ればわかる。アメリカ人のトマス・モーガン・ロッチ医師は、一八九三年にシカゴで開催されたホワイトシティ博覧会に滑車付きの不恰好な保育箱を出品した。ロッチ医師はハーヴァード大学初の小児科学の教授という触れ込みだったが、発明品は失敗だった。設計がまずい（技術的な面は専門家の助けを得ていたが）うえに、この医師には、赤ん坊をなかに入れて展示するという機転がなかった。学者の典型だったのだ。

立派な保育器を作るのに、教授や医者はいらない。必要なのは技師だ。エチエンヌ・タルニエがパリの動物園での沈思黙考から呼びだしたオディール・マルタンのように。アレクサンダー・ライオンが考案したより優秀な——卓越した、と本人なら言ったかもしれない——システムは、螺旋状の水のパイプを信頼性の高いボイラーで熱して、温めた空気を循環させる方式を採っていた。側面に取りつけた温度計が定期的に理想的な温度を記録する。問題は解決した。だが、彼の保育器の優秀さはそれだけではなかった。換気である。新鮮な空気をやりとりするファンと、外に排出するためのパイプ、それに殺菌フィルターがついていた。しかも形がよく、気前よくガラスの窓まであったので、なかで寝ている赤ん坊の姿を愛でることができた。食事については、発育の悪い子は〝ダイニングルーム〟へ運んで母乳を与え、まだ乳母の乳が吸えない子は、漏斗状になったスプーンで鼻から母乳を垂らし入れた。

こうなると、病院の必要性がわからなくなる。病院はそもそもが汚らしく、感染症の温床だった。一八九一年、ライオンは故郷のニースで展示会を開いた。恵まれない赤ん坊が集められ、その子たちを救うという国家主義的な緊急課題を名目に、地方自治体が財政援助を行った。そのため富裕階級のご婦人たちが嬉々として見学に訪れた。市民も無料で招待された。

それから二年、またもや独創的な試みがなされた。彼の患者たち——人種は多岐にわたった——が健康に育っていることを証明するため、同窓会が開かれたのだ。さらに一年後、彼は一八五人の赤ん坊のうち七四パーセントにあたる一三七人が救われたと発表した。その報告によると、亡くなった少数は体重が九〇七グラム（二ポンド）に満たなかったか、連れてこられるのが遅れた子供たちだった。

これでは医者など、出る幕がない。親が保育器を買って、家で使えばいい。ライオンでさえ、看護師をさほど重要視しておらず、一晩じゅう起きていられるという理由で、前提条件は若さのみといわんばかりだった。彼は展示に合わせ、看護師を交換可能な要員として半年単位で雇った。

彼の展示はニースを起点にリヨン、ボルドー、マルセイユ、パリへと広がり、パリでは公的な財政援助を得ることなく、少額の入場料を徴収するに至った。ポワソニエール大通り二六番地で行われた新生児保育器チャリティでは、新聞記者が「ポケットに入るくらいの大きさしかない」と記した新生児を見学するため、パリッ子たちが五〇サンチームを支払った。同じ記者は「サーカスにいるヒゲ女のようなもの」だから、それだけ支払う価値があるとした。

そんななかにあって、納得がいかないのはピエール・ブディン医師だった。ブディンはエチエンヌ・タルニエのあとを継いで、パリ産科病院の産科長の座にあった。ブディンとライオンは異なるサークルに属していたが、ブディンも産科医として新しい機器を試してみることにした。だが、病院のガスの供給はいまだ安定していなかったため、格段に進化したボイラーであっても使えず、熱湯入りのボトルに逆戻りするしかなかった。

いや、むしろ母親に戻したと言っていい。パリ産科病院では、いまだ発展途上の保育器が母親のべッドの隣に置かれ、母子の絆の形成が奨励された。なにはなくとも乳房というわけだ。こうした状況にあって、ブディンは果敢だった。乳幼児死亡の死因は下痢であり、彼は牛乳がその原因だと考えた。彼は診療所を立ちあげ、新しく母親になった女性たちに衛生学と栄養学を授けた。チューブによる栄養補給も行い、タルニエのシステムを使いつつ、母乳を吸う力のない赤ん坊には、ライオンのようにスプーンを使うのではなく、チューブで乳を与えた。

ブディンは第一次世界大戦勃発前に亡くなったため、苦労して助けた赤ん坊たちが招集されて、悪くすると大人になりきらないうちに吹き飛ばされて死ぬのを見ずにすんだ。

戦略家だったアレクサンダー・ライオンは、産業博覧会への招待を確実なものにした。これまでフランスで成し遂げてきたこと以上に、ベルリンで認められることに意味があるのはわかっていた。トレップトアー・パークで展示がはじまる前に、ドイツの特許を申請し、発明品の製造許可をポール・アルトマンという製造業者に与えた。アルトマンには申し分のない評判があり、顧客には結核菌を発見したロベルト・コッホ医師もいた。

あらゆる意味でベルリンでの展示は成功だった。〝赤ちゃん孵化器〟は見物人から喝采を浴びた。団体の正式名は〝子供の保育器協会〟といい、公衆衛生の重要さを提唱したルドルフ・フィルヒョウをふくむ著名な医師たちからも高く評価された。ドイツ側はその展示の恒久化を望んだ。

だが、アレクサンダー・ライオンは故郷に戻りたかった。帰国にあたって『ランセット』は、「世界じゅうで幼い子供こそが人類のもっとも貴重な資産だとされてきたが、この精力的なフランス人が未成熟な人類をガラスのケースに入れて保護するようになってはじめて、その貴重さが現実のものとなった」と、惜しみない讃辞を送った。さらに、人々は「自分の目で見て疑いを晴らすため」に、保育器が展示されているパリまで足を運ぶかもしれないとした。

ライオンはドイツ側に対し、保育器を残していくので、そのまま自分なしで運営していってもらいたいと伝えた。もしアメリカに移民した二人組がロンドンでの権利を求めたとしたら、ライオンがそれを拒否したとは思えない。

その夏のあいだじゅう、ロンドンの新聞には「前代未聞の大発明！」の文字が躍った。これは有料広告だったが、『スケッチ』という週刊紙には、「この自動化された機械の出現によって、ひっきりなしに注意して見る必

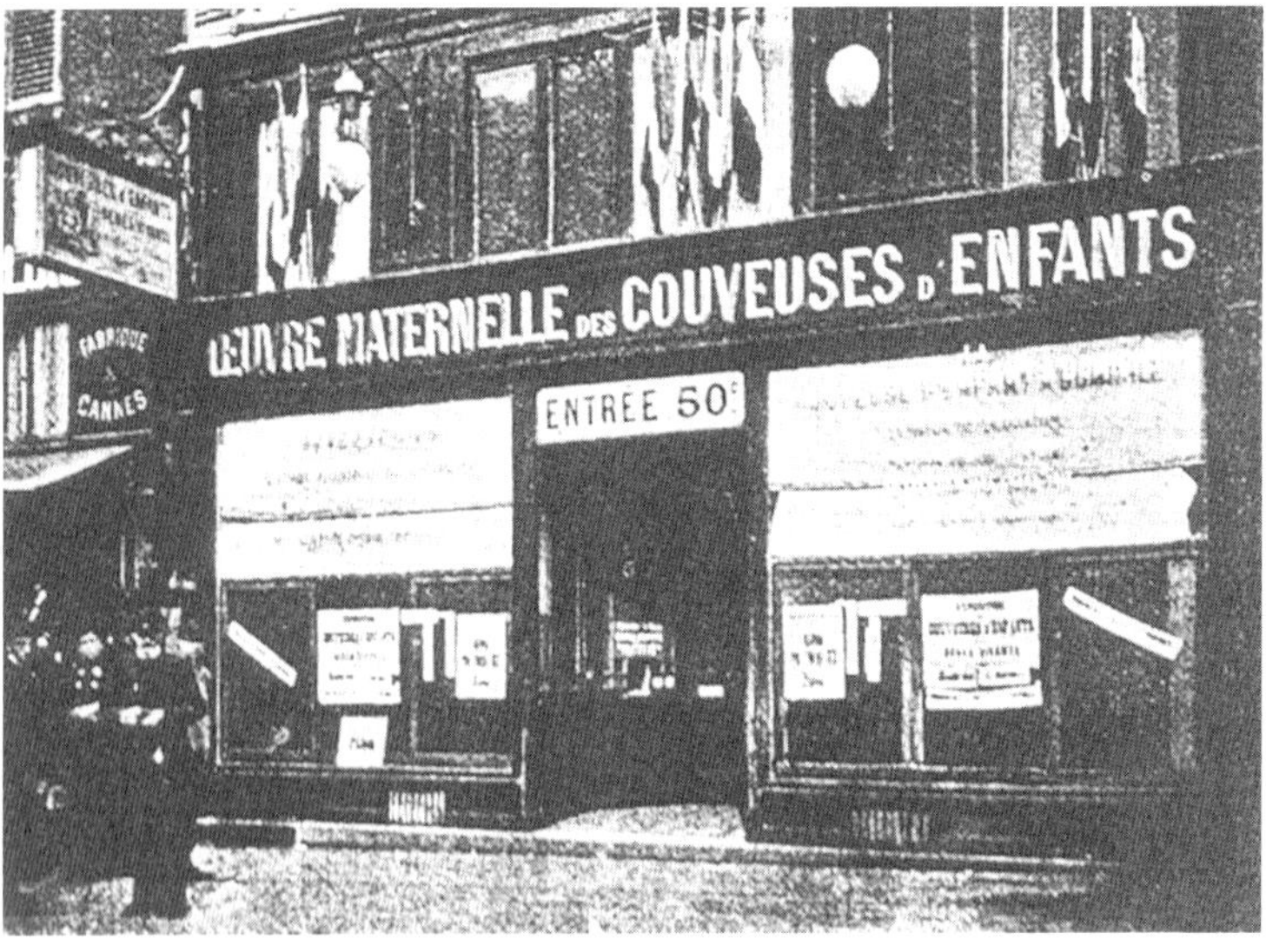

パリのポワソニエール大通り26番地

要がなくなった」と紹介された。同様の記述は、《ロンドン・タイムズ》紙にも見られる。

これではまるで、全興行師に向かって試してみろと呼びかけているようなものだ。アルトマンから機械が購入できないのなら、模造品を製造すればいい。それはそんなに大変なのか？　アメリカでの営業権に関しては、いまだ決着がついていない。これでは赤ちゃんを使って注目を独占できない。

いや、できるかもしれない。赤ん坊を借りてきて、こちらのほうが小さいと主張すればいいのだ。見物客にはちがいなどわからない。ぐずぐずしていると、水槽を持つ娯楽施設ロイヤル・アクアリウムも参入してくるだろう。魚だろうと、赤ん坊だろうと、いずれも同じ原始スープから生まれてきたのだと言わんばかりに。

クーニー・アンド・シェンケイン商会にとっては好ましくない競争状態だった。マーティンの文体で綴られた彼らの手紙はまるで芸術品で、しかもＭ・ライオンについてはいっさい触れていなかった。手紙は六〇周年祝典の会期中であった九月一八日、『ランセット』に掲載された。

拝啓

世の利益に供するため……アールズコートにて行われました当方の新生児保育器展示会が不届きな詐欺師より狙われておりますこと、ここに注意を喚起したく、一筆したためます。すでに当方には、ありとあらゆる輩が当方の支部を設立準備中という虚偽の触れ込みで、医師や病院、診療所等に直接もしくは書簡にて支援を求め、実験に用いる新生児の貸与を求めているとの話が入ってきております。

かくなる状況を鑑みますに、医療の専門家、看護師、親たち、公共機関におきましても、不用意に子供を託すことがないように警告するのが、当方の義務と考えました。この発明品は、医学誌と一般紙の両者から認められ、すでに評判の確立したものです。それを利用しようとする無責任かつ未熟な興業主の被害者にならないよう、じゅうぶんに警戒していただくよう、お願い申しあげます。

アールズコートの施設は、この手のものとしてはイングランド初であり、当方は大英帝国内の展覧会もしくは一般行楽地における展示を許可するいかなる契約も、権利の付与も行っておりません。したがって、いかに信用できそうな人物でも、場所の許可を求める人、またポール・アルトマン氏の発明品を展示する権利があるかのようにふるまう人は、詐欺師ということになります。

敬具

サミュエル・シェンケイン

マーティン・コニー

〝詐欺師〟たちは挫けなかった。一八九八年二月、『ランセット』の編集者は辟易としていた。アールズコートで行われた「好意的な注目を集めた」展示は、社会的な意義のあるもので、運営も行き届いていたが、その一方で、「一般興業主の関心と欲をかきたてることになり、込み入った科学的な問題に無知な有象無象が、新生児の保育器展示に手を出そうとしている。彼らはこの展示を、操り人形や太った女性や面妖な際物を見せるぐらいに考えているようだ。だが、一般興行師に扱われることのないよう、この虚弱な人類を今すぐ守らなければならない」

とくに嘆かわしかったのは、イズリントンの農業会館で行われた展示だった。「保育器の真向かいに豹が何匹かおり、そうした動物の檻から立ちのぼる不快なにおいに、みな慣れっこになっていた。ロイヤル・アクアリウムでも同様の展示があったし、競輪による埃や、タバコの煙、行楽地を訪れた群衆の呼気が未熟児に適した環境を作りだしているとは、とうてい考えられない……保育器と命ある赤ん坊が、ボール投げの的やメリーゴーラウンドや五本足のラバや野生動物やピエロや安っぽいのぞき小屋に囲まれて、通俗的なお祭り騒ぎのなかに置かれている。これが科学を尊重する展示と言えるだろうか？」

豹の不快なにおいなど、まだかわいいものだった。編集者はついに保育器が魔法のオーブンでないことを了解した。赤ん坊を入れて、ただ待てばいいわけではないのだ。誰かが機械を操作し、隅々まで清潔にしておかなければ、命に関わる病気が蔓延する可能性がある。相手は地球上もっとも注意を要する哺乳動物である。それにこうした赤ちゃんに適切に食事を与えようと思ったら、並々ならぬ辛抱強さが求められる。さらに誰かが熱や嘔吐や排泄物など、赤ん坊がもたらすものに対処しなければならない。

それこそ山のように仕事がある。ロンドンの興行師たちは『ランセット』の記事など歯牙にもかけなかったが、未熟児が手がかかるわりにそこまで儲からないと見切るのにたいして時間はかからなかった。

マーティンとサムはすでにアメリカに戻り、オマハの展示に向けて準備をはじめていた。マーティンは将来を楽観していたにちがいない。兄のアルフォンスの言うとおり、ユダヤ人であることを隠したほうがいいのは確かだが、兄の名前には重々しさが足りない。アルフォンスには騒ぎを引き寄せる才覚のようなものがあった。すでにグレーヴゼンド競馬場で賭帳をめぐって殴りあいになり、相手の鼻を折ったかどで一晩ぶち込まれていた。いかにも〝コニーConey〟という名前の人物がしでかしそうな所業だ。当時のニューヨーカーは〝coney〟を〝クーニー〟と呼んでいた。つまり、コニーアイランドは、クーニーアイランドだった。響きは悪くない。だが、マーティンがもくろんでいる事業だと、綴りには手を加えたほうがよさそうだ。

第二部

適者生存

科学と産業の大行進

一九三三年、一二歳の少年がミルウォーキーから列車に乗って、シカゴで開催されている〈進歩の世紀博覧会〉に出かけた。名はマーク・ラフェル。この少年が長じて私の父となる。

それから七〇年ほどして、私ははじめて父がその展覧会に行ったことを知った。父の死後、父の書斎の引き出しを開けたら、タイプライターで打った五、六枚の原稿が出てきた。父が一六歳のころに書いた〝自叙伝〟だった。展覧会の記述は一挿話にすぎなかったけれど、私の好奇心をくすぐった。一八九〇年代にシカゴで万国博覧会が開かれたことは知っていた。フェリス観覧車が有名だ。けれど、一九三〇年代にも？

一九三三年に開催された〈進歩の世紀博覧会〉の公式プログラムにはこう記されている。「人種を問わず、あらゆる個人やグループが、ゆっくりと、あるいは急速に、科学と産業の行進という流れに呑み込まれている」

原子爆弾やホロコーストという負の側面から見た場合、この記述には胸をざわつかせるものがあった。その言葉が忘れられなくなった私は、ニューヨーク市郊外の自宅からシカゴへ飛んだ。そして、歴史博物館のリサーチセンターを訪れ、文書に目を凝らし、つぎつぎと写真を見た。そしてその光景に魅了された。人間性の牽引役としての科学と産業。堂々たる科学館、飛行機と自動車、子供たちを楽しませた〈魔法の島〉の乗り物。そのなかには、その後、第二次世界大戦で亡くなった人も多数ふくまれている。

だが、なんといっても印象的なのは催事場だった。ぎっしりと集まった人たちの前にある建物には、〝保育器のなかで生きる赤ちゃん〟という看板が掲げられ、この展覧会全体を象徴しているようだった。科学と産業が手を携えて商業になり、それがのぞき趣味に浸かっている。この次世代の有用品である展示を統括する医師はマーティン・アーサー・クーニーといい、輝かしい経歴の持ち主だった。けれど、わが子をこんな形で見世物にするのを許す親がいるだろうか？　そのときの私は、当時は保育器が命を救う技術であると実証されていたにもかかわらずまだほとんどの病院に導入されていなかったことや、子供を真の意味で物扱いする優生学に関する展示があったことを、知らなかった。保育器の展示は、博覧会でもっとも人気のあるアトラクションの一つだった。いちいち写真を見るまでもなく、その理由は容易に理解できた。〈進歩の世紀博覧会〉を継承する子供たちがオーブンで焼かれるかもしれないのだから――そんな展示なら、私だって見てみたい。

私は帰宅後、サーフ・アヴェニューにあるコニーアイランド博物館である物を見つけた。その数年前に若くして中西部から移り住んできた私は、コニーアイランドのジェットコースターに乗って絶叫はしても、この地に対して生粋のニューヨーカーが持つようなつながりを感じていなかった（ある男

〈進歩の世紀博覧会〉のポスター

性は、「ぼくは特定の個人が好きなんだよね。あそこには笑顔がある」と言っていた)。それでも、博物館に行けば二〇年代の初期の催事場についてなんらかの洞察が得られるかもしれないと思った。よく晴れた夏の日、友人を誘ってF系統の地下鉄に乗り、地下から地上に戻って、終点に着いた。

博物館は通りをはさんで新ルナパークの向かいにあった。ルナパークには、目がまわって昼食を吐き戻す乗り物とモグラ叩きのようなゲームと紙コップ入りのピニャ・コラーダがある。博物館の上階にある〈フリークバー〉の二部屋には、アメリカの奇抜な遊び場の最盛期をしのばせる品々があふれんばかりに置いてあった。写真と模造品。ビックリハウスのゆがんだ鏡。体が横に広がったり、縦に伸びたりで、遠近感を失う。そこで私はびっくり仰天する。コニーアイランドには保育器の常設展示があった。〈進歩の世紀博覧会〉のような、特別な場でだけ行われる特別なイベントではなかったのだ。一九四三年まで四〇年続いていた。どうしたらそんなことが可能なのか? そしてその展示を主催した医者の名前を目にした。

「また彼だわ!」私はとまどう友だちに向かって叫んでいた。

著名なるマーティン・アーサー・クーニー（COUNÉY）医師の登場

一八九八年、ネブラスカ州オマハ

痩せてひょろりとした男性が帽子箱を抱えて訪れ、「先生はまだおられますか？」と尋ねた。マーティンはその日の展示を終えようとしていた。それにこの長身の男の手は労働者風にごつく、なにかを売りたがっているようだ。箱の中身は知らない。マーティンとしては知りたくもなかったので、「もう遅いので、帰られましたよ」と答えた。

午前八時、新しい日がはじまった。するとまたこの男性が箱を抱えてやってきた。もはや逃げようがない。嘘をついたことを認めて、私がクーニー（Counéy）医師です、と認めるしかなかった。男性は箱を差しだした。「この箱のなかに、ここから三〇キロほどのところで妻が産んだ赤ん坊が入っています。この子を抱えて公園で座っていました」

マーティンは蓋を持ちあげた。なるほど、帽子箱のなかには小さな赤ん坊が入っていた。赤ん坊はまだ息をしていた。

だが、マーティンがこのときの話をしたのは数十年後のことだ。そして、この赤ん坊が生き延びたことをここにつけ加えておく。

オマハで行われたトランス・ミシシッピ博覧会は、マーティンにとってのロンドン、あるいはアレクサンダー・ライオンにとってのベルリンのように、華々しい場所にはならなかった。第一にオマハは田舎だった。この地で開かれる意味があるとしたら、シカゴを刺激できることぐらい――メインホールは〝新ホワイトシティ〟と呼ばれた。元祖ホワイトシティ博覧会は、公式名を〈シカゴのコロンビアン博覧会一八九三年〉といって、アメリカに新たなスタンダードを打ち立てた。催事場の遊園地には、一九世紀のパリで流行した様式に手を加えたアラバスターの建築物や、息を呑むようなフェリス観覧車が立ち、セクシーな踊り子たちや、あやしげなペテン師たちがたむろしていた。文化には価値がある。ただ、はっきり言って、催事場は金を生みだ

オマハの保育器展示場

す場所だった。東部のコニーアイランドでは、ジョージ・C・ティルユーが〝スティープルチェース〟という名（近くに競馬場があったことから、障害物競走の意味のこの名前がつけられた）の遊園地を開いて、金が入ってくる魅惑の音に耳を傾けていた。ティルユーは、人々が催事場で繰り広げられる娯楽に満足していないのを見抜いていた。

だが、オマハは〝海辺のソドム〟ことコニーアイランドとは大ちがいだったし、ミシガン湖の湖畔にあって犯罪のはびこる放逸ですすけた大都会シカゴにも、遠くおよばなかった。つまり理屈のうえでは、トランス・ミシシッピ博覧会のほうがお行儀のよい集まりになるはずだった。不道徳な娯楽はなし、〝蒸留酒〟の販売もなし。地元日刊紙《オマハ・ビー》の一面ではこう熱弁が振るわれた。「来場者には、古びたおとぎ話の表紙からとうに忘れられた奇術師が飛びだしてきて、雑木林と刈り取った畑からなる荒涼とした土地に魔法の杖を振るったがごとく見えるのではないか」

大統領も義理がたく来場した。これ以前も以降も、アメリカ開催の万国博覧会には、大統領が出席する慣例だった。一〇月一一日、ウィリアム・マッキンリーが来訪した日は、七万人が会場を埋めつくしていた。マッキンリーは博覧会を六月一日に正式に開催するため、ワシントンDCで〝ボタンを押した〟が、実際に訪れたのはこの日だった。恐ろしいほど大勢の、悪臭を放つ人たち。ろくに物のわからない人たち。ネイティヴアメリカンの戦士による戦いが大統領に見せるための芝居だと理解できていたのは、政府の要人だけだったかもしれない。大統領を前にした〝野蛮人〟の行進に続いて、プログラムに登場したのは、家畜観賞だった。ある地元の有力者は、「催事場に集まった陽気な群衆は彼に喝采を浴びせ、老いた兵士たちは愛情を込めて彼の名を呼び、愉快なイベントが目白押しのこの日を台無しにする言葉は一つもなかった」と述べている。

マーティンの保育器の展示場は、東催事場にあった。近くには〈未開の西部〉ショーや、ラクダ乗り、巨大クジラ、ドイツ村などがあり、立地のよさから、そこそこの収益があったと思われる。展示会場になっていた慎ましやかな白い建物は、眠っているかのように退屈で、そこに掲げられた看板の〝すばらしい発明〟、〝ヴィクトリア女王即位六〇周年祝典にて二〇万七〇〇〇人が来館〟という文言に必死さが滲んでいる。

記者たちは彼を無視した。優秀なマダムことルイーズがいないために、規模を縮小していたのかもしれない。そして展示される赤ん坊も必然的にそれほど小さくはなく、そのことが客を出迎えるマーティンの心をさいなんだ可能性もある。

なにをどう説明したか知らないが、フランスから来訪した著名なマーティン・アーサー・クーニー（Counéy）医師は、芸術館に飾られているフランス画家の手になる裸婦像ほど注目を集めることができなかった。博覧会が正式開催になる前、その絵に腹を立てた男性がキャンバスに椅子を投げつけるという事件があったのだ。ウィリアム・アドルフ・ブグローの手になる等身大の裸婦像〈春、ふたたび〉は修復され、新たな絵画愛好家を多く引きつけた。

その前年の秋に訪米したアレクサンダー・ライオンは、もっとねんごろに受け入れられた。彼がマンハッタンの西一八丁目二番地で開いた展示会は、諸手を挙げて歓迎されたが、彼にはこの堕落した

Special to Young Mothers

Dr. Martin Couney, the physician in charge of the Infant Incubators at the Exposition, who has had a wide experience, says, after using several other beers: "We take pleasure in stating we have used **Krug Cabinet** bottled **Beer** constantly and **for milk producing qualities** we can cheerfully recommend it to **all nursing** mothers;" it has less acid in it and is much more healthful; it is used by every nurse in the Infant Incubators building. This is certainly convincing proof and every young mother should at least try it.

Order a Trial Case

If you don't know the nearest agent, send an order direct to

Fred Krug Brewing Co.,

Tel 120　**1007 Jackson St., Omaha,**

and it will be sent you without extra charge.

Brewery,

26th and Vinton Sts., Omaha.

Watch for the big brewery after you leave South Omaha on the railroad cars going into Omaha. It's one of the sights of Omaha. Visitors welcome.

Krug Cabinet Beer — Gold Medal Lager Beer — Cabinet Beer

実際の新聞広告

都会に居残る気持ちなど、さらさらなかった。

彼の心はフランスにあった。ニューヨークを去るにあたって施設はある医者に託され、そのまま衰退した。

一方のマーティンはビール売りにされてしまった。広告には、「マーティン・クーニー医師によると、乳母こそ最適なミルクの製造元。赤ん坊のためにもいい」とある。加えて、「幅広い経験を持つ」クーニー医師は、「うちではいつもクルッグ社のキャビネット・ビールなんですよ。母乳の質がよくなるので、どんな乳母にもお勧めです」と主張する。広告もまた新聞に名前が載る方法ではあるが、いささか品位を損なう。つぎのバッファローの博覧会では気をつけなければならない。

オマハが失敗に終わった今、マーティンにはもう一つ仕事が残っていた。一八九八年一一月三日、彼はダグラス郡の地方裁判所で手を挙げて、誓いの言葉を述べた。立会人はサムだった。裁判所を出るマーティン・A・コニー(Coney)は、アメリカ国民になっていた。

ゼリーを壁に打ちつけるが如し：クーニー愛好家の後継者

コニーアイランドをあとにした私は、マーティン・クーニーのことを徹底的に調べあげようと決めていた。それから『小児科学』に掲載されていたウィリアム・シルヴァーマンの記事を見つけるまで時間はかからなかった。そしてもう一つの資料として、フィーリックス・マルクスからムッシュ・ライオンの件で問いあわせの手紙があったことを知った。その後クーニー愛好会の面々から『小児科学』に寄せられた記事は一つきりで、一九七七年、ウィリアム・シルヴァーマンが編集部に送った手紙だ。手紙には一六人の仲間の署名が併記され、「マーティン・クーニーふたたび。彼の伝記を書くのは、ゼリーを壁に打ちつけるが如し」という見出しがつけられていた。シルヴァーマンはこのショーマンの物語には腹立たしいほどの齟齬《そご》があるとし、「私たちが貴誌の読者に向けて手紙をしたためるのは、新たに生まれた医療の歴史における興味深い一幕についてなにかご存じの方が申し出てくださるのを願ってのことである」と締めくくっている。

私はそれから一〇年以上あとにこの手紙を読みながら、ウィリアム・シルヴァーマンがどこかでまだ生きていてくれることを祈った。望み薄な希望だ。《ニューヨーク・タイムズ》に載った彼の死亡記事には、「ウィリアム・A・シルヴァーマン、享年八七。五〇年代における新生児学の牽引者」とあった。新聞の日付は、二〇〇五年一月二日。残念なことに、彼は朝のコーヒーを飲みながらこの記事を楽しむことができず、私は彼に連絡をとるチャンスを失った。

大統領、撃たれる!

一九〇一年、ニューヨーク州バッファロー

アメリカの新世紀がはじまった。ジョン・フィリップ・スーザのマーチングバンドが奏でる管楽器とドラムと足踏みと手拍子が鳴り響くなか、ラグタイム王のスコット・ジョプリンは茶目っ気のあるシンコペーションで聴衆を魅了し、たくさんの移民たちのキッチンは熱気とスパイスの香りに満ちていた。イングランドではヴィクトリア女王が最期の日々を送り、アメリカのウィリアム・マッキンリー大統領は、その女王からさほど遅れることなくこの世を去った。

アレクサンダー・ライオンはフランスに帰国していた。一九〇〇年四月一四日、新たなパリ万国博覧会がはじまった。こんどはアールヌーボーと、音声映画、それに最新の大発明であるエスカレーターが目玉だ。そして新生児保育器が展示された。ライオンはこの企画の発案責任者として自分の肖像写真の入った絵葉書をたっぷり刷った。

パリ万博の開始まであと四日と迫った四月一〇日、マーティン・コニーはサミュエル・シェンケインとのあいだで取り交わした契約書に署名した。ここで一つ名前を挙げておこう。Qbataと書いて、ケベイタと読む。保育器を意味するインキュベーターから着想を得たようだ(これに気づいたの

eBayで著者が入手したライオンの肖像写真入り絵葉書

は、明敏なシルヴァーマン医師だ)。これが二人の新会社だった。アレクサンダー・ライオンがアメリカを去った今、マーティンとサムは大々的な展示をもくろんでいた。ニューヨークのクニ＝シェーラー社は、合衆国におけるライオンの機械の製造元となり、シカゴ産院、ブルックリンのロー産科医院、マンハッタンのスローン病院など、いくつかの病院がその機械を購入した。自家製や、明らかに性能の劣る熱シンク《ヴェアーメヴァーメ》を参考にしたものなど、模造品が用いられる例もあった。当然のことだが、こうした機械は取るに足らず、ケベイタ社が計画している大がかりな展示で用いる機械とは雲泥の差だった。計画された最初の出展はバッファローで行われるパン・アメリカン博覧会。つぎがカンザス州トピーカ、そしてつぎが一九〇四年にルイジアナでの開催が予定されている最重要拠点、セントルイス万国博覧会だった。

喫緊の課題は資金だった。機械にかかる金は経費としてサムの予算に組み込まれていたものの、今必要なのは建築家と建設業者だ。眠ったような退屈な建物は二度とごめん、目をみはるような建物にしたい。万国博覧会はどこも官僚主義的でがんじがらめだが、金しだいの労働者なら残業してでも初日に間に合わせてくれる。建物に加えて、ガス、水、照明も整えなければならない。

誰もがうらやむ新しい電球に、ブランケット、瓶、おむつ、パウダー、小さな服と帽子、ピンクとブルーのリボン。看護師と乳母の給金。チケット係。東海岸では、人混みのなかに分け入ってお客を連れてくる客引きも必要になる。博覧会の運営管理者にも、もちろんお金を払わなければならない。そして最後にくるのが解体費用だ。マーティンは引き倒されることを前提に、小型版の病院を建てようとしていた。

サムはエメット・W・マコネールという出資者を見つけてきた。借入金を払い終わるまではバッファローの入場料の五〇パーセントを支払い、それ以降は二五パーセントを払う。加えて、マコネールにはライセンス契約したベビーパウダーとローションの儲けからも一定の分け前が入る。取り決めたときには、いいアイディアだと思ったのだ。

一方のマーティンにも悩みはあった。まずはオマハでの経験から、Counéyというヨーロッパ風の表記には狙ったような効果がないとわかった。ひょっとすると、異国風すぎて親しみに欠けるのかもしれない。そこで今回はコニー（Coney）医師と名乗ることにした（実際このときのショーでは、コニー医師（Dr.Coney）の表記で多くの新聞に彼の名が載った）。そして一番の課題は、フランスに戻ってしまったルイーズ嬢のように有能で自信に満ちた看護師を見つけることだった。

そこで紹介されたのがアナベル・メイ・セグナーだった。メイ（本人がミドルネームで呼ばれることを好んだ）はインディアナ州ラファイエット出身の生粋のアメリカ娘だった。インディアナ大学で学士号を取得し、シカゴにあるモーリス・ポーター記念病院という小児専用の病院で正規看護師として研鑽を積んだ。しかも波打った金髪をした申し分なくきれいな女性で、父親亡きあと、母親の手で大切に育てられていた。

メイも彼の魅力に気づいたのだろう。想像してみてもらいたい。彼女はマーティン・コニーを見て、この人は赤ちゃんの扱い方がわかっていない、と思う。実際、赤ちゃんの抱き方から教えなければならないだろうが、気遣いはできる人のようだ。ヨーロッパ出身者らしく物腰がやわらかく、話もしやすい。そして街の医者たちが入れ替わり立ち替わり訪ねてくるあいだ、自分が保育室を任されることになるだろう。

メイは当時二五歳。婚期を逃していた。予見した将来に失望していた可能性がある。人でごった返す憂鬱な院内は、清潔であったためしがない。医師たちは横柄に指示を飛ばし、彼女のほうがよく事情を心得ている患者であっても、それは変わらない。自分が日に日に見えない存在になっていくような感覚。とらわれの身のようだった。

そこへ舞い込んだ冒険の誘い。彼女はコニー医師からの仕事の依頼を受けた。

荘厳にして華麗な保育器展示場は、催事場内の交差点と人通りの多い遊歩道の脇にあって、避けて通ることがむずかしかった。それでも、念のために呼び込みは叫んだ。「赤ちゃんを見逃しちゃいけないよ！　なかに入ったら、外の喧噪が嘘のよう、良識に満ちた穏やかな空間が広がっている。機械八台が壁際にならんで、列から飛びださないように立ち入り禁止の手すりがある。床は舐められるぐらいピカピカだ。現場を取りしきるメイ・セグナー嬢は、足首も腕も見せず、見えているのは、糊の利いた白いドレスの襟からのぞく首ぐらい」

彼女は赤ん坊が届けられるとすぐに、〝イオン化〟した水とマスタードで沐浴させた。飲み込める子には口からブランデーを二滴飲ませ、アルコールで体をこすったあと、しっかりと布に包んでピンクかブルーのリボンをつけ、一定の温度に保った保育器に入れる。温度は摂氏三五度前後、赤ん坊の状態によって変えた。そして、なんと、赤ん坊には身元を隠すために展示名が与えられた。乳を吸える子は二時間ごとに小さなエレベーターで上階に運び、住み込みの乳母が乳をふくませた。それ以外の子には先細になった漏斗状のスプーンが使われた。

見物客を歓迎するのはマーティン・アーサー・コニー医師の役目だった。袖を押さえるゴムバンドをはめ、襟元にはボウタイ、口ひげをきれいにカールさせて、頭にはエドワード七世時代風のカンカン帽をかぶり、医者が来るとねんごろに歓待した。医者にはサムから〝ジェンケイン医師〟と署名の入った無料パスが渡されていた。

訪れた女性客の一部から、とくに愛されたのがおちびのウィリーだった。一二四七グラムのウィリーは、バッファローのとある医者によって運び込まれた。双子の女の子は愛らしかった。A・Sと呼ばれた男の赤ちゃんは悲惨な状態で運び込まれ、目の感染症を治療しなければならなかった。そしてある母親がニューヨーク市から列車で三つ子を連れてきたときは、みんなが喜んだ。

写真家がわらわらとやってきた。マーティンはか弱い生命を抱いて、赤ん坊にポーズをとらせた。不安を口にすることはなかった。けれどシャッターが押された瞬間の彼の目は、それからの数十年を暗示するかのように重々しく深刻だった。

騒ぎが起きたのはネイティヴアメリカンによる〈インディアン会議〉の場だった。悲鳴。あえぎ声。アパッチ族の族長メニーテールズの妻が産気づいたのだ。赤ん坊は七月の暑い最中に月足らずで生まれた――だが心配はいらない、保育器がある！

男の子か、女の子か。新聞各紙は性別を明らかにしなかった。〝その子〟は九六四グラムしかなく、《バッファロー・ニュース》は、これまでに生まれたなかで最小の赤ん坊とした。事実ではな

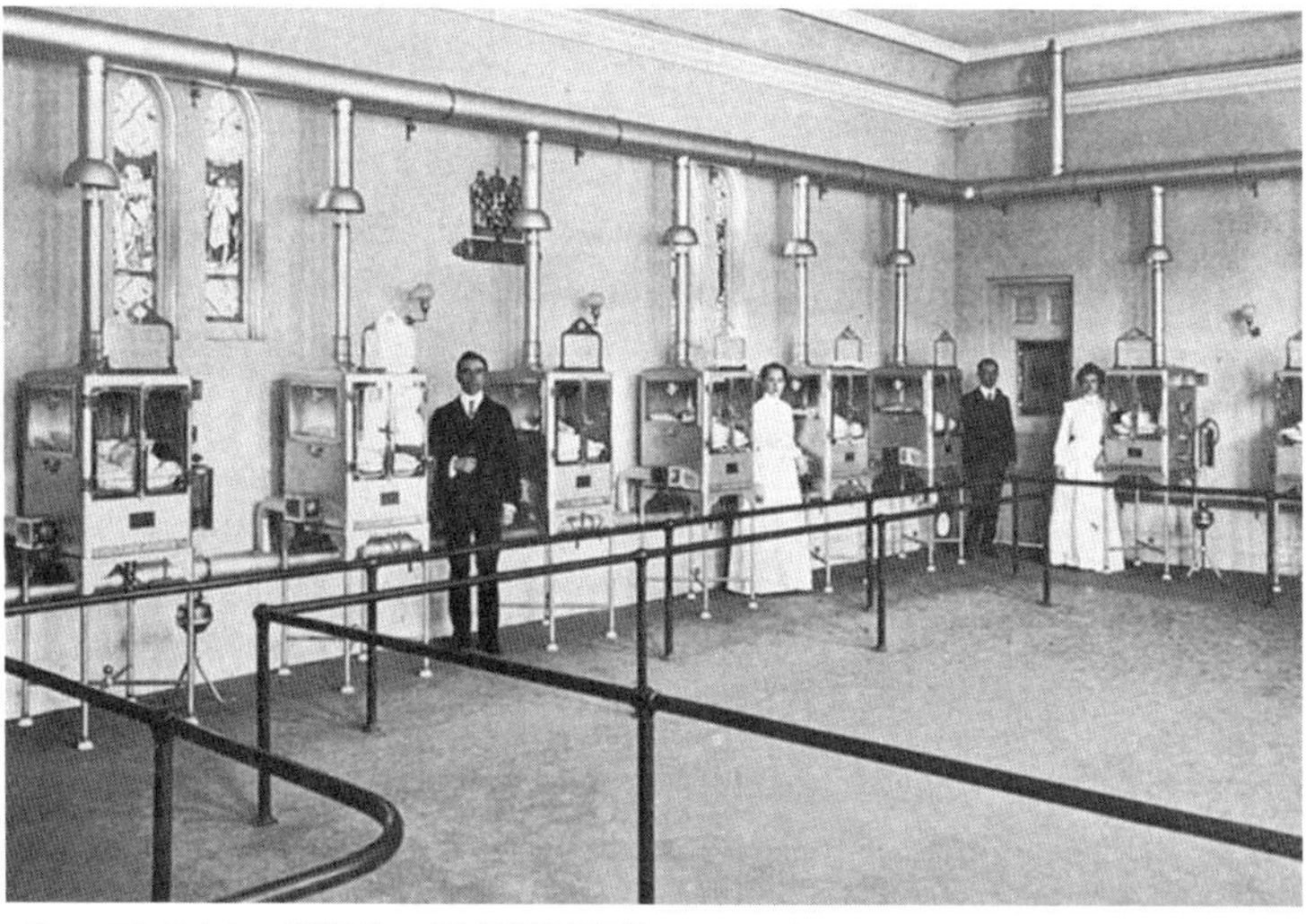

パン・アメリカン博覧会の保育器展示場。1901年

いにしろ、驚くべき軽さであることはまちがいない。

マーティンは記者たちに愛嬌を振りまいた。オマハで相手にしてもらえなかったのが嘘のように、バッファローでは記者たちに愛された。医学雑誌も例外ではない。『小児科学』は教育的な展示と認めたうえで、その場所は、「どちらかというと軽薄な娯楽設備が大半を占める」エリアにあったとする。また、生存率が八五パーセントにのぼること（臨床的な証拠はない）、さらには「催事場のすべての催しのなかで一番とはいわないまでも、かなりの人気を誇っていた」ということまで記した。

若い頃のマーティン・クーニー

『サイエンティフィック・アメリカン』も八五パーセントという数字を挙げている。通常、「早産もしくは未熟な」状態で生まれた子供が生き延びる確率は二五パーセントであり、そうした「赤ん坊の多くは目を閉じたまま横たわり、ときおりかすかに動く小さな手が生きていることをかろうじて伝える状態」だった。

国内に強い影響力を持つジャーナリストのアーサー・ブリズベーンは、具体性には欠けるが、『コ

パン・アメリカン博覧会の保育器展示場。1901年

スモポリタン』にうっとりするような記事を書いてくれた。博覧会で絶対に見たほうがいいものはなにか。彼の見解では、「両極端の二つ、つまり自然の力が顕現したもっとも弱きものともっとも強きものの二つである。ナイアガラの滝の背後には、河川と湖からなる広大なシステムがある。暖かな個室に入れられた小さき赤ん坊は、目が見えず、耳が聞こえず、力もない。だが、その背後には、大いなる人類、組織化された思考という大海原がある」として、ブリズベーンは赤ん坊の勝ちを認めた。「保育器のガラスの向こうにいる小さな体のほうが、〝水の雷鳴〟の轟きや迫力よりも興味深い」とし、さらには、「保育器の赤ん坊は涅《ね》槃《はん》という、至福の状態で人生をはじめる。仏教徒は実存をかけてその境地をめざす」

しかし、血が凍るような記事もあった。書き手不明の、無署名の記事だ。「おのずとそこまでする意味があるのかという疑問が浮かんでくる。こうした虚弱児を保護し、生かすことによって、人類全体に害がおよぶことはないのか」と、『バッファロー・メディカル・ジャーナル』で発表された記事にはある。「医学には、その運用によって得られる結果を考えたとき、いくらか非合理的な面がある。個人の保護に力を注ぐがゆえに、その行為が種全体におよぼす影響を忘れることだ。家畜の繁殖業者なら誰でも、繁殖動物の生育を高水準で維持するには、健全な環境とふんだんな食料と新鮮な空気が欠かせないことを理解している。そして公衆衛生学もまた、人という種を身体的に高めるには、こうしたことが必要だと説いている。しかしながら、繁殖業者が繁殖に用いるのは、もっとも壮健で完璧な動物のみである。このように物理的な形態や組成を確保することで、環境条件が最適に働くのである。一方、医学は、虚弱者や奇形や結核患者を存続させることで広く普及している衛生学の規則がもたらす優位性を容赦なく無効化し、こうした欠陥のある人間を――助けがなければ生存競争に敗れて死んでいたであろう者たちを――まだ生まれてきていない次世代に奇形や障害や疾患を遺伝させるかもしれない立場に置くのである」

こうした優生学的な物言いが、その先数十年にわたって、未熟児の受け入れに影を投げかけ、彼らの健やかな生育をかすませることになる。

マシュー・D・マン医師はその社会的な立場から、無料パスを何枚も持っていた。彼はバッファロー大学の首席婦人科医かつ産科医であり、〃社会の柱〃という言葉は彼のためにあるようなものだった。上院議員を父親に持ち、来賓として呼ばれることも多かった。平信徒伝道協会の熱心なメンバーにして、全米婦人科学協会の元会長、しかも腹部外科の専門医でもあった。そうした人物なら、社会活動や医学上の功績を報じた記事の切り抜きや受賞者として列席した祝宴のメニューなどを保存していたのもうなずける。

したがって、博覧会の初日にＶＩＰの一人として招待されていたのも自然だった。〈暗黒のアフリカ〉と〈インディアン会議〉の定期入場券があり、ケベイタ社の興味深い展示については彼のみが招待客用の無料パスを持っていた。どうやら彼の同僚医師はこの会社に患者を送っていたようだ。

こうしたチケットはマシュー・Ｄ・マンのスクラップブックに残されていた。そしてマッキンリー氏が大統領として訪問した暁には、地元の有力者としてマン医師にも記念品が与えられるはずだった。


催事場の混雑を透かして、三人の興業主がコニー医師を見ていた。なんとあのこざかしい外国人は、オマハでビールの宣伝をしていた、かの〝著名なクーニー（Counéy）医師〟ではないか。

オマハでのフレデリック・トンプソンには、コニーに注目する理由がなかった。ざくざくお金が入ってきて、大忙しだったからだ。オハイオ州アイアントン出身の彼は、建築を学ぶ学生だったが、シヨービズの世界に魅せられ、その世界に入るためにシカゴのホワイトシティ博覧会で雑仕事にありつき、最後には売り場を持つまでになった。それから五年後の夏にあたるオマハでは、みずからの企画で打ってでた。〈神秘の庭〉は空想的な円形パノラマ舞台で、人の心に訴えかける三六〇度、全方位の天国と地獄を演出した。催事場で大ヒットを博していた。

このショーをひどく嫌ったのが、オマハの有名な判事の息子だった。不道徳だと眉を顰めたのではなく、やっかんだのだ。エルマー・ダンディは法律家として芽が出かけていたにもかかわらず、退屈だとの理由でその道を捨てた直後だった。胸躍る喜びを追いかけるためだ。一八九八年には、ダンディもオマハのトランス・ミシシッピ博覧会の催事場で円形パノラマのショーを行った。こちらは〈闇とあけぼの〉といい、奇遇もいいことに、やはり天国と地獄をめぐる旅を模していた。ちがいがあるとしたら、来場者が喜んで〈神秘の庭〉の入場券を買っているあいだ、彼の客席のほうは大平原の土埃をかぶっていたことだ。

バッファローに集まった死後の世界の伝達者たちは、そこで啓示を受ける。トンプソンの創造力はずば抜けていて、それに勝てる人間はいなかった。だが、ダンディは金とコネの使い方に長けていた。結果、こんな方程式が成立した。「天賦の才＋力量＝二人の能力の合算＋未知数」

一九〇一年、昨日のライバルが今日のパートナーとなって、複数の催しを営業していた。そのなかには〈闇とあけぼの〉（ダンディ側の名前を残しつつ、中身はトンプソンの設計だった）もあったが、大ヒットしたのはトンプソンの最新作、〈月旅行〉だった。一〇セント出せば、人を地面から持ちあげるスリル満点の機械仕掛けと効果音とで、宇宙へ飛びだすことができた。

トンプソンとダンディは早くも先々のことを考えていた。そう思って周囲を見まわすと、赤ん坊の救出ショーがずいぶん注目を集めている。少なくとも、乗り物や見世物程度には人気があった。

催事場のとある場所で、セントルイス出身のエドワード・M・ベイリスという男が大がかりなショーを行っていた。彼の得意《メティエ》は炎と戦いをドラマチックに再現すること、一般大衆が楽しめるように加工した、衛生的な大惨事を提供することだった。オマハでの〈マニラの戦い〉は、彼の勝利に終わった。バッファローではさらなる大成功をおさめ、〈白夜の地〉というショーをかけた。

これにはまだ新しかった電気の照明を使い、ドーソン・シティの大火事を題材にした。ベイリスのショーには非常に多くの人手がかかった。そんな彼にしたら、夏の暑いさかり、なぜあの偽物のフランス人医師だかなんだかに、率直に言って災害を舞台化するよりずっと単純なショーの独占営業権が与えられたのか、不思議でしかたがなかったにちがいない。

遅ればせながら、パン・アメリカン博覧会では一九〇一年九月五日が大統領を祝う日に設定されていた。当初、ウィリアム・マッキンリーは六月一三日に来訪予定だったが、妻のアイダが病に臥《ふ》せったため、改めて日にちが設定された。ついに夫妻はバッファローに乗り込み、めまぐるしい二日間を過ごした。九月五日、大統領はナイアガラ・フォールズにあるグレート・ゴージ鉄道の列車に乗り、博覧会場にある収容人数一万二〇〇〇人のスタジアムで観兵式に挑み、政府の建物の前でポーズをとり、期待どおりのスピーチを行った。「博覧会は進歩のタイムキーパーである」と、大統領は述べた。「博覧会によって世界の発展が記録される。エネルギーや大事業や人の知的能力は刺激され、人の能力の高まりは加速する」

その日の午後の人出は六万人にのぼった。みな大統領の話を聞こうと、首を伸ばして耳を傾けた。そのなかの一人が大統領の殺害をもくろんでいた。名をレオン・チョルゴシュといった。引き金にかけた指がむずむずするものの、汗臭い群衆にはばまれて動けず、確実に仕留めるには距離がありすぎた。その日の夜、マッキンリーとその妻は殺されかけたことを知らないまま、乗り物で場内を見学してまわった。夜も遅くなると、エレクトリカル・タワーが光を放ちだし、花火が大気を揺るがせた。

九月六日、マッキンリー大統領は会場内にあるルネサンス様式の音楽堂にやってきた。秘書官のジョージ・B・コーテルユーは大衆と握手をするという案に異を唱えた。前年の夏にはイタリアのウンベルト一世が暗殺され、皇太子時代のエドワード七世もその前に暗殺未遂に遭っていた。コーテルユーは二度にわたって握手会の中止を訴えたが、大統領は聞き入れなかった。その日の午前中、大統領は建物を埋めつくした市民（屋内に三〇〇〇人、屋外にさらに一〇〇〇人いた）に会い、チョルゴシュは拳銃をハンカチに隠して辛抱強く待った。感心しきりの観光客。のろのろと進む列。ついに生身のウィリアム・マッキンリーが手を差し伸べ、チョルゴシュは彼を撃った。二度。

群衆は銃撃犯に襲いかかった。負傷した大統領が声を上げていなければ、殴り殺していたかもしれない。大統領は、「いいから、そいつに手荒なまねをするな」と言ったとされる。そして、担架に乗せられて運びだされる前に、このことをアイダに伝えるときはやさしくしてやってくれと頼んだ。

みな、外に出ていた。救急車で救急医療センターに行くには、同じセクションにあった保育器展示場の前を通らなければならなかった。

大統領が撃たれたという知らせはまたたく間に広まった。ロズウェル・パーク医師は、博覧会の医療責任者だったが、そのときはナイアガラ・フォールズで手術を行っていて留守だった。彼の代わりにセンターには若手の医師や医学生が詰めていた。対応してくれる人物を求めて、町じゅうで電話が鳴っていた。マーティンは目と鼻の先にいたものの、残念ながら無力だった。

バッファローの医師たちが医療センターに集まり、マッキンリーの痛みを緩和するためモルヒネが投与された。ロズウェル・パーク医師はすでに帰路についていたが、時間が長引くにつれて、現場に詰めた医師たちは待つだけの猶予がないことに気づく。

マシュー・Ｄ・マンは産科医ではあるけれど、その場に居合わせた外科医のなかではもっとも古参だった。度胸は誰にも負けなかったが、彼にかかるプレッシャーは並大抵ではなかった。手術室のドアが閉まった。がっちりとした体つきのシークレットサービスが拳銃を用意して外に立った。外科医のナイフによって〝共和党の血〟が流れているあいだ、彼らは足音を忍ばせて、声をひそめた。

マン医師には医師五人、医学生二人、それに看護師六人がついた。しかし赤ん坊を取りだすことが専門の彼には、二弾めの銃弾は見つけられなかった。マッキンリーが展示の一つずつに表された世界の進歩を褒めたたえたのは、前日のことだ。なかにはレントゲンの機械もあり、何千という来場者がそれを見ていた。同年末、初となるノーベル物理学賞は、皮膚に隠された人体内部を見えるようにした功績を称えて、ヴィルヘルム・レントゲンに与えられた。ああ、もしそれを使っていたら……だが、誰も進んで大統領にこの新しい発明品を使おうとしなかった。パーク医師が帰ってきたときには、手術は終わりかけていた。体内に銃弾を残したまま、丁寧に傷口が縫いあわされた。そしてまず手術室の、そして建物のドアが開かれ、無言の群衆はマッキンリーが担架のうえで意識を保ったまま運びだされるのを見送った。

恐ろしいことはどこででも起こる。誰もが知っていることだが、まさか自分の目の前で、楽しい一日が血まみれになろうとは。移住者にとっても、赤ん坊の看護師にとっても、通りで青ざめているすべての男女にとっても、この日はその前後を分かつ特別な一日となった。

その後しばらく、マッキンリーは回復するかに思われた。大統領が快方に向かう個室から、日々、楽観的な知らせが発信された。やがて壊疽《えそ》がはじまった。九月一四日、記録によると、大統領は「これが神の思し召しだ。神の意思がなされますように。さようなら、これでお別れだ」という言葉を残して亡くなったとされ、その言葉が新聞各紙の一面を飾った。

彼の死亡に伴い、セオドア・ルーズベルトが第二六代合衆国大統領に就任した。

一〇月二九日、大統領を暗殺したレオン・チョルゴシュが処刑された。

一一月二日、バッファローでの博覧会は終幕した。

一一月一一日、サミュエル・シェンケインが逮捕され、保育器の一部が赤ん坊の入ったまま差し押さえられた。ある新聞には「赤ん坊に死の危機」という見出しが載り、また別の新聞は、保育器の担当であるマイケル・バーク保安官助手が赤ん坊の面倒をみるつもりかと質問されて、市庁舎の諸団体はたじたじとなったと報じている。押収品には、ローション二〇瓶、赤ん坊の肌着一〇ダース、ベビーパウダー一二ダース、化粧石鹼二〇ダース、ベビークリームの瓶一二ダース、ベビークリームのチューブ二〇ダース、「見積価格一〇〇〇ドル相当の類似品」、加えて現金が五五ドルあった。

新生児保育器の展示は、一般大衆や新聞のみならず医療従事者の多くに強い印象を残した。だが財政的には大失敗だった。博覧会が終わった今、ケベイタ社に投資していたエメット・W・マコネールは、激怒していた。強制破産を求めてシェンケインとコニーを訴え、自分は収益から一万七二五〇ドルを払われるはずなのに、不誠実なパートナーは資産を隠したままとんずらしようとしている、そしてセントルイスで開かれるつぎの万国博覧会に出展するつもりだ、と主張した。とりわけ最後の部分が怒りの原因になっており、計画から外されたことに対する損失としてさらに七万五〇〇〇ドルを要求した。

サミュエル・シェンケインは保釈金一〇〇〇ドルをかき集め、判事はその日のうちに逮捕命令を引っ込めた。バーク保安官も一息ついた。押収品一覧に生身の赤ちゃんは入っていなかったのだ。赤ん坊たちはその健やかな生育を祈る言葉もなく家に送り返された。

法的、金銭的な混乱は、まだはじまったばかりだった。バッファロー子供病院が保育器を何台か買い入れてくれたので、ある程度の現金は手に入ったものの、セントルイスの出展計画は水泡に帰した。カンザス州トピーカの出展は言わずもがな。ローションのライセンス契約事業は、はじまる前に頓挫した。クーニー・アンド・シェンケイン商会はメイ・セグナー嬢ともども、二度とこの仕事ができないかもしれない瀬戸際に立たされていた。

死者の街にようこそ

行き方は簡単だ。うだるような暑さの日、下りのJ系統の地下鉄に乗ってブルックリンを抜ける。いったん地下にもぐって地上に戻り、眼下に街の営みを見ながらクリーヴランドとノーウッドとクレセント通りを過ぎて、サイプレス・ヒルズ駅で降りる。

蛇行した長い道をうねうねと進む。起伏のある大地に墓石の列がならぶ。死後の世界への道行きを慰めるべく、暑さのなかじわじわとしおれていく花や熟れたオレンジが供えられている墓もあれば、死者の似顔絵が刻まれている墓石もあった。

地下道に入って未舗装の道をさらに下った先に大修道院がある。裏にまわると、ドアがあって、鍵はかかっていない。なかに入る。一、二分で目が慣れてくる。麦束やヒイラギの図案のステンドグラスを通して、淡い光が差し込んでいる。特定の宗派に属さない教会堂は、がらんとして人待ち顔だ。耳を澄ませると、遠くで鳥が鳴いている。芝刈り機の気だるい音。ペルシア絨毯。少し皺になっていて、足をとられそうになる。

死者たちは壁にずらりとならんだ引き出しに納められている。骨の保管所。階段をのぼると、光が弱まる。矢印がついているのは、著名な死者の骨。喜劇女優のメイ・ウエスト、ボクサーのジェームス・ジョン・コーベット、ステーキハウスの主人ピーター・ルガー。注目に値する地下納骨堂には、床に掲示がある。元ポーランド首相の遺骨は、〝彼の心、ここに眠る〟と刻まれたガラスケースにおさめられた記念の半身像とともにある。

さらに階段をのぼると、先が見えないほど闇が濃くなり、そこにゆっくりと形が浮かびあがってくる。ハリウッドのミュージカルの舞台となる夢のホテルに置いてありそうな円形の長椅子。絹地の古びたブーケが飾られた二人用の木製テーブルには、張り地が薄くなった装飾性の高い椅子が置いてある。死者がときおり抜けだしてきて、お茶やらお酒やら飲みにやってきそうだ。

そしてＬＬＬの列の入り口あたり、最下段の引き出しに妻とならんで眠っているのがマーティン・Ａ・クーニー医師の遺骨だった。

なにを見つけるつもりだったのか、私にもわかっていなかった。そこまでの数カ月、私は動いたあとの乱流によってかろうじてその存在を確認しようとする素粒子物理学者のようだった。マーティン・クーニーの出身地についてなら、ウィリアム・シルヴァーマンにも教えられるようになっていた。アルザスやブレスラウではなくてクロトシンという町だ。だが、一九一〇年にはじまる彼の国勢記録を見ると、矛盾だらけなのがわかる。ドイツ人であり、フランス人であり、一八八四年（一四歳のとき）にアメリカに渡った、いや一八八八年に渡った（それもまだ不可能だと私は思った）、名前の綴りは〝Coursey〟、娘のヒルデガードは妻として記載されていた。なかには事務官の記入ミスもあるだろうが、それ以外はちょっとした嘘なのだろう。ヒルデガードは完全に消えてしまった。マーティン・クーニーの入国管理記録は失われ、市民権獲得の記録についても同様だった。ニューヨーク州の医師免許記録保管庫にも、彼に関する記録はなかった。〝コニー Coney〟あるいは〝クーニー Couney〟という名字、そして彼の葬儀がカーシェンバウムのウェストミンスター・チャペルという、市内でもっとも古いユダヤ人向け葬儀場で行われたという事実から、私は彼の出生時の姓は Cohen か Cohn か Coen か、あるいは Kohn だろうとあたりをつけていた。

そして赤ん坊のことがあった。シカゴ郊外にある米国小児科学会の保管庫にあったクーニー愛好会のファイルから、ハロルド・S・マッスルホワイト・ジュニアという男性が書いた手紙を二通見つけた。一通めは五番街にあるニューヨーク公立図書館の「調査図書館員」宛、日付は一九九六年六月二七日、木曜日。書き出しはこうだ。「返信：マーティン・クーニー医師の件。一九二一年、私はかの医師に預けられておりました……お手元に死亡記事がありましたら、どんなものでも助かります。新たな情報についても同様です」彼がどんな返事を受け取ったかわからないが、二通めのL・ジョゼフ・バターフィールド医師宛の手紙も、やはりファイルに入っていた。こちらは一九九八年六月六日土曜日の日付で、差出人の人生について具体的な記述があった。一九二一年四月二四日、ブルックリンにて誕生。「両親はほか何人かと連れだって、自由の女神見物に行こうとしていました。そのとき母がバスルームに入ったんです。で、突然、赤ちゃんが出てきた、と声を張りあげ、私はトイレに生み落とされずにすみました……母方の祖母の機転で、私はコットンを詰めた靴箱に寝かされ、靴箱ごと温めたオーブンに入れられました。クーニー医師に連絡がつくまでの、間に合わせの保育器です。私を育てる設備のある病院はありませんでした」と、手紙にはある。「どういう経緯で、いつ預けられたのかわからず、コニーアイランドまでどう運んだかも不明です。残念ながら、関係者はすでにみな亡くなり、記録もあらかた破棄されています」そして、洗礼式のときの彼は「小さなティーカップがかぶれるほど小さな頭だったよ」と言われて育ったと回想している。彼の主たる目的は情報の収集にあったが、自分の来歴を残したいとの思いもあったようだ。彼は妻との出会いや、海軍で兵役についたこと、保険業界と不動産業界で働いたこと、妻と二人でコネチカット州ミスティックで行っているドールハウスのミニチュアショーのこと。妻とのあいだに子供が三人、孫が七人。けれど、なにかが欠けている。クーニー医師の患者仲間に会ったことがなく、ほかにどんな人がいたのか知りたいという、切なる願いを持っていた。小児科学会の保管庫は、ハロルド・マッスルホワイトに関する最後の記録として、保育器仲間が見つかることを願って彼が二〇〇一年前後に開設したウェブサイトを記載している。

私はシカゴを出たあと、そのウェブサイトを見つけた。サイトはまだ閉鎖されていなかったが、保育器仲間が見つかったという記述はなく、ハロルド・マッスルホワイト・ジュニアが二〇〇五年に亡くなったのがわかった。享年八三、ウィリアム・シルヴァーマンの死からおよそ六週間後のことだった。私はこのサイトで彼の娘のジョイの住所を見つけ、父親の手紙が欲しいのではないかと思ったので、コピーを同封した。電話をかけてきたときの彼女は、少々面食らっているようだった。父親からは聞いたことのない話だったからだ。クーニー医師については私以上に知らず、彼女が知るかぎり、父親のハロルドは保育器仲間に会ったこともなかった。

マーティン・クーニーの患者のなかには、まだ存命の人がいるはずだ。そう思った瞬間、私の頭にジェーン・アンバーガーとジーン・ハリソンという名前の姉妹の記事がぽんと浮かんできた。〈進歩の世紀博覧会〉で展示されたこの〝保育器双子〟は、記事のなかで家族そろってイリノイ州でピクニックに行き、マルガリータを片手に一八歳の誕生日を祝っていた。花柄のトップスを着た二人の娘が写真に写っていた。一方がピンクと白、もう一方が青と緑だった。

たぶんそれから一分としないうちに、私は電話をかけていた。ジェーンには私が子供時代に慣れ親しんできた中西部の平板なアクセントがあった。ジェーンは私以上に情報に飢えていた。彼女は生涯をかけて、マーティン・クーニーの謎と向きあってきたのだ。「コニーアイランドという名前は、彼にちなんでつけられたの？」と、彼女は尋ねた。「彼を病院に入れなかったなんて、信じられる？」彼女とジーンは生まれてからずっとシカゴかその近辺で暮らしてきたにもかかわらず、展示室にいた患者と会ったことがなかった。ジーンはマスコミの支局に手紙を書いたが、芳しい結果は得られず、ただ刑務所から一通味気ない手紙が届いただけだった。とにかくジェーンは知りたがっていた。「私たちのような人がほかにいるのか」ということを。

ジェーンとジーンは一九三四年八月一七日に生まれた。〈進歩の世紀博覧会〉で同窓会が行われた三週間後のことだ。体重は二人あわせて三四五九グラム、一人分なら申し分ない。看護師だったおばが二人を展示場に運んだ。

ジェーンによると、ファースト・ナショナル・バンクに勤めていた父親が毎日、出勤途上に博覧会場に立ち寄った。いかがわしいパリの街角を素通りして、その隣にある保育器展示場に妻の母乳を届けるためだ。見物客のなかには、のちにジーンの夫となる四歳の少年もいた。

一九年後、双子の姉妹がそろって結婚式を挙げるというので、教会は見ず知らずの人たちであふれかえった。大衆は生き延びる二人の苦労を見てきた。大不況が終わり、戦争に勝った今、娘たちが末永く幸せになるため、教会の通路を歩く姿が見たかったのだ。


私から二度めの電話をしたときは、二人がそろっていてくれた。ジーンのほうが声が低い（彼女のほうが一五分だけ年上）が、姉妹どちらも二〇世紀半ばの快活な話し方をして、それが驚くほど似ていた。

「私たちはてっきり科学館にいたと思っていたの」ジーンは言った。「四〇ぐらいのときだったかしらね、万国博覧会すべてを振り返る展覧会があったんで、二人で出かけたの。そしたら、私たちがいたのは催事場だったって！　見世物小屋扱いよ！　わかったときはショックだったわ」おもしろがっている口ぶり。人生半ばの大発見。クリスマスの靴下で見つけたびっくりプレゼントというわけだ。

こんどもジェーンは私を質問攻めにした。マーティン・クーニーは結婚してたの？　いくつまで生きたの？　ほかに双子はいた？　ところで、あなたはどうしてこの件を調べることにしたの？　答えるたび、「あらまあ！」という返事がきた。

ジーンの結婚生活は続いていて、相手は両親から二五セント銀貨をもらって保育器の彼女を見に行った少年だった。

「一目惚れってこと?」私は尋ねた。

「私の夫はね」ジェーンが答えた。「彼、私を見たとき、友だちに言ったんですって。この子がぼくの結婚相手だよって。でも、最初の夫じゃないのよ。今の人といっしょになって五三年になるわ」

私は、すばらしいわ、と言った。彼女の話は続く。「ジーンといっしょに結婚式を挙げたときは、二人とも若すぎたんでしょうね。ジーンが結婚するっていうんで、私もと思っちゃった。ダブルウェディングにしたかったの」二番めの夫に会ったとき、ジェーンにも彼にも子供が二人ずついた。二人はお互いの子供と養子縁組をし、さらに夫婦のあいだにも子供が二人できた。その間ずっと、二人そろって夫の造船会社で働いてきた。「私はもう引退したのよ」彼女は言った。「八一歳だもの、そろそろね。でも、ずいぶん長くやってきたわ。そりゃあ忙しい仕事でね。そのうえ、育てなきゃいけない子が六人もいて」

「それは多いわ」私は言った。

「大変だったわよ。でも、これが私たちの人生だもの」愛おしさが滲む口調だったが、感謝を知らないと思われるのを恐れるように、急いでつけ加えた。「二番めの夫と出会えて、ほんと、幸せよ」ジェーンは一一年前に娘を失っていたが、孫が一四人、ひ孫が一一人いた。

ジーンは結婚して六二年、〈進歩の世紀博覧会〉で未来を垣間見た男性とともに三人の息子を育てつつ、まずは実家の家業である製陶業につき、そのあと新聞社にいた。夫妻には孫が九人いて、まもなく一二人めのひ孫が生まれようとしていた。

「あなたの本が出たとき、二人ともまだこちらにいられるといいんだけど」ジェーンはそう言って、電話を切った。

私は住所が正しいことを祈りながら、半世紀前に新聞に載った人物に手当たりしだいに手紙を送りつけた。死亡記事を調べて、その子供を探した。ひょっとすると、あなたのお母さまは保育器で……？　あるいは、あなたのご親戚かもしれません。マーティン・クーニーの保育器に親がいたことがある人は、そのときの状況をほとんど知らなかったが、その後の、「母はいい人生を送りました」といったことを教えてくれた。母には子供が一〇人いました。父は八〇過ぎまで生きました、と。

存命だとわかった当時の〝赤ちゃん〟は、みなとても話をしたがった。今や七〇代、八〇代、九〇代になった彼女たち（全員、女性だった）はそろって、自分を見物するために人が入場料を支払ったという事実をまんざらではないものと受けとめていた。そして、ジェーンやジーンと同じように、私を質問攻めにし、彼女たちを救った男性のことを一様に知りたがった。

私はサイプレス・ヒルズで、こんども探求の旅が行きづまったのを感じた。死者の眠るこの場所で、それこそデッドエンドに達してしまった。ただその場に佇《たたず》み、大理石に刻まれた名前を見つめていた。力を貸して、マーティン・A・クーニー。私は彼を思い浮かべて、念じた。あなたの秘密を教えて。

納骨堂では墓の撮影が禁じられているが、私がお参りした男性は規則を厳密に守る人ではなかったし、地下道に入って以来、生者には一人も会っていなかった。私はスマートフォンを取りだして、写真を撮った。あとで見たその写真は真っ暗で、なにも明かしてはくれなかった。

二頭の象と結婚式と泣きわめく赤ちゃんたち

一九〇三年、コニーアイランド

一九〇三年一月四日の日曜日、公開処刑の見物にやってきた招待客の人集りができていた。見物料をとる案は却下されたものの、浮かれたお祭り気分が色濃く漂い、物見高い人たちは近くの屋根の上に陣取って、冬の日差しに目を細めていた。死ぬ運命にあるのは、サーカスで元気に芸をしていたトプシーという名前の象だ。この雌象に死の宣告を下したのは、ほかならぬフレデリック・トンプソンとエルマー・ダンディ。〈月旅行〉の立案者たちは、そのとき、自前のアミューズメントパークを華々しく建設中だった。この二人の指示によって、象のトプシーはヒ素を添加したニンジンを与えられたうえで、ワイヤーを巻きつけられ、さらには六〇〇〇ボルト以上の電流を流されることになっていた。

〝悪い〟象のレッテルを貼られたトプシーは、その生涯にわたって目のあいだを刺されたり、干し草用の熊手でつつかれたり、焼けた火かき棒で殴られたりしてきた。それもこれもサーカスの観客を楽しませるために。数年前、飲んだくれが火のついたタバコの先端をトプシーの胴体に押しつけた。彼女はその男を投げ飛ばし、男は死んでしまった。その後コニーアイランドのシーライオン・パークに売られ、そこを最近買収したのがトンプソンとダンディだった。

もとより運のないトプシーの運が尽きたのは、酒を飲んで気が大きくなった調教師のホイットニー・オールトが、彼女にまたがってサーフ・アヴェニューに繰りだしたときだった。その騒動でオールトはぶち込まれ、彼以外に体重三トンの動物を扱える人間はいなかった。トンプソンは、譲ろうにも引き受け手がいなかった、と弁明した。動物園にもサーカスにもあたったのだが、と。トプシーを殺処分するしかないと決めたこの興行師は、ひょっとすると大金が稼げるかもしれないということに気づく。

トンプソンは当初、二五セントの見物料をとって、トプシーを公開絞首刑にする計画を立てた。アメリカ動物虐待防止協会は血相を変え、絞首刑と利益を得ることの両方に反対した。だが、毒物／窒息／電気の組みあわせは許可した。それなら死ぬまでの時間が短縮される分、残酷さが減ると考えたのだ。そして社会教育のため、アメリカじゅうの人が観られるよう、映画製作を行っていたエジソン社が出向いて一部始終を撮影することになり、トンプソンはこの機会をとらえて、開園間近のテーマパークを宣伝することにした。

トプシーは協力を拒んだ。まず、処刑台に乗ろうとしなかった。彼女が動かないとわかると、トンプソンは彼女のかつての調教師を呼びだした。オールトは、トプシーを殺させるために彼女をなだめすかすつもりはない、と忌憚《きたん》なく述べた。少なくとも、提示された二五ドルというはした金では。そこで処刑人たちが処刑台をトプシーの立っている場所まで動かした。象の湿った口のなかに毒入りニンジンが押し込まれ、電流が彼女の体を貫いた。トプシーのすさんだ心臓はたちまち鼓動を止めたものの、念には念を入れて、首も絞められた。医師が死亡を宣告した。

サミュエル・シェンケインは絶滅の危機から生還した。シェンケインとコニーがマコネールと交わした契約の内容をめぐって法的にほじくり返されること数カ月、後者はある程度の現金を受け取ったが、その金額は記録として残っていない。なにはさておき、垂れ込めていた〝強制破産〟の暗雲は消え去った。

サムは自分の好運を感じたのか、船のチケットを買った。ただし自分用ではなく、四月二七日、ラ・ガスコーニュ号で到着する予定のルイーズ・レチェ嬢のためだ。メイの金髪に対してルイーズは黒っぽい髪をしていた。そして分別のある一人前の女性として自分のことを〝マダム〟と呼ばせていた。記録によると、名はアメリ・ルイーズだが、アナベル・メイと同じく、ミドルネームで呼ばれることを好んだ。

ルイーズがやってきて三週間にも満たない五月一六日、フレデリック・トンプソンとエルマー・ダンディは、〈月旅行〉を目玉として、五〇万個の電球で飾られたルナパークを正式に開園した。トプシーが頓死した場所からわずか一ブロックほどのところに、マーティン・クーニー医師は保育器の展示場をオープンした。

「さあさ、こちらだよ、紳士淑女のみなさん！」呼び込みが声を張りあげる。「最少の人類ってやつを見ておくれ！　未来の大統領がいるかもしれないよ！」

空から見たコニーアイランド

かつてのマイケル・コーンがゲッレールト号から〈エレファント・ホテル〉を望んだあの日から、一五年が過ぎていた。そもそもが企画倒れの建物だったのだ。象はいかがわしい宿になり、最後には娼婦たちにもそっぽを向かれて、挙げ句、一八九六年に焼失した。

かつては悪徳の巣窟だったコニーアイランドが、アドレナリンに酔うファンタジーの地へと変貌した。スターや田舎の伊達男がしゃれた最新のファッションでやってきた。上着のボタンを外してくつろいだ恰好の中流階級。安い共同住宅と劣悪な搾取工場で平日を送った移民たちは、週末を楽しみにし、空気の淀《よど》んだ列車や路面電車に乗り込んで、ごった返した海ではしゃごうとする。なんでもありのビーチで日光浴をして、苦労して稼いだ小銭をジョージ・C・ティルユーのスティープルチェース・パークに上納する。そして金切り声をあげる。ぐるぐるまわる乗り物で、お互いの腕のなかを行ったり来たり。恋人たちは船に乗り、暗い運河でこっそり口づけを交わす。火が燃えあがり、戦いの場面、誰かしらの地獄が本格的に再現されて、勝利をおさめる。

唯一の商売敵は向かいで低迷しているシーライオン・パークだけだった。ティルユーとしてはわがテーマパークの活気を保たなければならない。一九〇一年、彼はつぎの目玉を探すべく、バッファロー万国博覧会に企画を買いに出かけた。目をつけたのは〈月旅行〉。それにはトンプソンとダンディを雇い入れるしかない。大人気の催しのために二人をパートナーに迎え入れ、〇二年の夏はほかの出し物や乗り物ともどもスティープルチェース・パークで営業させた。そのシーズンの終わりには、シーライオン・パークは閉園に追い込まれていた。

ティルユーにとっては好ましからざるなりゆきだ。パークは頭と同じで、一つより二つのほうがいい。そのまま老朽化して廃墟になれば、こちらの足まで引っ張られかねない。

そこで閃《ひらめ》きの人ティルユーは、一計を案じた。トンプソンとダンディと二年めの契約を締結するにあたって、わざと報酬を大幅に減額したのだ。二人はまんまと罠にかかり、こんな屈辱的な契約を交わすぐらいなら、シーライオン・パークを買ったほうがましだと息巻いた。ティルユーの思うツボだった。

哀れなトプシーには、地上における最期の数カ月、巨大な〈月旅行〉を引っ張って移動するという仕事が課せられた。彼女の処刑場から〈エレファント・ホテル〉の焼け跡までは、歩いて五分とかからなかった。

コニーという名の医師には退場願うしかない。この名前は具合がよくない。そう、ルナパークのような場所では。そこにはライオンがいて虎がいて見世物になる人がいる。明かりは煌々として、なかを練り歩く音楽隊がベンチに座ってむくんだ脚を休ませている人たちを立ちあがらせている。ヴェネチアの街がゴンドラ込みで丸ごと出現し、早くも、二輪馬車や後ろ脚を跳ねながら進む馬でもちきりだ。こんな浮ついた雰囲気のなかで、どうしたら医者による本格的な展示などできるだろう？　少なくとも、コニーアイランドのコニー医師では話にならない。地名と区別するためにuを戻し、けれどeの上のうっとうしいアクサンテギュは省いて、クーニー（Couney）にしよう。

《ブルックリン・イーグル》紙は、その逆説的な状況をコラム欄で表現すべく、「人の子を保護、養育するのにもっとも縁遠い場所」とし、「通りすがりの群衆に熱弁を振るい、神聖とは言わないまでも尊い見世物に硬貨を使わせようとすることに、嫌悪にも近い疑問を感じる」とまで書いた。だが記者の評価はそこでいきなり反転して、優れた設備を褒めたたえている。食事はマーティン・クーニー医師が考案した先細スプーンを使ってたくみに与えられていること、清潔な環境、唾液やミルクを吸収してしまう羽毛の寝具の代わりに、赤ん坊の枕にはタールを塗った衛生的な物質が詰められ、それも定期的に交換されていること。そして、その実体は「厳粛な科学的展示」であると締めくくっている。

マーティンとメイとルイーズは、ほどなく医師や病院がこの新システムを採用すると思っていたのかもしれない。ひとまずは、お金を儲け、命を救い、海風を楽しめる好運を喜んだ。

兄のアルフォンス・コニーも、この心なごむ結果を喜んだはずだ。グレーヴゼンドの競馬場のあと、五〇〇〇キロ離れた西海岸に行っていなければ、きっと訪れていただろう。赤ちゃん助けに精を出す末っ子の弟をよそに、アルフォンスは男っぽい世界で名を売りだしていた。つぎの夏、少し酔っていたのにもかかわらず、彼はサンフランシスコ・オリンピック・クラブの会員になり、タマルパイス山まで駆けのぼったのち、ふたたび〈ディプシー・イン〉に戻ってきて、さらに酒を飲んだ。アルフォンスは二人で走って二番だったが、その後、伝統となる長距離走をはじめた人物に認定された。アルフォンスとその弟が死に、二〇世紀が終わったあとも、このトレイル・レースはディプシー・レースという名でいまでも年に一度、開催されている。

マーティンはセントルイス万国博覧会に出展するという、誰もが望むチャンスを棒に振ったものの、家を手に入れた。そしてこんどは所帯を持とうとしていた。

一九〇三年九月二六日、彼とアナベル・メイは結婚許可書に署名し、花嫁の母親メアリー・イザベラが立会人となった。〝ベル〟と自称することの多かったこの女性は、夫に先立たれていたこともあって、ルイーズともども若夫婦と同居した。女系家族である。結婚許可書の提出にあたって、市の職員は彼に職業を尋ねた。マーティンは「医療機器従事者」と答えるのに、若干のためらいを感じたかもしれない。

彼は正式名称としてマーティン・A・クーニーを名乗った。事実、結婚から数日後の一〇月一日、ニューヨーク州最高裁判所で、彼は名前の変遷に終止符を打った。マイケル・コーンとマーティン・

コーンとマーティン・コニーは、〈エレファント・ホテル〉同様、この世から消滅したのだった。

赤ちゃんにキス

私が見つけた写真のなかの彼は、くたびれた顔をしている。髪はあらかたなく、頬は顎まで届きそうなほどたるみ、黒縁の眼鏡の奥の瞳は、静かな悲しみをたたえている。彼はまっすぐにカメラを見て、赤ちゃんを抱えている。とても小さな赤ちゃんなので、シミの浮いた彼の手で胴体がほぼおおわれている。その子の名はベス・バーンスタイン。一九四一年、合衆国が第二次世界大戦に参戦する前の夏の生まれだ。

出生時のベス・バーンスタインの体重は七三七グラムだった。

御年七三歳のベス・アレンはとても小柄で、妖精のようだった。まっすぐの白髪を短く切って、かくしゃくとしていた。目には喜びの煌めきがあった。どうやらマーティン・クーニーの話はお気に入りの話題の一つのようだった。

私たちは彼女の自宅のテーブルについていた。ベスは運動場とその向こうの街並みからなる広々とした景色を眺めながら、わずか二日で亡くなった双子の姉妹のことを話しだした。「一一歳ぐらいになるまで、もう一人いたのを知らなくてね。家族の集まりのときに小耳にはさんだのよ」彼女は言った。「父に尋ねたら、母さんには言うなよ、母さんにはつらすぎる話だからな、と言われたわ」

ベスにはほかにきょうだいがいない。「子供のころはずっと、とても過保護に育ったのよ」彼女は言う。「私が保育器から家に帰されると決まったとき、母はひどく怯えて、赤ちゃんの面倒をみてくれる看護師を派遣してほしがったみたい。でも、マーティン・クーニーは言ったそうよ。あなたには長い休暇があったんだからね、こんどは自分でわが子の面倒をみるんだよって。母があんまり怖がるんで、最初のお風呂は父がいれたんですって」

ベス・バーンスタインを抱くマーティン・クーニー

もしベスの母親が亡くなったもう一人の子のことを話したがらなかったのだとしたら、コニーアイランドのこともやはり話題にしたがらなかっただろう。私には理解しにくいことだが、マーティン・クーニーの患者の生き残りを探すようになって以来、私は彼らから親がその件を話題にしたがらなかったという話をちょくちょく耳にしていた。つい深読みしたくなるけれど、私たちほど人と情報を〝シェア〟しない世代だったことを忘れてはならない。たとえば流産のことを、おおっぴらに話す人などいなかった。病気もそう――がんとか、身体の性的な部分とか、精神にかかわるときは、とりわけ。こうして過去の多くが沈黙によって消えた。

一〇年だか十数年だか前に、ローレンス・ガートナーという医師がベスの母親から話を聞きたがった。ベスの母親は請われてようやく承諾したが、医師側の都合で面談はキャンセルになった。医師は自分の代わりに尋ねてほしいと、ベスに質問リストを送ってよこした。

「私が母から話を聞いたときのメモがここにあるんだけど」ベスは言った。話が行きづまってつらくなったために、質問は途中で終わっていたが、今彼女は手元に残っていたメモに目を通していた。

「母が私を妊娠していて産気づいたのは、母の母の家、つまり実家でほかの姉妹といっしょにいたときだったの」彼女はメモを読んだ。「医者に電話をしたら、食あたりかなにかだろうと言われたらしいんだけど、母の姉が、ちがうから今すぐ来てくれ、と訴えてくれたそうよ」

医者が陣痛をただの消化不良だと早合点する。いったい何度同じ話を聞かされただろう。けれどこの医者は、訴えを聞き入れて往診すると、ベスの母親を病院に送った。イスラエル・シオン病院（現メイモナイズ・メディカル・センター）には保育器がいくつかあったが、九〇七グラム（二ポンド）に満たない新生児を看護できるスタッフはおらず、少ない保育器に対して利用したい赤ん坊が多いので、一人の赤ん坊を長く預かることはできなかった。

「病院の医者たちは私をクーニー先生のもとへやりたがったけど、母はきっぱり断ったそうよ。私の赤ちゃんは見世物じゃない、さらし者にしたくないって」それ以外には助かる見込みがないとわかっても、彼女の母は高齢になっていたマーティン・クーニー本人が説得に訪れるまで、うんと言わなかった。

承諾はしたものの、ベスの母親は現場を訪れることができなかった。だが、一一歳と八歳になるベスのいとこたちは、好奇心でいっぱいだった。「当時八歳だったいとこのほうは、おばが私の小ささを示すためになにをしたかを覚えてててね」ベスは言った。「おばは冷蔵庫から七〇〇グラムぐらいの肉の塊を出してきて、これがこんど生まれたあなたのいとこよと言ったんですって。一一歳のほうがコニーアイランドに日参してくれたわ」

この後者のいとこ、テリー・シルヴァーマンは、私がベスに会ったときすでに物故していたが、その数年前にコニーアイランドの口述歴史記録プロジェクトに参加し、その録音が残っていた。彼女は保育器をただで見学に行ったこと、マーティン・クーニーに頭を撫でられたこと、隣の展示場の小人症の人と仲良くなったことなどを、郷愁に満ちたかすれ声で語った。ベスの母親を非難する人がいたのも覚えていた。「恐ろしいと言う人が

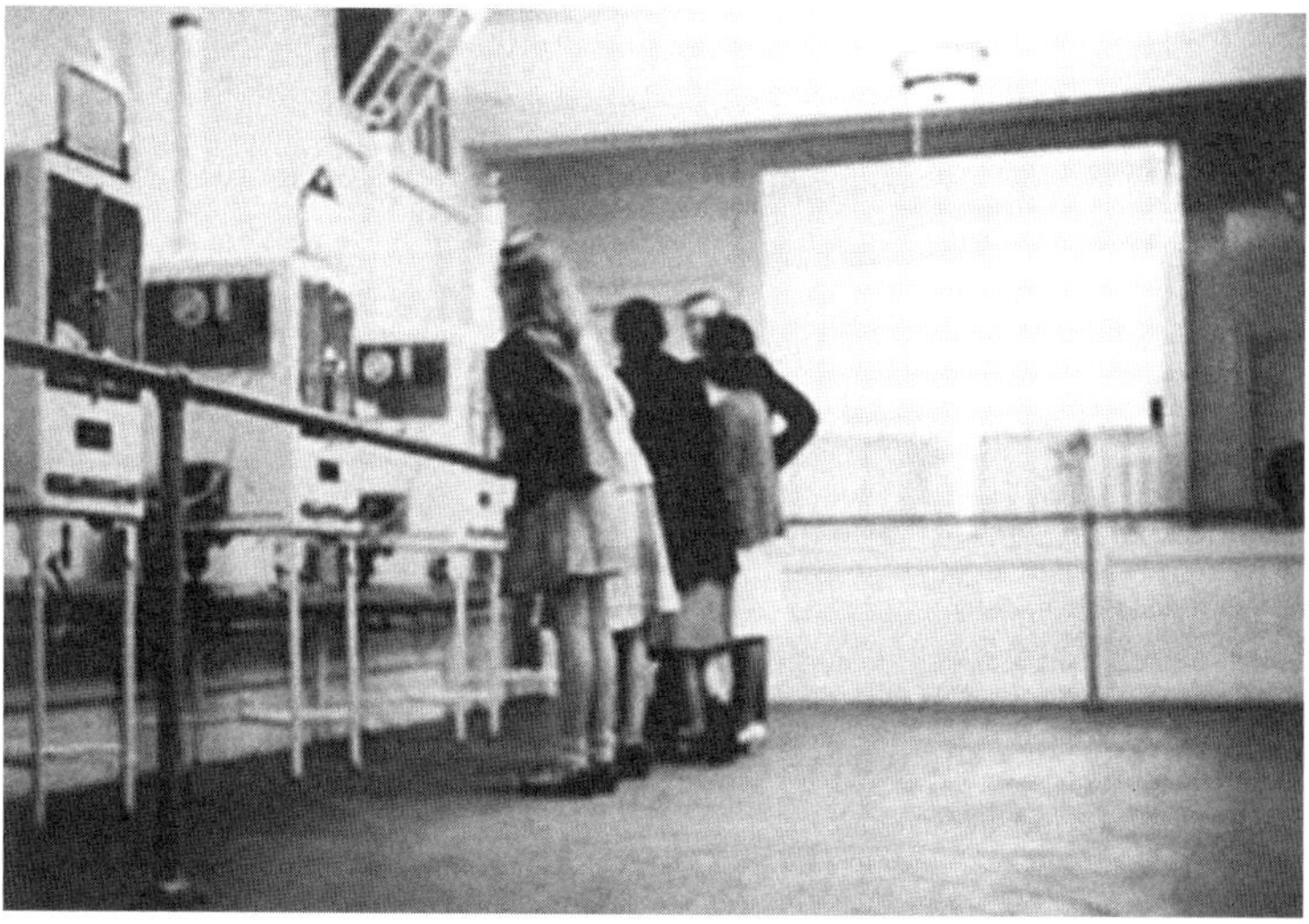

保育器を見物するベスのいとこのテリー

多かったんです……よくそんなまねができるな、見世物みたいに子供をさらすなんてって。ベスのお母さんは、私の子は保育器を持ってる天才的な人に助けてもらうんですって答えてました」コニーアイランドという場所に困惑しつつも、ベスの母親がクーニーに感謝していたのはまちがいない。

シーズンの終わりが近づき、体重が二二六八グラム（五ポンド）を超えたベスは、リボンを飾ったカゴに移された。「展示室のスターでした」と、テリー・シルヴァーマンは愛情のこもった口ぶりで語っている。「そしてクーニー先生ご自身が私に赤ちゃんを抱かせてくれたんです。興奮しすぎて、気が遠くなりそうでした」

マーティン・クーニーはキスや抱擁を奨励した。彼の〝愛情たっぷり〟アプローチは、のちに病院が採用するマスクと手袋をはめ、滅菌して、赤ん坊には触れないという手法とは正反対だった。病院のそうした手法は、のちに却下されることになる。

ベスは私がやがて出会うほかの〝赤ちゃん〟の誰よりも、調査に熱心だった。彼女の出生体重がいまだ生存率の境目になっているのを知っていた。「あの当時の看護の水準を考えると……私は視力を失わなかったし、肺にも、呼吸器にも支障がなかった」彼女は言う。「今じゃ、痩せたくても、出生体重の分も減らせないのよ」

父の日になると、ベスは両親に連れられて海辺にあったマーティン・クーニー宅を訪れたが、そのときの記憶はおぼろだという。「私は小さくて、向こうはおじいさんだもの、行きたくなかったはずよ」両親は彼の葬儀に参列したが、具体的なことは覚えていない。「今さらだけど、残念なことをしたわ。その時代を生きた人たちが残っているうちにもっと話を聞けばよかった」

帰り際、ベスがもう一度、ガートナー医師のことを口にした。なぜかその名前は私の耳を素通りした。それでも、その医師を見つけよう、とは思った――そのうちに。まずは自力で調べを深めたかったのだ。

稀代の大犯罪

一九〇四年、セントルイス

ジョン・フィリップ・スーザのマーチングバンドが、通称セントルイス万国博覧会ことルイジアナ買収記念博覧会の幕開けを告げた。新しいものが続々と発表された。まずはアイスクリームのコーンだ。コーンが出現したおかげで、アイスの球体を持って歩き、最後まで舐められるようになった。マスタードつきのホットドッグとハンバーガー。シュワシュワのドクター・ペッパー。催事場は〝パイク〟と呼ばれ、酔っぱらった妖精の頭の中身をぶちまけたような様相を呈していた。お祭り騒ぎ、乗り物、見世物、甘いものと刺激。訪れた人たちは、土着の民――今回はフィリピン諸島から来たイゴロト族――を見物し、自分たちの期待に応えてくれるあれこれにお金を払った。それ以外についてはいわぬが花。儲けをめぐる利害関係とイメージの問題については、できるかぎりダンマリを決め込んだ。保育器に入れられた赤ん坊たちが青ざめて、死んでいっていたのだ。

その件にマーティン・クーニーは関わっていない。彼とサムは、地元医師の力を借りてアトランティック・シティでも展示を行い、コニーアイランドでは展示場が二つになっていた。一つはルナパーク。もう一つは新規にオープンしたドリームランドだ。後者はタマニー協会のメンバーにして、広い人脈を誇るウィリアム・H・レイノルズという名の実業家がオーナーであり、ルナパークとスティープルチェースに対する掟破りの答えがドリームランドだった。パールホワイトの建築物は高級感があって派手だったが、レイノルズにはショービジネスのセンスがなかった。あるとしたら金儲けの才能だけ。それは本家以上に金をかける形でトンプソンとティルユーを真似ることだった。ルナパークに五〇万個の電球が使われていれば、こちらは一〇〇万個、ルナパークで〈火と炎〉の消火に一〇〇〇人投入されたのであれば、その近くにある彼の火山には二〇〇〇人投入するといった具合だった。海に突きだした舞踏場！　小人症の人、三〇〇人！　未熟児たち！

マーティンはその彼に恩を売っていた。八月一日、アレクサンダー・ライオンのやり方にならって、最初の同窓会を開いたのだ。バッファローからは丸々太った元気な三つ子。ブルックリンからは双子が三組、生後三カ月の赤ちゃんたち。マーティンが提供したシステムのおかげで、みんなおおむね生き延びられそうだった。

それから一月後、六八〇グラムのリリアンという赤ちゃんが展示場に運ばれてきた。マーティンは楽観的な表情で、新聞社に電話をかけた。新聞には「命ある最小の赤ちゃんにニューヨークは興奮」という見出しが躍り、記者は、リリアンの指がマッチ棒ぐらいの太さしかないと書いた。

「それはもちろん、リリアンのケースは医学のすばらしさを伝えています」マーティンの言葉である。

「六八〇グラム未満の新生児が生き延びたという記録はありませんのでね。ですが、彼女はこの先も元気に育つでしょう。そしてあと何年かしたら、お嬢ちゃんになって、私たちを誇らしい気持ちにしてくれますよ」

実現すればよかったのだが、リリアンに関する続報が載らなかったところを見ると、亡くなったのだろう。マーティンはその後も九〇七グラム（二ポンド）の壁に挑みつづけた。だが、彼の評判は上がる一方だった。シカゴのアミューズメントパーク二つ、ミネアポリス（ここについては、彼がスタッフを〝鍛える〟ことになっていた）、そして一九〇五年にはオレゴン州ポートランドで開催されるルイス・アンド・クラーク博覧会に出展の計画があった。未来は、健康な子供の頬のようにバラ色に輝いて見えた。

ところが、そのシーズンの終わりになると、セントルイスから漏れてきた悪臭がマーティン・クーニーを苦しませることになる。

ドリームランドのエントランス

マーティンはこうなることを予見していた。それ見たことか、と言いたかった。自分がついていれば、絶対にこんなことにはならない。さかのぼること数年前の一九〇一年、サムはセントルイスでの営業権を入手しようとしていた。翌〇二年、営業権裁定委員会は保育器の展示というアイディアそのものは受け入れたが、運営経験のあるマーティンたちを優先せず、数社の比較に入った。しかし、最初からエドワード・ベイリスに決まっていたとしか思えなかった。ベイリスは〈マニラの戦い〉や〈ドーソン・シティの大火事〉といった災害ショーの名手だった。地元セントルイスの出身で、顔も広かった。

それでも〇二年一二月、マコネールとの件で崖っぷちにあったマーティンは、コニー医師としてセントルイスを訪れ、本人の口から展示について説明を求められた。委員会のメンバーは同じところを堂々めぐりした。問題は金だった。マーティンたちがマコネールと裁判になっていることを知らないのは明らかだった。サムは営業権に対して八〇〇〇ドルでの買い切りを提示し、委員会は入場料から一定の割合を徴収することにこだわった。サムとマーティンは譲らなかった。

知らなかったのか、わざとあいまいにしたかったのかわからないが、マーティンは話しあいの席上、収支を明かすことを拒否した。『不思議の国のアリス』に出てくる狂ったお茶会のように、その日の会合はとげとげしい言葉の応酬になった。

「バッファローでの儲けをなぜ明かさないのか、その理由がわからない……それに、きみの態度は独善的ではないかね」

「それは聞き捨てなりませんね」マーティンは言った。「私どもは多くの博覧会に出展してまいりました。オマハ、バッファロー、一八九六年のベルリンにも」

「パリには出していないのだね？」

このときのマーティンは正直に答えている。「はい」

「なぜだね？」

「スペースがなかったのです」

「金銭的な質問になぜ答えない？」

「当方が行っている展示への参入をもくろむ興行師たちがいるなか、この展示による儲けは明らかにすべきでないと考えます。この事業でなにが可能かが透けて見えるからです。私どもはセントルイスでも成功を確信しております。倫理的にだけでなく、財政的にも」

「きみたちの言葉を額面どおり受け取ることはできない……儲けが出るのか出ないのか、私たちにはわからない。ただ、バッファローではずいぶん儲かった、と言われてもね」

「バッファローでは多くの出展者が失敗に終わっただけに、当方の展示には収益性があるとみなせます」マーティンは応じた。「設営費用を支払い、運営費用を支払ったうえで、関係者で多少のお金を分けることができたのですから」

「その相対比較でなにを言いたいのか、こちらには理解できない」

「ほかが失敗したことを考えると、うちがいかにうまくやったかがわかるということです。うちの運営メソッドに従って行われる展示は、おたくの医療委員会の管理下に置かれ、やがては市内の医師の手に委ねられます。私どもに託される赤ん坊は、どこから来たかわかりません。病院から送られてくる子もいれば、裕福な家庭の子もいるでしょう……退院させられる状態になれば、医者に連絡が行きます」

「バッファローでは何人亡くなったのかね？」

「八五パーセントが助かりました。私どもで七日以上預かった子は、そのまま生き延びます。原則として、亡くなる子は、預かって二四時間ないしは四八時間のうちに亡くなります。なぜなら、その種の子は気管支に問題を抱えているからです。ですが早期に預かることができれば、一定の温度に保った保育器に寝かせることで乗りきれます」

委員会が子供の健やかな養育について話すのに飽きたのは、明らかだった。彼らは唐突に話題を変えた。

「それで、申請書を引っ込めるということで、いいんだね？」

「まさか。万国博からうちの展示がなくなるのは、そちらも望んでおられないはず」

「だが、こちらの希望に合致しないようだ」

「私どもは博覧会でこの展示を長年続けてきて、円熟の域に達しております。そして、そちらも当方の展示を望んでおられる。である以上、展示が実現するのが自然ななりゆきではありませんか」

「当委員会で最初から決めていることなのだが、いかなる展示についても、その営業権料は……一定金額でなく、歩合で払ってもらうことになっている」

「いわゆるショーの営業権と同列に扱わないでいただきたい」

「こちらとしてはそうみなすしかない」

「なんなら、当方の医師にお尋ねください。入り口にあなた方がよこした制服の男を立たせて、総収入から一定の割合で営業権料を徴収させることをどう思うか」

「もちろん医学界の後ろ盾は欲しいし、敵対したいとも思っていないが、今問題になっている提案は彼らには関係ないのではないかね？　医療者が気に入るかどうかではなく、こちらの条件に合致するかどうかによって決定すべきだ。きみたちの展示が医学的なものだと思うなら、そちらの担当に話を持っていくといい。私たちはそうは考えないがね」

ついに委員会はマーティンの提案をはねつけたが、営業権をめぐる交渉は終わっていなかった。おつぎはジョン・ダナヴァンで、〈海の上と海のなか〉の入札のために来ていた。彼もマーティン同様、バッファローで出展していた。委員会は彼にシェンケインとクーニーについて意見を求めた。ジョンは二人がマコネールという投資家と「少し揉めている」ことを明かしつつも、二人を褒めた。「ですが、あの二人の作るものや、運営のしかたには、文句のつけようがありません。国じゅうの医者が支持するでしょう。あの手の展示をするんなら、彼らをおいてほかにないと思いますね」

だが、この援護射撃も役に立たなかった。

一九〇三年一月二二日、サムは営業権料を一括で支払う点を譲ることなく、必死に最後の売り込みを行った。委員会は結局、七件の入札を受けつけた。そのなかには、ハッティ・マッコール・トラビス夫人という、保育器の展示と同時に毎日闘牛をやろうとしている女性や、マーティンたちの元投資家であるエメット・マコネールもいた。八月になると、サムは入場料の二五パーセントという条件を呑んだ。だが内部の事情に通じていたベイリスは、ジョゼフ・ハーディという地元の医師と組み、売上の四〇から五〇パーセントという、委員会にとって破格の条件を提示した。ベイリスは〈魔法の渦巻きプール〉という娯楽施設でも入札を成功させていた。

エドワード・M・ベイリスとしては、なぜこんなに手間取ったのかわからなかっただろう。営業権を勝ち取った今、赤ん坊に触れるつもりなど毛頭なかった。歩いてまわって、汚い手を握ったり、くだらない質問に答えるつもりもだ。煌びやかな展示場を建て、それをハーディに任せたら、あとは現金が流れ込む魅惑的な音に耳を傾けるだけでいい。

ジョゼフ・ハーディはれっきとした医師ではあったが、未熟児のケアについてはまったくの無知だった。ベイリスの名誉のために言い添えると、彼はライオンが設計したのと同じタイプの保育器を買い入れた。当時はまだ製造されていたものの、医師からはそっぽを向かれていた代物だ。特殊な訓練を受けた看護師が少ないうえに、人手がかかるため、病院ではよさを生かすことがむずかしかったからだ。

ハーディに不安はなかった。まず、彼の患者の多くは孤児なので、しつこくつきまとってくる親がいない。だが、いったん展示がはじまり、そのうわさが広まると、ほかの未熟児の父親や母親たちが生まれたばかりのわが子を展示場に運ぼうと、街のあちこちで救急車を呼んだ。生後一日の未熟児を連れて列車に乗る親もあった。途上で亡くなることが多かったが、生き残った子の親たちは、すがるような思いでいた。そんな彼らを大衆は食い尽くし、委員会は舌鼓を打った。

最初の死者は、連れて来られた時点で病んでいたので、ハーディの不手際とは言えない。だがつぎ、そのつぎ、さらにそのつぎは、感染症が原因だった。ミズーリ州の夏は湿度が高く、保育器の温度は高すぎた。菌の培養には最適な環境で、温度を調整できる能力のある人間はいなかった。それに加えて、ハーディは母乳でなく牛乳を与えており、それが汚染されて腐敗した。死者が増えだすと、善良なる医師は突如、手を引いた。

ベイリスらが思い描いていた筋書きとは明らかにちがった。八月の頭、ベイリスがろくに適性も考えずに若い医者を新たに雇い入れると、委員会は外部の複数の開業医に意見を求めた。孤児を送りだしていたある医師は、いっさい問題はないとうそぶいた。「あそこの運営に問題があると考える理由があったことは、一度もない」と、彼は書き送った。ほかの医師たちが大きく異なる評価を与えたことを考えると、この医師は見返りをもらっていた疑いがある。別の医師は、「大いに異を」唱え、「満杯のゴミ箱」から一メートルと離れていない場所で赤ん坊に日光浴させているという事実もその理由に挙げていた。

もっとも手厳しい報告書には、暑すぎて危険な保育器のこと、換気がお粗末なこと、ハエが飛び交うにまかせていることなどが列記され、さらに悪い点として、「ひどい無知にもとづいて赤ん坊に食事が与えられている……たとえば、シリアルや卵の白身が与えられているが、新生児がそうした食品を吸収できないのは、よく知られた事実である」この手紙の差出人は〝セントルイス市保健所〟であった。

それでも展示は続けられ、赤ん坊は死に続けた。

一九〇四年九月一七日の日付で、博覧会のデーヴィッド・R・フランシス会長に宛てて痛烈な手紙

セントルイス万国博覧会

が送られた。

親愛なる閣下

動物愛護協会は万国博覧会にて〈新生児保育器〉という名の展示がどのような状態で運営されているかを調査してきました。この数日ひそかに調査を進めたところ、この〝ショー〟に関するうわさはすべて真実であり、今もその状態が続いていることが判明しました。この〝死体公示所〟は一〇日間にわたっていかなる医療も与えられることなく運営されてきました。あのオニールという名の［新しい］医師は、この五月に学業を終えたばかりであり、その就任後に発行された死亡診断書は一九通にのぼります。〇四年の八月八日から八月一九日のあいだに、この場所で一〇件の死亡が報告されたのです。そうした事実を鑑み、動物愛護協会はこの件を法律のおよぶかぎり最大限に訴え、この〝死体安置所〟を即刻閉じないかぎり、当協会の職員を派遣して力ずくで閉鎖させる所存です。この手紙を受け取って二四時間以内に実行されますように。また当協会では、この事実をセントルイスの巡回弁護士ならびに検事総長に具申しようと考えております。フランシス会長、貴殿がその場をすぐに閉鎖すれば、こちらからこれ以上の介入は控えます。もしそうでない場合は、閉鎖に向けて動き、展示場の悲惨な状態に責任のある人物にその結果を引き受けさせます。そこの運営がはじまってから、四三人の赤ん坊が預けられ、うち三九人が死亡しました。〝科学的な展示〟として、この結果をいかがお考えか。そこがいかなる種類の場所であるか疑いの余地はもはやなく、赤ん坊たちは放置と不注意によって意図的に殺されています。

誰が出資していようと、いくら費用がかかろうと、そのショーは中止されなければなりません。貴殿には個人としてこの件に気を配っていただきたい。当方としてもこの件についてどのような処置をとるべきか方針を立てる必要があるため、急ぎ返信を希望します。

敬具

（署名）ロジエ・G・メーグス

九月一九日、ロジエ・メーグスのもとに返信が届いた。「すぐに返信を書く時間が取れない」フランシス会長の代理によってしたためられた手紙だった。博覧会の委員会はその申し立てを「青天の霹靂」と反論し、新生児保育器に関しては近ごろ改善が行われ、すべて問題なく完璧に運営されていると述べた。

その話を聞きおよんだマーティンは怒りを爆発させた。未熟児の看護はただの金儲けではない、医療行為とみなしてくれと、あんなに訴えたではないか。マーティンは武器を選んで攻撃に出た。《ニューヨーク・イヴニング・ジャーナル》紙に掲載された彼の公開書簡には、編集者のはしがきとしてフランシス会長宛につぎのような文言がつけ加えられた。「ひ弱な赤ん坊がうっかり暖められすぎた保育器のなかで沈黙を強いられていると思うと、恐ろしさを禁じ得ない。温室からつかの間出られたかと思えばハエにたかられ、好奇の目にさらされながらハエのように死んでいく」それに続いて、マーティンの手紙が掲載された。

信愛なる閣下

稀代の大犯罪がこの地、この万国博覧会の会場で行われております。科学の扮装と人類愛の名のもとに、少なからぬ数の無垢にして無力な小さき者たちがすでに死に至らしめられ、おぞましき所業は今も続いております。抗議の声は聞き入れられず、傑出した方々がスキャンダルによって博覧会に傷がつくことを恐れるあまり二の足を踏んでおられます。私の申し立てては、この件を調査したニューヨークならびにシカゴの著名な医師にお尋ねいただければ、裏付けが取れます。最近その件に関する記事を掲載したニューヨークの新聞数紙は、現存する状況のあまりの悲惨さに、公平に扱おうとすらしていません。

政治的な配慮をふくむもろもろの理由から、この〝営業権〟は保育器とピーナッツ焙煎機のちがいのわからない人物の手に渡りました。このなりゆきを白日のもとにさらして罰を与え、責任をとらせるにはどうしたらよいのでしょうか。それには二つ方法があります。一つは、万国博覧会の合衆国理事会に訴えること。もう一つは、世間の注目を集めて不公平のない調査を求め、新聞の各紙によって即刻閉鎖させることです。

前者の方法は結果が出るまでに時間がかかり、そのあいだにも罪なき子供たちが犠牲になります。後者は即効性があり、一晩のうちに実現できます。

〝新生児保育器〟がはじめて展示されたのは、一八九六年のベルリン博覧会であります。以来、大規模な万国博覧会では欠かさず展示されてまいりました。

さて、〝稀代の大犯罪〟が起きた原因はここにあります。わが国のマスコミにより、新生児保育器を褒めたたえる記事が多数発表されてまいりました。それゆえに、この展示を無知な人々、この仕事に関する技術的な知識と経験を持たない人間に託すのは、わが国の母親たちをぺてんにかける行為であります。彼女たちのもとへは、死体しか送り返されないのですから。

果たしてその後の人生を健やかに送っている子はいるのでしょうか？　アルトゥング医師から抗議の声があがると、展示者たちは混乱に陥り、これ以上、死亡率を上げたくないと考えました。今から二週間と少し前、彼らは数週間にわたって医療機関から預かっていた赤ん坊を送り返しました。その子は長くはもちませんでした。セント・アンズ病院のシスター・ビンセントはこう証言しています。

「赤ちゃんは金曜日にひどい状態で戻ってきて、日曜日に亡くなりました」

博覧会の管理者はおそらく、最近、保育器の施設や運営者を変えた、今後はうまくいくと言うでしょう。つい先日、ニューヨークのとある新聞に掲載されたセントルイス特報によると、ひそかに会議が招集され、代表的な医師六人が出席したそうです。「パイクのアトラクションの管理には最善が尽くされているという意見で一致し、そして、変更すべき点を指摘するとともに、その会議として保育器の展示は今後うまくいくと結論付けた」その記事には続きがあります。「最近になって、さらに五、六人の赤ん坊が保育器で亡くなっている」

こうした態度そのものが罪であり、これまでのあやまちを示しています。彼らは今になって「うまくいく」と言っていますが、であれば、あえて問わせていただきたい。万国博覧会というのは、人の命を懸けた実験場なのですか、と。

敬具
M・A・クーニー医師

彼の手紙には、特筆すべき点が二つある。一つは、ベルリンで自分が保育器の展示を行ったと言っていないこと。二つめは、セントルイスに関しては、彼の言い分が正しかったことだ。たしかに、彼は興行師として競争に負けた。そして、大仰な物言いをする男だった。だが、セントルイスの赤ん坊たちが許しがたいほどの怠慢によって死んでいっていることを看破できる立場にあったことも確かである。このよろしくない事態を穏当に処理しようとする人たちに対して、彼は積極的に騒ぎを大きくしようとした。

マーティンの怒りと動物愛護協会の脅しにもかかわらず、保育器の展示場は閉鎖されなかった。マーティンが公開書簡を書くほんの少し前に、ジョン・ザホルスキー医師が〝死体安置所〟に乗り込んでいた。危機的状況の立て直しをはかると同時に、東海岸におけるエリート医師たちから称賛を得るため（ザホルスキーは一九〇〇年、エリートからなる米国小児科学会への加入を断られており、フラストレーションを溜めていたという説もある）、ザホルスキーは死の行進の速度をゆるめた。機械が熱くなりすぎればパイプコイルに冷水を注ぎ、設備を消毒して、できるだけこまめに母乳を飲ませ、与える量に気を配った。体重や治療の内容、自分のケアによって赤ん坊一人一人にどういう結果が出たかをこまめに記録した。一〇一一月三〇日に博覧会が終わったとき、委員会の金庫はいっぱいになっており、彼は『セントルイス・クーリア・オブ・メディスン』に結果を連載した。それらはまとめて一冊の本になったが、残念なことに、全国展開の大手出版社ではなく、地元のクーリア・オブ・メディスンから出版された。

ザホルスキーの発言は、筋の通った科学の人、清潔さと母乳に重きを置くピエール・ブディンの最新の教えを反映していた。またハーヴァードのトマス・ロッチを引きあいに出した。ロッチは一八九三年に保育器で失敗したにもかかわらず、いまだ力を持っており、業界内で成功したければ無視できない存在だった（ロッチはブディンと異なり、〝手を加えた〟牛乳ならよいとした。ザホルスキーはその点には反対で、現場に五人の乳母を待機させた）。

会期も後半に入ると、保健局の勧めに従って、ガラスの仕切りが見学者と保育器のあいだに導入された。それ以前は、赤ん坊たちが「何千という見物客の胸が悪くなるような悪臭」にさらされていた、とザホルスキーは書いている。さらに、「看護師はひっきりなしに放たれる質問に悩まされている」と（マーティン・クーニーの展示室には、そうした壁はなかったし、質問はつねに歓迎された）。

ザホルスキーはグラフや図形を用いて、体重による最適な摂取カロリーを提示した。経鼻栄養は管理がしにくいとし、ときに母乳が足りないときは、〝手を加えた〟牛乳（ホエイのこともあった）を混ぜて、新生児が嘔吐や下痢で亡くなった多数のケースをありのままに列挙した。そうした記述を読むのはつらく、ルイーズとメイなら赤ん坊をもっと救えたかどうかつい考えてしまう。

同業者に対する配慮か、はたまた野心からくる慎重さか、ジョン・ザホルスキーは催事場における自分の前任者の擁護にまわった。保育器が過熱されていたこと、「ミルクのやり方に不手際があったこと」、「専売的な食品が使われていたこと」を認め、彼自身はその使用を中止しつつも、ハーディには合格点を与えた。実際は、ハーディの名前を挙げないという形で彼を守り、代わりに、標的にしやすい複数の人をそれとなくほのめかす形で槍玉に挙げた。「いわゆる保育器展示の〝専門家たち〟は、営業権を得られなかった事実が悔しくてならないのだろう。彼らはほか多数の博覧会で経験を積んできたとはいえ、ありとあらゆる手を使って管理者を激しく責めたてるようになった」動物愛護協会による数字を挙げ、九月一日までの死亡率は半分ほどしかないと主張した。「つまり、ああした大げさな非難は無用だったのである」

マーティンたちにとって、より痛手が大きかったのは、治療内容に関する彼の評価だった。ザホルスキーはどちらに転んでもいいように、論を展開した。彼は「医療の専門家に保育器を見世物にすることに対する抵抗があるのはまちがいない」と前置きし、「一方で、興行師はこうした小さき命に対してまっとうな情緒を持てないのではないか、そして興行を優先して子供が必要とすることを犠牲にするのでないかという偏見がある。また、人の不幸、つまり小さく生まれついたことを見世物の材料にするのは、人の品位をおとしめる行為だと感じている」としたうえで、肯定的な面を述べる。展示されることによって困窮した両親は無料で治療を受けることができ、「未熟児はそのまま放置せずに救う努力をすべき」という社会教育になる。さらには綿密な記録を残すことで科学的な知識が蓄積される。至極ごもっともだ。

だが、最終的に、セントルイスの大失敗は医療過誤というより、「施設入所によりもたらされた惨事」だと断じた（「私が指揮を執る前の死亡率の異様な高さは、ホスピタリズム、すなわち施設という環境がもたらす悪影響のせいだった。そして運営上、劇的な改善を行ったあともしばらくはその影響が続いた」）。彼は、ほかに選択肢がなければしかたがないが、そうでないときは赤ん坊を保育器のある施設――催事場にしろ、病院にしろ――に預けるべきではないと結論した。家庭でケアするのが最善である、と。

ホスピタリズムに対する恐怖にセントルイスのおぞましいなりゆきが重なったために、医療の専門家たちは、保育器を使うことを恐れるようになった。さらに、持続が困難な労働集約的な技術が保育器の採用を遠ざける理由になった。犯罪から一〇年たっても、そうした忌避感は消えずに残った。

小さなクーニー嬢、登場

一九〇七年、ニューヨーク市

アッパー・マンハッタンの汗まみれのベッドで、一人の女性が陣痛に苦しんでいた。六週早い出産だった。凍えるような冬の日、厚地のワンピースのうえにウールのコートを着ていても、せりだしたお腹の丸みがわかっただろう。

寝室の出入り口に立つマーティンは、すばやく計算したにちがいない。電話機を取りあげて、電話をかけた。

最後のもう一いきみで、赤ん坊は生まれ落ちた。

マーティンの友人にして、九〇馬力の自動車を持つ男が、コニーアイランドに向かっていた。片道一時間かけて、冬のあいだしまってある保育器を取りに行ったのだ。

保育器の到着を待ちながら、マーティンは息をさせるため、小さな娘を凍えるような冷水につけてショックを与えた。

そして翌日、《ブルックリン・イーグル》紙の取材を受けて、母子ともに順調だ、と答えた。

ハーレム地区にあるクーニー家のアパートメントには、マーティン、メイ、メイの母親、ルイーズという大人四人が住んでいた。マーティンはユダヤ人だった。メイはプロテスタント。ヒルデガード・クーニーは洗礼を受けてカトリックになった。彼女の養育にあたった三五歳の〝ルイーズおばさん〟にならったのだ。ところが誰も一九二六年までヒルデガードの出生届けを出していなかった（自宅で出産した場合、出生届を出さないことはあるにはあったが、ふつうではなかった）。

なんでこんなに時間がかかったの?

私はふたたびブルックリン行きの電車に揺られながら、どうせ無駄足に終わると自分に言い聞かせていた。

キングス郡の検認済み遺言書保管所に到着したのは、午後三時だった。カウンターの男性は一度は「閉館です」と言ったものの、気を取り直して、「せっかく来たんだから、見ていってください」と言ってくれた。

彼は私を木製の目録ケースのところへ伴った。かつてどこの図書館にもあったあの引き出しだ。私は短時間で終わると思っていた。

そこには数万人の遺言書が保管されていたが、マーティン・アーサー・クーニーのものはなかった。やっぱりなと思ったけれど、そのあと、思わぬ発見があった。アナベル・メイ・クーニーの遺言書だ。ヒルデガードの遺言書もあった。

結局、私は改めて出直し、数時間滞在した。ルイーズ・レチェや、イザドー・シュルツの遺言書もあった。マーティンのいとこであるイザドーは後年クーニー家に同居し、家族の留守中は〝シュルツ医師〟としてコニーアイランドに詰めていた。彼らの遺言書は、いわゆる遺言書らしく、そのほとんどが金銭や品物の記述で占められていた。

サイプレス・ヒルズの納骨堂を購入したのは、アナベル・メイ・クーニーだった。値段は一三五〇ドル。資産目録にならんでいるのは：ダイヤモンドのブレスレット、ダイヤモンドの時計、ダイヤモンドの指輪、ダイヤモンドのブローチ。ブルックリンのシーゲートにあった彼女名義の自宅。そして財産目録には：銀メッキのトレー、大皿、ボウル、ロウソク立て、スプーンやシェーカー、砂糖壺、クリーマー、グラス（ワイングラスをのぞいても一二六個あった）が逐一挙げられ、それにボンボン入れと、ナプキンリング（六個）があった。こうした品の一つずつが、物という形で持ち主の生活を物語っている。そこで物語られているのは、大勢で囲む食卓であり、街で過ごす夜であり、海辺の美しい家のなかにあった煌めきや輝きである。宝飾品の数々からは女性が、銀器とクリスタルからはその家が浮かびあがる。

ヒルデガード（左）と
アナベル・メイ・クーニー（右）

この遺言書でただ一つ奇妙な点、そしてこの遺言書が検認された理由は、ヒルデガードのために特別基金が設定されていることだった。その基金にはイザドー・シュルツとルイーズ・レチェもお金を入れている。看護師が裕福な雇用主の娘のための基金に出資するのは少々奇妙ではあるけれど、どんな理由があるか、わかったものではない。

ヒルデガードの遺言書から伝わってくるのは、はるかに悲しい物語だった。死亡時の彼女は困窮していた。彼女の検認済み遺言書のフォルダには、法律用語で書かれた通常の文書が入っていたけれど、彼女の埋葬場所は謎として残った。フォルダの一番下、二重三重の写しの下に、タイプライターで打った三ページからなる口述書が入っていた。話し手であるアン・J・ボイランはクーニー家の古い友人と名乗っていた。「証言者は、今は亡きマーティン・A・クーニー医師、クーニー夫人、ヒルデガード・クーニーの生前、彼らと家族の歴史や親族関係、彼らの両親について多くの会話をもち、三人からつぎのような情報を受け取った……」

窓のない保管所にいた私は、テーブルを前にして、金属製の椅子のなかで興奮に飛びあがらんばかりになっていた。アン・J・ボイランの宣誓証言は名前の筆記ミスをふくむ綴りまちがいのせいで、ところどころ不可解になっており、のちに私の調べで誤謬とわかる記述もふくまれていた。彼女の聞きまちがいだったり、記憶ちがいだったり、あるいは、最初から事実に反することを教わった可能性もある。ひょっとすると、彼女の証言を聞き取った人物は疲れや退屈を感じ、ビーチでの一日を夢想していたのかもしれない。たとえばアルフォンス・コニーは、アルフォンス・トルニーと記されていた。クーニー夫人にはきょうだいがいないとされているが、それも、事実とは異なる。保育器を〝発明した〟マーティンは、いかなる種類の特許も所有したことがなかった。だが、私にとってその口述書は新しいきっかけになった。ここからが本当のはじまりだった。

私は、ぱりっとアイロンのかかったドレスを着て、記録を残そうとしているアン・J・ボイランの姿を想像した。自分の死期が近いことを察したヒルデガードが、友人である彼女に頼み、ボイランが引き受けたのか？　彼女の証言は、誰かが見つけてくれるのを六〇年間待っていた。彼女の死から長い年月がたっていた。宣誓証言をするとき、一瞬、自分のことを誰かが思い出してくれるだろうか、という疑問が頭をかすめただろうか？

彼女の証言に加えて、アン・J・ボイランはフォルダにもう一枚の書類を追加していた。一九〇三年に行われた法的な改名証明書だった。

やっと見つけた、と私は思った。ばれちゃったわね、マイケル・コーン。あなたがマーティン・A・クーニーに改名したことが。

アン・J・ボイランの声が聞こえるようだった――真実にたどり着くまで、なんでこんなに時間がかかったの？

みんなかわいい未熟児たち

一九〇九年、ニューヨーク市とシカゴ

紙面に「医師の亡骸でホールを磨く」という見出しが載っていた。夕刊紙を手に取ったマーティンには、見たくない見出しだった。くだんの医師が自分とあらば、当然だろう。そして吐き気をもよおすほどその文面に見覚えがあるのは、元となった脅しの手紙を持っているからだった。できることなら、他人の不幸を喜ぶ読者の目に触れさせたくなかった。

メイのいとこのカロライナ・マスタンカは、クーニー家の引っ越し先であるハーレム地区ハンコック・コートにある広々としたアパートメントで彼らと同居していた。雪解けの二月、あるならず者がダンスの場でカロライナに出会って一目惚れしたと言いだし、ハレンチなことに、彼女に対して無礼で外聞の悪い態度を取っていた。

マーティンは最後通告を行った。

相手はヒ素入りのインクでしたためた手紙をよこした。

クーニー医師

貴君の意見表明により、私と結婚したならば、カロライナ・マスタンカ嬢はいとこの家に帰ることができなくなると聞いた。貴君が卑劣な嘘つきであるとのうわさは、いたるところで耳にしているから、今さら否定されても手遅れである。だが、今回私がこの手紙をしたためたのは、今後、いかなる形であれ敬意に欠ける文脈で彼女もしくは私の名前を出した場合は、貴君を訪ねて、その役立たずな亡骸でハンコック・コートのホールを磨くべきではないかと考えているからである。

私は社会的、精神的に劣った人間に対しては寛容な態度で接することを好む人間であるが、それにも限界がある。貴君がかりそめにも紳士の端くれであり、私が疑っているとおりの臆病者でないのなら、そして名誉回復の機会を求めるのであれば、いつ、いかなる場所、いかなる方法でも、喜んで応じよう。

敬具

ポール・メイソン大尉

USAのナッソー義勇軍およびペルー陸軍

肝心なときにアルフォンスはどこに行ったのか？　こんなときマーティンの兄なら、はったりをかましてて大尉を震えあがらせたかもしれない。実際、手荒なまねをした可能性もある。マーティンはそれより高潔な道を選び、ポール・メイソンを判事の前に引きだした。メイソンはハンコック・コートへの接近禁止とペンを置くことを命じられた。

　こんな注目なら、ないほうがましだ。トンプソンとダンディの意見はちがうかもしれないが、すべてが宣伝になるわけではない。こうしたくだらない中傷によって、世間にまじめに取りあってもらうことがますますむずかしくなった。それでなくとも、騒々しい環境のせいで苦労していた。

　緊急時におけるメイとルイーズの手際はすばらしく、赤ん坊はほとんどが救われた。あとは説得力を持たせるため、世間に訴える必要があった。マスコミの好意を失ったら、使命を果たせなくなる。

　クーニー家の人たちは、夏になるとシカゴで過ごすことが多かった。メイはシカゴで訓練を受け、コニーアイランドはルイーズの神がかった手に託された。ソロモン・フィッシェルという名の医師が彼女とともに働いていた。フィッシェルは裕福（一九一三年に突然死するが、そのときの正味資産は一〇〇万ドルほどあった）で、サミュエル・シェンケイン同様、新生児保育器会社《インファント・インキュベーター・カンパニー》と改名した会社の株を保有していた。マーティンにはたぶんそうするしかなかったのだろう。ヨーロッパにおけるフィッシェルの診療科は眼科だったが、保健局の手前、ニューヨークで医術を行う免許があることがなにより重要だった。新生児の診察はできるし（ルイーズほどの洞察力はないにしろ）、彼にならマーティンには許されていない死亡診断書への署名ができた。

　ニューヨークにおけるコニーアイランドのように、シカゴを刺激したアミューズメントパークがリバービューだった。そこに展示場を構えたクーニーたちは、そのライバルであり、万国博覧会にちなんで名付けられたホワイトシティという二つめのアミューズメントパークにも展示場を持った。
　クーニーはシカゴの新聞各紙の受けがよく、なかでも《トリビューン》は好意的だった。一九〇五年六月五日、「保育器が赤ちゃんの命を救う」という見出しで、控えめな記事が載った。九〇七グラムに満たない赤ちゃんが個人所有の自動車でホワイトシティに運び込まれた。彼女の身元は「極秘」扱いされつつも、新聞社はその赤ちゃんが「かなりの資産家の跡取り娘」とすっぱ抜いた。そうこうするうちに《トリビューン》の記者、ジェームズ・キーリーの娘が展示場に運び込まれて、保育器で命を救われた。だが、じつはそれよりずいぶん前に、《トリビューン》は両アミューズメントパークでチャリティを主催し、それには市内の新生児を救う展示の売上が使われていた。一九〇七年の祭日、マーティンとメイは卒業生をフランス人形のように着飾らせて、パレードを行った。文句のつけようのないかわいさだった。その一方で《トリビューン》のチャリティに入場料の五〇パーセントを寄付した。

　議論の余地はあろうが、シカゴはアメリカにおける新生児学の揺籃の地と言っていいだろう。ジョゼフ・ボリヴァル・デリーは一八九五年、「出産にあたる貧しい女性を助けるため」に市営の産科病院を設立した。著名なマーティン・クーニー（Counéy）がオマハでデビューを飾った翌年の一八九九年、デリーはライオンと同じタイプの保育器を二台購入、一九〇二年には四台に増やした。しかし、産科病棟を維持するためには不断の努力が強いられ、資金を女性向けのチャリティに頼っていた。主たる目的は出産による産婦の死亡を防ぐことだった。最終的には持っていた保育器を仲間のアイザック・アプト医師に譲り、アプト医師は一九一三年、サラ・モリス子供病院を設立した。アプト医師は最善を尽くした。つまりきわめて限られた資源しかなく、じゅうぶんというにはほど遠いものだった。早産児で生まれるなら、展示場が開いている夏期がよかった。シカゴでもニューヨークでも、冬では生き残る望みが薄かった。

マーティンとメイが暇にしていたわけではない。冬のあいだは次期シーズンに向けて資材を集めたりもろもろの手配を行っていた。医師を――若いことが多かった――雇うこともそんな準備の一環であり、ミネアポリスのワンダーランド・アミューズメントパークや、マサチューセッツのリビア・ビーチなど、展示を行った先の保健局を満足させる必要があったからだ。こうした〝助っ人〟は患者を診察し、クーニー家の人たちがいないあいだ、メイやルイーズが訓練した看護師の手を借りながら展示場を運営した。ときには、死亡証明書に署名しなければならないこともあった。だが、駆けだしの医師にとってこれはおいしい仕事であり、綿飴にくるまれた特別な教育だった。履歴書などいらない。一夏の冒険であり、人当たりのいい雇い主に対して疑いがあったとしても、あえて尋ねるようなことはしない。マーティンは一度として、なぜ書類の記入を自分で行わずに彼らに任せるのかをはっきりさせたことがなかった。ヨーロッパでは包括的な訓練を受けてきたけれど、アメリカでの免許がないからと言うこともあれば、ひどくぼかすこともあった。

ジュリアス・ヘス医師が医術をはじめたのは一九〇二年、シカゴでのことだ。その年、東部ではマシュー・D・マン医師とその仲間がマッキンリーが亡くなった責任をめぐって激しい口論を続けており、シェンケインとマーティンは事業を立て直そうと躍起になっていた。

謹厳で風格のあるジュリアス・ヘスは、マーティン・クーニーにないものをすべて備えていた。ノースウエスタン大学で医学の学位を取得後、博士研究員として働きながらジョンズ・ホプキンズ大学で勉学を続け、その後ドイツとオーストリアで学んだ。二人の訓練が（あるいは訓練の有無が）異なるように、二人は心の持ちようも異なっていた。感情がほとばしるようなマーティンに対して、ジュリアスは抑制の人だった。体裁の悪いことがあったとき、マーティンが大陸風の優雅さでそれをおおい隠したのに対して、ジュリアスにはまぎれもない威厳があった。マーティンは実際にはそういう関係でない人にも自分を〝マーティンおじさん〟と呼ばせ、ジュリアス・ヘスは実の姪や甥にもおじさんとは呼ばれなかった。彼から学んだ学生が後年書いたものによると、〝先生《ドック》〟という呼称すら、誰も使わなかったという。ジュリアスと呼んだのは、ごく親しい友人だけだった。

ジュリアス・ヘス医師

ヨーロッパからシカゴに戻ってきたヘスは、一般診療所を開き、馬車で患者の往診にまわった。もし、それから何年かして、妻のクララと朝食をとりながら、《トリビューン》などの新聞を手にしていたら、赤ちゃんを助ける機械を持って街に乗り込んできた医師の記事を読んでいたかもしれない。

ジュリアス・ヘスは、堅苦しくはあっても、開かれた精神の持ち主だった。クラブのつきあいや栄誉、立派な馬、妻との暮らしなどで、人生を楽しみつつも、それだけで満足できる人ではなかった。人生に意義を求めていた。

ジュリアス・ヘスは後年も、一貫して公にマーティンを支援した。ほかの医師たちも、自分たちが未熟児の扱いをおもにマーティンから教わったことを秘密にはせず、マーティンのアイディアを借用しつづけた。だが、ジュリアス・ヘスも二人が出会った時期を正確には記していなかった。かつてマーティンと食卓を囲んだ仲間で医療専門誌の編集長であるモリス・フィッシュバインはその後ヘスの死亡記事を書き、そのなかで、マーティンとヘスの友情は、ホワイトシティ開催時にヘスが正規の医師として働いたのがはじまりだったと記している。クーニー愛好会のメンバーのなかには、ホワイトシティで展示が行われた時期をめぐる混乱から、それを一九一四年と考える人もいた。だがマーティンが最後にシカゴのテーマパークにいたという記録があるのは一九〇九年なので、二人の出会いは、ヘスがまだ医師としては駆けだしの、一九〇五年ごろと推察するのが妥当だと思われる。

ジュリアス・ヘスはマーティンより六つ下だった。元来が生真面目なヘスは、マーティンとはなにかにつけて正反対だったが、このショーマンに対する好意は本物だった。なにより保育器と看護がセットになったマーティンのシステムは、無視できるものではなかった。そのときはどちらも無自覚だったが、二人の能力と気質が相まって、めざましい成果がもたらされたのだろう。

一九〇九年にもっとも元気な未熟児を選ぶコンテストが開かれたとき、すでに五〇〇人以上の赤ん坊がシカゴの保育器から巣立っていた。コンテスト当日の日曜の朝、よそいきの服を着せられた子供たちがホワイトシティの会場に集まってきた。フリルやリボン、ボタンやボウ。ほかの言語同様、幼児言葉にも通じていたマーティンは、人生の絶頂を謳歌していた。

ペリー・アヴェニューから来た三歳のバートン・ダグラス・スティーヴンズがもっとも健康で、美しく、発育のよい児童に選ばれると、マーティンは彼におもちゃの赤い四輪車をプレゼントした。そして、記者たちに、頭にリボンをつけた今や二歳の小さなクーニー嬢を見せた。そうするのが習慣になっていた。

彼はその機会をとらえて、公的な援助を受けて、シカゴに恒久的な保育器ステーションを開きたいという願望を明らかにした。できれば一年以内、遅くても二年のうちに。かなわない理由があるだろうか？

魅惑の録音テープ

かつての〝赤ちゃん〟ベス・アレンからローレンス・ガートナー医師を探したらどうかと言われてほどなく、私は彼がウィリアム・シルヴァーマンの仲間であったことに気づいた。クーニー愛好会のオリジナルメンバーの最後の一人だったのだ。また、ガートナー医師は高名な新生児専門医で、ジョンズ・ホプキンズ大学、アルベルト・アインシュタイン医学校、シカゴ大学において、教授ならびに小児科医長を歴任し、ワイラー小児病院では病院長を務めており、そのときはシカゴ大学の小児科学、産科学、婦人科学の名誉教授の座にあった。加えて米国小児科学会の会長だったこともあった。私は彼に協力を求めたかったが、頼むのであれば、その前に自分が事情に詳しいこと、さらにはこちらから提供できる情報があるかもしれないことを伝えるべきだと考えた。

さいわい、こちらにはアン・J・ボイランの証言があった。私はローレンス・ガートナーがサンディエゴ郊外に住んでいることを突きとめ、その住所に手紙を書いた。三日後、電話が鳴った。ラリーは——彼はそう名乗った——いまだ保育器医師に魅了されていた。

「昔はコーンという名前だった」ラリーは言った。

すばらしい。

ラリーは二〇年以上も前に、マーティン・クーニーの姪夫婦からその事実を聞きだしていた。だが、姪夫婦もすべてを知っていたわけではなかった。「生まれはアルザスだったのかい？」ラリーは私に質問した。

「クロトシンです」私はその事実を、彼の入国記録、結婚許可証、旅券申請書など、複数の法的文書から突きとめた（その後、家族の一人から裏付けが取れた）。

「クロトシン？　それはどこだね？」

ここからは早かった。ラリーことローレンス・ガートナーは、生前のマーティン・クーニーを知る人々にインタビューをしたカセットテープを持っていた。七〇年代に録音されたものだ。後発の私がクーニーの調査に参加した時点で、（ａ）マーティン・クーニーといくらか関係があり、（ｂ）クーニーの保育器の卒業生でない唯一の生存者は、ジョージ・Ｃ・ティルユー三世（スティープルチェース・パークの創設者の孫息子）だけだった。私が彼と言葉を交わしたとき、ティルユー氏は八九歳で、思い出すのも一苦労という有様だった。頼むから青春時代の輝かしい日々を多少なりとも思い出してもらえないかと言うと、ティルユー氏は、二つのことを思い出してくれた。「彼はとても利他主義だった」そして、「いつも不機嫌だった」と。

不機嫌？　世間一般のマーティン・クーニーのイメージとはかけ離れている。だが、一九三〇年代も後半に入ると、マーティンには上機嫌でいられない理由が山とあった。それに、話を聞いたときのティルユーが九〇歳で亡くなる一年前であったことを考えると、マーティンに会った当時はティーンエイジャーだ。思春期の少年が老人を不機嫌と感じるのは、いかにもありそうなことだった。

以来数カ月にわたって、私は最盛期のマーティン・クーニーを知る人物に会いたいと願いつづけていた。

ラリーはその録音テープを書き起こしていなかった。インタビューをもとに本を書こうとしていたのは、遠い昔のことだった。

話の最後に、ラリーが言った。「私はもう本にするつもりがないから、カリフォルニアまで来てくれるんなら、テープを聞かせよう」

炎に包まれた夢

一九一一年、コニーアイランド

失われたものがふたたびよみがえる姿を見たければ、コニーアイランド博物館へ行って、３Ｄプリントでみごとに復元された、トンプソンとダンディのルナパークを鑑賞してみるといい。これはアーティストのフレッド・カール――またの名を偉大なるフレディーニ――による情熱のプロジェクトで、一万時間以上かけて製作された縮尺一三分の一の模型である。まるでレースのようなイスラム教寺院のミナレットや、バルコニー、塔、そしてよくできたプラスチック製の人々を眺めていると、小さくなって、行ったことのない過去へ足を踏み入れたくなってくるかもしれない。

夢想してきた場所への愛情が、とほうもない創造力の源泉となる。歩いたことのない通り、写真でしか見たことのない景色、暮らしたことのない生活を探し求め、郷愁にかられながら日々を過ごす。ドイツ人は、これをあこがれ《ゼーンズフト》と呼ぶ。探しているものは決して見つからないが、追い求める気持ちが、人をして地球を駆けめぐらせたり、顕微鏡をのぞきこませたり、高さを測らせたり、キャンバスに絵の具を重ねさせたり、つまずきながらも幻影を追いかけさせたりする。

ドリームランドの在りし日の姿が最後に目撃されたのは、一九一一年五月二六日の金曜日のことだ。所有者のウィリアム・レイノルズは、こんどこそこの金食い虫のテーマパークを繁盛させようと決意を固めていた。大儲けをもくろんで開園したドリームランドだったが――スティープルチェースや、ルナパークより大規模で煌びやかだった――どうしたことか、毎年、赤字続きだったのだ。

園内の催しだけが成功の秘訣でないことをレイノルズは理解していなかった。肝心なのは大衆を動かせるかどうか。ジョージ・C・ティルユーの甥のエド・マッカローは、著書『古き良きコニーアイランド (Good Old Coney Island)』に、「スティープルチェースでは、市長の遊園地視察に世間の関心が集まらないと、どういうわけか、園内で市長を暗殺する計画があるとのうわさが流れ、それを聞きつけた人たちがどっと押し寄せた」と記した。フレデリック・トンプソンが、象を一頭処分すると決定するや、物議をかもす見世物にしてみせたのも、同じ流儀だ。「それに引き替えドリームランドでは、地元の変人が新種の飛行機を発明したとか、それに地元民をむりやり乗せて園内からファーロッカウェイの飛行を成功させたとか自慢したとしても、実際は不名誉にも飛行機が酒代に消えたことがわかり、あきれた大衆がルナパークへと流れるのが落ちだった」

だが、レイノルズは考えを曲げなかった。一九一一年のシーズン中、彼は白一色のテーマカラーを捨て、園内の建物をすべてクリーム色と消防車の真っ赤な色に塗り替えさせた。八〇頭あまりのライオンや、豹、ハイエナ、その他の野生動物が飼育されていた。〈リリパットの村〉の支配人だったサミュエル・グンペルツが、ドリームランドの総責任者に任命された。グンペルツは、〝野蛮人〟イゴロト族――セントルイスの万国博覧会で初めて披露されたフィリピンの原住民族――を一シーズン、コニーアイランドに連れてきたことで悪名が高かった。だがこの計画は、部族民が仕事を辞めたがって（最終的には逃走して）、収拾がつかなくなった。グンペルツにも、騒ぎを起こす才能だけはあったようだ。

戦没将兵記念日の週末は、コニーアイランドで生き残りをかけるすべての興行師にとって、一か八かの大勝負だった。これより二カ月前に、トライアングル・シャツウエスト工場で火災が発生し、大半が若い女性からなる一四六人の従業員が亡くなった。ニューヨーカーは、この深い悲しみをしばし忘れたがっていた。五月二六日、金曜日の予報によれば、シーズン初日にあたる翌土曜の朝は、申し分のないさわやかな天気になりそうだったので、ジョージ・ティルユー、フレデリック・トンプソン（トンプソンのパートナーのエルマー・ダンディは、一九〇七年に亡くなっていた）、サミュエル・グンペルツの三人は、なんの心配もなく、じゅうぶんな睡眠がとれることだけを願った。

その晩遅く、ドリームランドで目を覚ましていたのは、ごく少数の人たちだった。保育器の展示場では、ソロモン・フィッシェルが、赤ちゃん一人を病院から迎え入れたところだった。これで患者は五名になった。営業シーズンが進むにつれ、その数も増えていくだろう。展示場の隣は、〈地獄門《ヒルゲート》〉という乗り物だった。入場券を握りしめた客をボートに乗せ、照明を落とした薄暗い洞窟を進むという趣向だ。だが、漏電が起きたため、作業員たちが時間外労働で復旧作業にあたっていた。

フィッシェル医師は午前一時半には床についた。ルイーズ・レチェは、ドリームランド以外のどこかを夢に見ていたはずだ。その夜の当直看護師の責任者は、グラフ嬢としてのみ知られている。コニーアイランドは深閑として、例外はしきりにビーチを動きまわる海の生物たちと、感謝されることなく〈地獄門〉で作業にあたる疲労困憊の男たちだけだった。そのとき、疲れ果てた作業員の一人が、タールの入ったバケツをひっくり返した。するとまたたく間に作業用の照明が焦げてショートし、〈地獄門〉に炎が上がった。

ドリームランドが大惨事に陥るのは時間の問題だった。何百万個もの電球が飾られていて、一見豪華だが、一皮むけば手抜き工事の安普請だ（政治家との太いパイプのおかげで、許可が下りた）。すばらしい開幕日をもたらしてくれるはずだった海風が、驚くべきスピードで火の手をあおった。さらに水圧が弱かった（証明はされていないが、近隣の企業経営者たちが自分たちの資産を守るために不法に消防用水を使ったといううわさが流れた）。消防士がまく水の勢いが足りず、新生児の入った保育器に大火が迫っていた。

空が真っ赤に染まり、警報音が鳴り響いた。《ニューヨーク・タイムズ》は印刷作業を中断した。朝には、赤ちゃん全員死亡と報じることになると思われた。

だが、そうはならなかった。その晩の出来事をもっとも詳細によく伝えているのが、エド・マッカローの著書だ。彼の記録によると、フィッシェル医師が寝間着姿で保育室に駆け込んだとき、グラフ嬢は午前二時から授乳を担当する二人の乳母を起こすところだった。続いて、巡査部長が飛び込んできた。入り口から煙が流れ込むなか、フィッシェル医師は赤ん坊二人を抱きあげ、ブランケットでその頭をくるんだ。乳母は寝間着姿のまま、それぞれ子供を一人ずつ抱きあげた。アナ・デュボイドという乳母は、自分が生んだばかりの赤ちゃんをひったくるように抱きかかえ、彼らのあとに続いて地

大惨事のあとのドリームランド

獄のような宵闇が広がる外へ飛びだした。

現場は混乱を極め、《タイムズ》紙だけでなく誰もが赤ちゃんは助からないと決めてかかった。だが、保育器ベビーの物語はこうでないと！　おぞましい第一報では、三人が外に運びだされたが窒息死したとされ、「ほかに少なくとも三人の乳児」が室内に閉じ込められているとあった。だが、翌日の新聞には「赤ちゃん、全員無事」の見出しのもと、訂正文が掲載された。ソロモン・フィッシェルによると、彼と看護師たちは患者を救出したあと、ジョン・ピアースという名の医師の家に駆け込んだ。「家に入れてもらった私たちは、五人の乳児全員を一つのベッドに寝かせた。それからいつもどおりの世話をして、五分後には、乳児たちはなにごともなかったかのように健やかそのものでした」その後、タクシーで赤ちゃんたちを病院に運んだ、と彼は言った。

マーティン・クーニーの名前は出てきていない

ので、おそらく街におらず、ほかの展示場のある場所にいたのだろう。自宅にいたのであれば、みずから受話器をとり、ダイアルを回していたはずだ。被害をなんとか食い止めようとしただろうが、ソロモン・フィッシェルがなにを言おうと、被害は甚大だった。

器物や建物の破損などささいな問題だった。もっとも大きかったのは、死者の第一報が、ニューヨーク児童虐待防止協会のジョン・D・リンジー会長の逆鱗に触れたことだった。赤ちゃん無事の報がすかさず載ったにもかかわらず、会長はフィッシェル医師の談話を載せた編集者宛てに怒りの手紙を一気呵成に書きあげた。「ドリームランドの保育器で展示されている赤ん坊たちが、園を壊滅させた火災の犠牲にならずにすんだのは、たんなる偶然にすぎない」と批判し、赤ちゃんの展示は「純粋に営利目的で、医療、および職業倫理のあらゆる原理に反する」とした。さらに、協会は一九〇六年にこうした保育器の実態を調査のうえで法的に禁止させようと試みたと述べた。そして、あのような行為は病院においてのみなされるべきとの結論で、手紙を締めくくった。

だがそうした行為は、病院では行われていなかった。一八〇〇年代の後半までに、デリー医師がシカゴではじめたような産科病院は、全国の都市で続々と設立されたが、こうした施設は、おもに開業医を訪れたり自宅に助産婦を呼んだりできない貧しい女性を世話するためのものだった。ニューヨークには妊婦のための救護院もスローン病院もあり、スローン病院は新築の七階建てに移ったばかりだった。スローン病院はその後ニューヨーク長老派教会病院に併合され、その産科と婦人科となる。だが、多少なりとも資金のある身重の母親たちは、あえて産科病院を選ばなかった。治療方針があまりに厳しかったからだ。これより数年前の、とある看護実習生の記録によると、入院が決まった女性た

郵便はがき

料金受取人払郵便

新宿局承認

1993

差出有効期限
2021年9月
30日まで

切手をはら
ずにお出し
下さい

160-8791

343

（受取人）
東京都新宿区
新宿一－二五－一三

原書房

読者係 行

1608791343　7

図書注文書（当社刊行物のご注文にご利用下さい）

書名	本体価格	申込数
		部
		部
		部

お名前　　注文日　年　月　日

ご連絡先電話番号　□自宅　（　）
（必ずご記入ください）　□勤務先　（　）

ご指定書店（地区　）　（お買つけの書店名をご記入下さい）　帳合

書店名　書店（　店）

5731
未熟児を陳列した男

愛読者カード　ドーン・ラッフェル 著

＊より良い出版の参考のために、以下のアンケートにご協力をお願いします。＊但し、今後あなたの個人情報(住所・氏名・電話・メールなど)を使って、原書房のご案内などを送って欲しくないという方は、右の□に×印を付けてください。□

お名前《フリガナ》　男・女(　歳)

ご住所　〒　-

市　町
郡　村

TEL　(　)
e-mail　@

ご職業　1会社員　2自営業　3公務員　4教育関係
5学生　6主婦　7その他(　)

お買い求めのポイント
1テーマに興味があった　2内容がおもしろそうだった
3タイトル　4表紙デザイン　5著者　6帯の文句
7広告を見て(新聞名・雑誌名　)
8書評を読んで(新聞名・雑誌名　)
9その他(　)

お好きな本のジャンル
1ミステリー・エンターテインメント
2その他の小説・エッセイ　3ノンフィクション
4人文・歴史　その他(5天声人語　6軍事　7　)

ご購読新聞雑誌

本書への感想、また読んでみたい作家、テーマなどございましたらお聞かせください。

ちは、頭に灯油とエーテルを振りかけられ、髪はアンモニアで洗われて、三つ編みにされた。乳首はエーテルとクレンジングクリームで清拭。個人負担ではない患者の恥毛は剃られ、個人負担の患者はハサミでカットされた。出産後二四時間は寝たきりにされ、最初の五日間は安静とされた。丸二日間は食べ物はなし、牛乳だけで過ごさなければならなかった。不潔で窮屈な長屋に住んで日々きつい肉体労働で生活をしのぐ者にはありがたかったかもしれないが、快適な家を持つ女性なら、自宅のベッドで出産する道を選んだだろう。

スローン病院には新生児用のベッドが一〇〇床あったが、長期のケアが必要な虚弱児のための設備は整っていなかった。そうした設備のある病院がほとんどなかったことが、ニューヨークに乳児院や赤ちゃん病院のような施設が設立される動機になった。赤ちゃん病院の開院は一八八七年だった。その後ニューヨーク長老派教会モーガン・スタンリー小児病院となり、スローン病院の姉妹病院となった。今日では、世界トップレベルの新生児医療センターの一つに数えられているものの、設立当初のこうした病院は、患者の多くが遺児か貧しい家の子で、費用のすべてが慈善家や慈善団体からの寄付金でまかなわれていた。ドリームランドが大火にみまわれた当時、赤ちゃん病院や同種の施設は保育器の導入を拒否し、たいして効果のないふかふかのバスケットや、温めた病室の方を選んでいた。〝ホスピタリズム〟に対する恐れに加えて、洗浄などに多大な手間がかかることを考えあわせて、保育器を使わない方針を選んだのだ。おむつを替えるのにも、保育器から赤ちゃんを外に出さなければならず、ただバスケットから赤ちゃんを抱きあげるよりも手間がかかる。小さすぎて乳を吸えないたった一人の乳児のために、看護師につきっきりで世話をさせる余裕のある病院はなかった。だが、リンジー会長がこの手紙で書き落としていたのは、見世物と理想的な医療環境のほか、そのあいだの選択肢がないということだった。選択肢は多くの場合、見世物にするか、さもなくば乳児を死なせるかだった。

赤ちゃんたちがフィッシェル医師と看護師の腕に抱かれて脱出した後、ドリームランドは灰燼に帰した。そして、むごたらしく死んでいったものたちがいた。火災が発生すると、飼育係は動物たちをケージから出し、楕円形のメインアリーナへと先導して、そこで危機が過ぎ去るのを待つことにした。リトル・ヒップという名の象は動こうとしなかった。調教師の命令しか聞かないので、調教師が呼びにやられていた。アリーナに集められた動物たちは落ち着いていたが、それもすべての照明が消えて、勢いを増した炎が空高く燃えあがるまでのことだった。消防士たちが負け戦をしているのがいよいよはっきりしてくると、飼育係らはパニックになった動物たちを必死でぼろ車に乗せ、移送しはじめた。雌ライオン五頭、豹四頭をなんとか安全な場所まで運び、シェトランドポニーは目隠しをして園外へ連れだした。

ドリームランドの巨大な塔が、四方八方に火花をまき散らしながら焼け落ちた。半狂乱になった動物たちを救いだせる見込みはもはやなかった。動物が焼け死ぬのを哀れに思い、その場に残って銃で撃つ調教師もいた。だがすぐに、彼らも自分の命を守るために逃げなければならなかった。パークに駆けつけたリトル・ヒップの調教師は、最愛の象が逃げ場を失い、恐怖に怯えて、ラッパのような雄叫びをあげるのを聞きつけ、涙を流した。三歳になるヌビアン種のライオンは、断末魔の叫びをあげ、

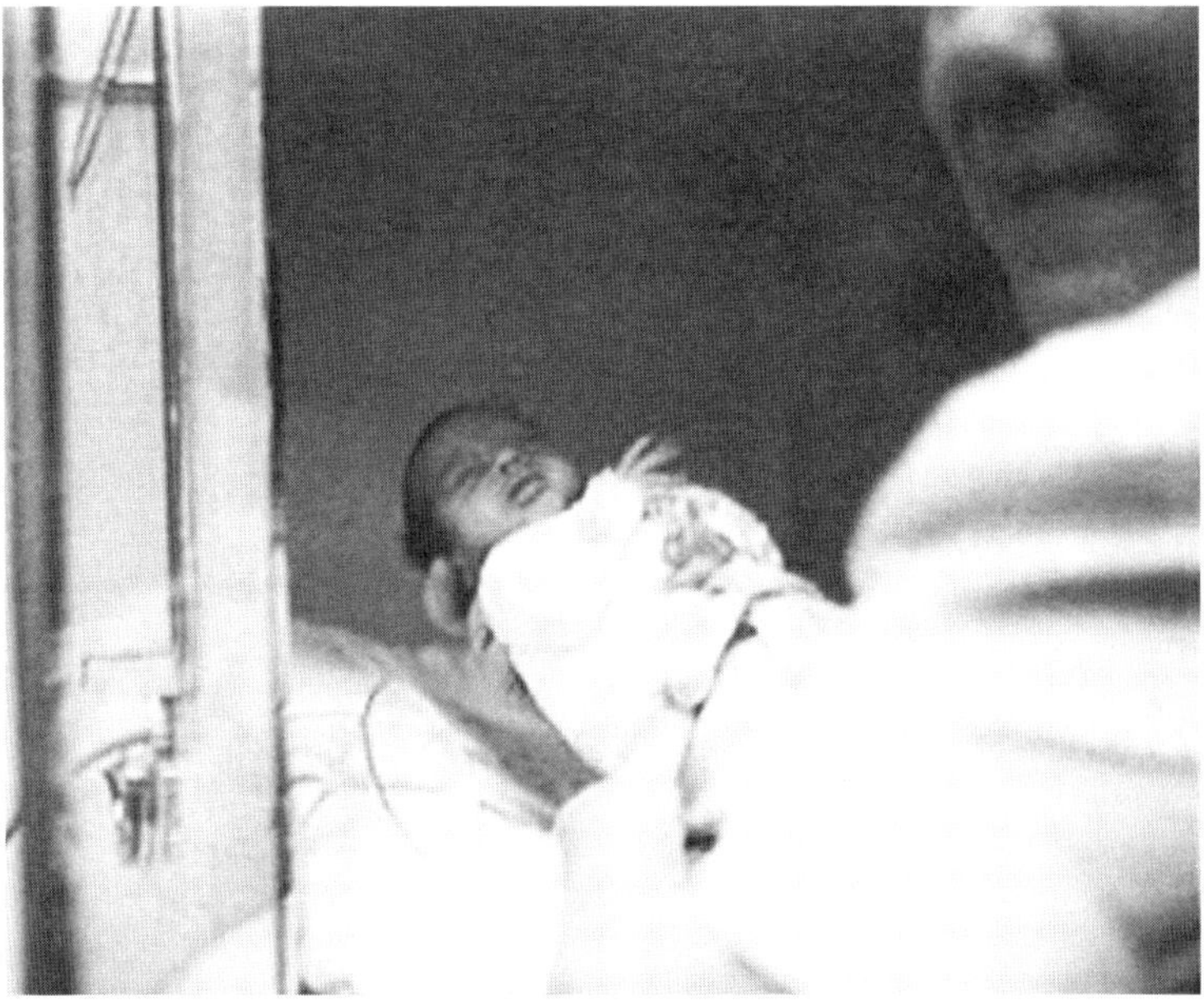

たてがみを赤々と燃やし、火だるまになって通りを駆け抜けた。警察は燃えさかるライオンの頭に二四発の銃弾を撃ち込み、最後に斧を振りおろした。

その晩、ソロモン・フィッシェルのセントバーナード犬は、催事場にあった彼のオフィスに閉じ込められていた。医師は犬を逃がしてやろうとしたが、もうもうと立ちのぼる煙を見て断念した。両腕に赤ちゃんを抱え、炎のそばを走り抜けながら、飼い犬が閉じ込められていると消防士に向かって叫んだ。幸運と勇気が一瞬にして結実し、消防士は彼のペットを救出した。

だが、ソロモン・フィッシェルの強運は尽きかけていた。

一九一三年一〇月一八日、ドリームランドの火災から二年後、彼はアナ・ウィンターという名の女性を伴いマンハッタンの市庁舎を訪れると、結婚許可証に署名した。その晩の夕食の席で、この四三歳の医師は気分が悪いと友人に訴えた。それでも日没後には二人でシナゴーグを訪れ、ロシア語で結婚の誓いを立てた。そして二、三週間滞在する予定で、ホテルにチェックインをした。ところが、午前四時、ソロモン・フィッシェルはひどい胃痛で目を覚まし、二時間後には帰らぬ人となった。

花嫁は死後硬直した遺体を放置したまま、ブルックリンに住む彼女の両親のもとへと逃げ帰った。ルイーズ・レチェはソロモンの死の知らせを聞き、ホテルに駆けつけた。《ニューヨーク・タイムズ》紙は、「女性を力ずくで遺体から引き離すしかなかった」と報じた。彼女は〝ヒステリー状態〟で自宅に送り届けられた。

懸案になっていたルイーズ・レチェの墓参りに行くため、ついに私は電車に飛び乗った。彼女の遺言書には、「良き友人であるクリストファー・イーガンとベル・イーガンの家族の墓に埋葬されることを心から希望します」とあった。

ルイーズ・レチェはその死に際して、ほとんどなにも持たず、看取る者もいなかった。唯一の親族はフランスで先に亡くなったきょうだいたちの子だった。彼女の債務目録の内訳は、新聞配達料と、『サタデー・イヴニング・ポスト』誌の購読料であり、彼女は二五ドルをカトリック教会の礼拝のために取り除けていた。

ホーリークロス共同墓地のゲートまで来て、私はお供えの花を持たずに来たことを後悔した。しかたなく手ぶらで墓地をうろついたが、墓地の事務所の女性から詳しい場所を教えてもらったにもかかわらず、道に迷った。教わった区画の教わった列まで来ても、墓石を数えてみたら、数が足りなかったのだ。

結局、ブルドーザーで作業中の男性が、私が少なくとも二度は通り過ぎた区画に案内してくれた。

これがあの看護師の墓だと理解するのに、しばし時間がかかった。彼女は正体不明のクリストファー・イーガンとベル・イーガンとは埋葬されていなかった。墓標はアンサン家のもので、凝った彫刻が施された墓石には五人の名前が刻まれ、地面にもっとも近い位置に〝アメリ・ルイーズ・レチェ〟の名前があった。

私はそこに一分ほど佇んだ。彼女が抱きあげ、授乳し、入浴させ、着替えさせ、夜通し世話をしたすべての赤ちゃんを思い、彼女のではないダイヤのリングが通されたすべての手首を思った。墓石に刻まれた彼女の名前は綴りがまちがっていた。

しばらくして、墓地の事務所に引き返した。「ちょっとうかがいたいことがあるのですが」と、私はデスクの奥の女性に声をかけた。「ヒルデガード・クーニーという方のお墓はこちらにありませんか？」

「何年ですか？」彼女は尋ね、しばらくすると、「ええ、ございますよ」と答えて、区画番号を読みあげた。

「それは私が今行ってきたお墓じゃないですか？」私は尋ねた。「アメリ・レチェの？」

彼女はもう一度書類を見た。

「ええ、同じですね」

「でも、ヒルデガードという名前は墓標にありませんでした。彼女が埋葬されていることを示すものはなにもです」

「あう、でも彼女のお墓はそちらでまちがいありませんよ」

女性はそう言って、仕事に戻った。

Amelie ではなく Ama̲lie と綴られたアメリ・ルイーズ・レチェの墓石

よりよい赤ん坊を作る

一九一一年、アイオワからその他の地へ

ドリームランドが焼け落ちたのと同じころ、マーガレット・クラークという医師がとんでもないことを思いついた。彼女はかねてより、ある問題に取りつかれていた。どうしたらアメリカ人がよりよい赤ん坊を産めるかという問題だった。彼女より一世代前のエチエンヌ・タルニエは、動物園で啓示を受けたと言っていた。マーガレット・クラークと彼女の友人のメアリー・ワッツの場合は、農産物品評会だった。農家の人たちが一等賞をめざして雌牛や雄豚を育てるように、女性たちが賞金欲しさにブルーベリーパイを焼くように、母親たちがよりよい赤ん坊を育てようと競いあってもいいではないか、と。

美人コンテストは珍しくもなかったが、クラークとワッツは、それとは別種の、称賛すべき価値を科学的に測定することを考えた。測定可能な特質に賞を与えようというのだ。ここでいう特質とは、身長、体重、頭囲など、発育度合いの指標になるとされるものだ。クラークとワッツは、一九一一年、アイオワの農産物品評会ではじめてそういうコンテストを開催し、その後、コンテストはアイオワ以外にも広まっていった。

『ウーマンズ・ホーム・コンパニオン』誌はコンテストを大きく取りあげ、一九一三年三月、全米規模で〝よりよい赤ん坊キャンペーン〟を展開した。その活動によって、二世代もあれば文明が飛躍的に進歩するだろうと予測した。婦人団体や地方自治体がスポンサーとなって資金を提供してくれれば、金、銀、銅のメダルは雑誌社のほうで用意すると請けあった。農産物品評会で最高得点を獲得した都会と田舎の赤ん坊には、それぞれ一〇〇ドルの賞金が贈られる。そしてどこのコンテスト会場でも、参加した赤ん坊全員に、その長所と短所を記した採点表が配られることにした。

コンテストには何百という小児科医が審査員として参加し、頭囲を測定したり、耳の中をのぞき込むなどして、点数を表に書き込んだ。最初の一年で、四五州(合衆国に加盟していた四八州のうち)が〝よりよい赤ん坊コンテスト〟を開催した。地方の母親や、小児科医にかかれない貧しい人々にとっては、わが子を診察してもらえ(少なくとも表向きは)、なおかつ育児や衛生に関するアドバイスがもらえる点が魅力だった。

だが、そのマイナス面は、恐るべきものだった。アリサ・クラウスは、その優れた歴史書『すべての子はライオンである(Every Child a Lion)』で、「赤ん坊の健康コンテストは、そもそもが優生思想に基づいており、実際、〝優生コンテスト〟あるいは〝優生品評会〟と称して主催する婦人団体もあった」と記している。やがて採点表には、「胸囲と腹囲、肌、脂肪、筋肉の優良性、頭蓋骨、背骨、胸郭、四肢、目の形、額の広さ、鼻の形と開通性、顎の形とその状態」といった項目までふくまれるようになった。だが、結果発表日になると、〝完璧な〟乳児に選ばれるのは、西ヨーロッパ系のコーカソイド、つまりアーリア人と決まっていた(ときおり別枠で、アフリカ系アメリカ人の赤ちゃんのコンテストが開催された)。

もちろん、健康と出生異常の予防のみに重点を置いて審査する医師もなかにはいた(あのジュリアス・ヘスも、一九一五年には顧問医師を務めている)。そしてこうした世間の風潮を危惧する医師もいた。だがその一方で、良い種を育てるに留まらず、彼らが悪い種と断じる民族を一掃することに血道を上げる医師もいた。メアリー・ベイツというデンヴァー在住の婦人科医は、彼女の壮大な目標に即してコンテストのことをこう書き記している。「欠陥のある出生前の胎児を科学的に排除できる日を一刻も早く実現し、いつか最適な赤ん坊を科学的に培養できる日が来ることを願ってやまない」

クーニーを語る日、ついに来る

ラリーことローレンス・ガートナーとその妻キャロルは、起きている時間の大半をニューヨークのブロンクスとホワイトプレーンズ、シカゴのハイドパーク、インディアナのハモンドの病院や大学の教室で送ってきた。今は、雪も降らず、雨もめったに降らないサンディエゴ南部に居を構えている。曲がりくねった道の行き止まりにある、明るくて風通しのよい彼らの家は、光にあふれ、あざやかな色彩の美術品が所せましと飾られていた。ガートナー夫妻は八〇代前半ながら、かくしゃくとしていて、若い人に負けていなかった。白い顎ひげの、メタルフレームの眼鏡をかけた細身のラリーは、この〝クーニーの日〟の会合を録音していた。キャロルは、パデュー大学カルメット校のリベラルアーツ学部の英語の教授と学部長の職をすでに退いていたが、蓋を開けてみれば、彼女もまたクーニー愛好会のメンバーだった。ラリーによるインタビューにも、つねに同席していたという。あとで彼から託されたテープを聞いてみると、ありがたいことに、私がしそうな、つまりあまり医学的でない質問を彼女がしてくれていた。

ラリーは大量のフォルダを取りだした。そのなかには、米国小児科学会のアーカイブで見た、クーニー愛好会のお茶目な手紙もあった。持ち帰ってコピーするようにと、さらにラリーから資料の山を渡された。『クーニー・ニュースレター：いと小さき者たちの尊厳を守る専門誌』は、彼の手になる小冊子だ。日付は一九七〇年五月七日、第一巻第一号とある。〝私が見た写真〟（保育器医師が、小さな人と握手をしている映像の写真をふくむ）、〝地下より〟（目下、調査中のクーニーにまつわるゴシップ）、そして〝進化論的考察〟（コーン→コニー→クーニーの変遷）などの題目があった。

ラリーは、クーニー愛好会のたっての願いで内偵調査をしてくれたドイツ人医師たちの話をしてくれた。彼らはライオンの特許を発見し、さらに、マーティン・コーン、コニー、もしくはクーニーなる人物が、ライプツィヒ大学に入学していないことを確認した。二つの大戦を経験したにもかかわらず、市の唯一の医学校は無傷のまま記録を保管していた。ベルリンの調査でも結果は同じだった。私たちは、ラリーとキャロルがマーティン・クーニーの姪とその夫に会ったときのこと、私が彼の墓を参ったこと、ルイーズ・レチェがみごとに赤ん坊の世話をしたことを話しあった。私たちの会話は、途中、キッチンで昼食をとるあいだも続き、このファイル、あのファイルと目を通していった。ラリーはドイツ語で書かれた書類と、今にも壊れそうなカセットテープと、一世紀前の出版物から破り取られたページを私によこした。余白にはウィリアム・シルヴァーマンの筆跡で走り書きがあるものもあった（クーニーは自分に前任者がいたことを〝忘れて〟いたのかもしれない、などと書かれていた）。われわれは、赤ん坊たちのことも話した。ラリーも私も、ヒルデガードの出生には、おかしな点があると感じていた。彼女の母親は誰なのか？　キャロルの母親の友人であるグラディスは――ラリーの探求心に火をつけた女性だ――ヒルデガードは彼女のさらわれた双子のかたわれだと主張していた。グラディスも彼女のかたわれもマーティン・クーニーの保育器に預けられ、クーニーはもう一人は死んだと家族に告げた。だがグラディスの家族はそのことを受け入れられなかった。グラディスは大人になってから一度だけ、ヒルデガードを見かけ、その顔は自分とうり二つだったと言った。問題は二人の出生年が合わないことだったが、それでも、死んだと思うよりは、盗まれたと信じたほうがまだしも救われる。

私は、ヒルデガードの母親は看護師のルイーズで――身体的な類似点は決定的要因ではない――父親はあのドリームランドの火災のときに展示場にいた医師のソロモン・フィッシェルではないかと思うようになっていた。彼の写真は一枚も残されていない。ルイーズは敬虔なカトリック信者で、ソロモンは正統派ユダヤ教徒だった。一九〇六年なら、二人の結婚はあり得なかっただろう。何年も二人で過ごした長い夏のある日、もしまちがいが起きたとしたら、生まれた赤ん坊を子供のいない親しい友人に託しはしないだろうか？　マーティンなら赤ん坊をかわいがる。〝ルイーズおばさん〟は、ほぼつきっきりで子供の世話をする。そしてメイも、赤ん坊にじゅうぶんな愛情を注ぐようになるだろう。そして、ラリーが言うには、クーニーが養子を求める人たちに孤児を斡旋しているという、うわさがときおり流れたという。だが、ジュリアス・ヘスとサーマン・ギヴァンという名のニューヨークの小児科医が一度調査に乗りだしたがなにもつかめなかった。

ガートナー夫妻と私は、クーニーの兄のアルフォンスのことや、妻のアナベル・メイのことも、まるで共通の知りあいのように話し、マーティン・クーニーが真実を語る際に犯すかわいげのあるあやまちにも話がおよんだ。

「そうか、出身地はクロトシンだったか」ラリーは言った。

「まあ、公平を期せば、アルフォンスはアルザス生まれ――」

「その方がクーニーには都合がよかったってことかな？」

「ポーランド系よりもフランス系の方が？」

茶化しながらも、ラリーがわたしを評価してくれているのが伝わってきた。「ルイーズ・レチェが赤ん坊に授乳しているビデオを観たかい？」ラリーが言っているのは、小児科学会のアーカイブに保管されている動画のことで、私は手持ちカメラで撮影されたほの暗いその映像をすでに三回観ていた。ルイーズ・レチェが、スプーンで赤ん坊の鼻から授乳するたくみな手さばきは、ラリーたちクーニー愛好会の面々を驚かせた。どうしたら赤ん坊がむせずにすむのか？　私にとってこの映像は、粒子の粗い無声映画に記録された手品のようなものだったが、とびきり小さな赤ん坊に授乳するむずかしさを知っている人にとっては、まさに息を吞む光景だった。

私が衝撃を受けたのは、がっちりした体格で、髪は黒く、すでに中年期に入ったルイーズが赤ん坊を入浴させている映像だった。その赤ん坊があまりに小さく貧相なものだから、小さなビーズのネックレスが鎖に見えた。昔ながらの石鹼と水で洗うあいだ、彼女は赤ん坊をしっかりと抱きかかえ、手際もよかった。赤ちゃんはぴかぴかに洗いあげられた。

ラリーの情報によると、クーニー医師は、わざわざ元気そうな赤ん坊を選ぶようなことはなかった。実際、彼は一三六一グラム（三ポンド）未満の赤ん坊を求めていたが、九〇七グラム（二ポンド）に満たない赤ん坊もいた。一つには、一八一四グラム（四ポンド）以上であれば病院でも救えると考えていたのと、もう一つには、とくに小さな未熟児を展示したいと思っていたからなのだろう。

一方、ラリーがジョンズ・ホプキンズの若き医大生だった一九五〇年代は、生まれてきた赤ん坊が極端に小さいとき、産科医は小児科医に助けを求めようとしなかったという。赤ん坊は分娩室の温かな容器に寝かされ、そこで死ぬのを待った。「最悪だったよ」彼は言った。「しかも温かいから、よけいに苦しんだ」あまりに小さな赤ん坊だったから、生きる望みはなかっただろうけれど、と彼は寛容さを滲ませて言ったが、それからずいぶんになるのに彼がいまだそのときの記憶に苦しめられているのが伝わってきた。

一九七一年四月二九日、ラリー・ガートナーは、アトランティック・シティの〈ホリデー・イン〉の前にいた。ここはかつて、マーティン・クーニーが赤ん坊を展示していた場所で、ガートナー医師は〝新生児ディナー〟グループを代表して、記念プレートを献納しに訪れたのだ。プレスリリースによれば、この記念プレートは「全米で最初に未熟児のための特別なケアを提供した人物」の功績を称えるものだった。

私は、ラリーが別の講演のときに用意した、日付のない、手書きの原稿も読んでいた。そこには「ピエール・C・ブディン医師が新生児学における世界の父なら、マーティン・A・クーニーは新生児学における〝アメリカの〟父である」と書いてあった。一九七〇年、ラリー同様、クーニー愛好会のメンバーであるL・ジョゼフ・バターフィールド医師は、クーニー医師の写真に「医療の新分野における画期的な先駆者」とキャプションをつけ、またほかでは、彼の展示を「現代の未熟児看護の先駆け」と呼んでいた。またマーティン・クーニーと同時代を生きた小児科医たちの証言を書き留めた

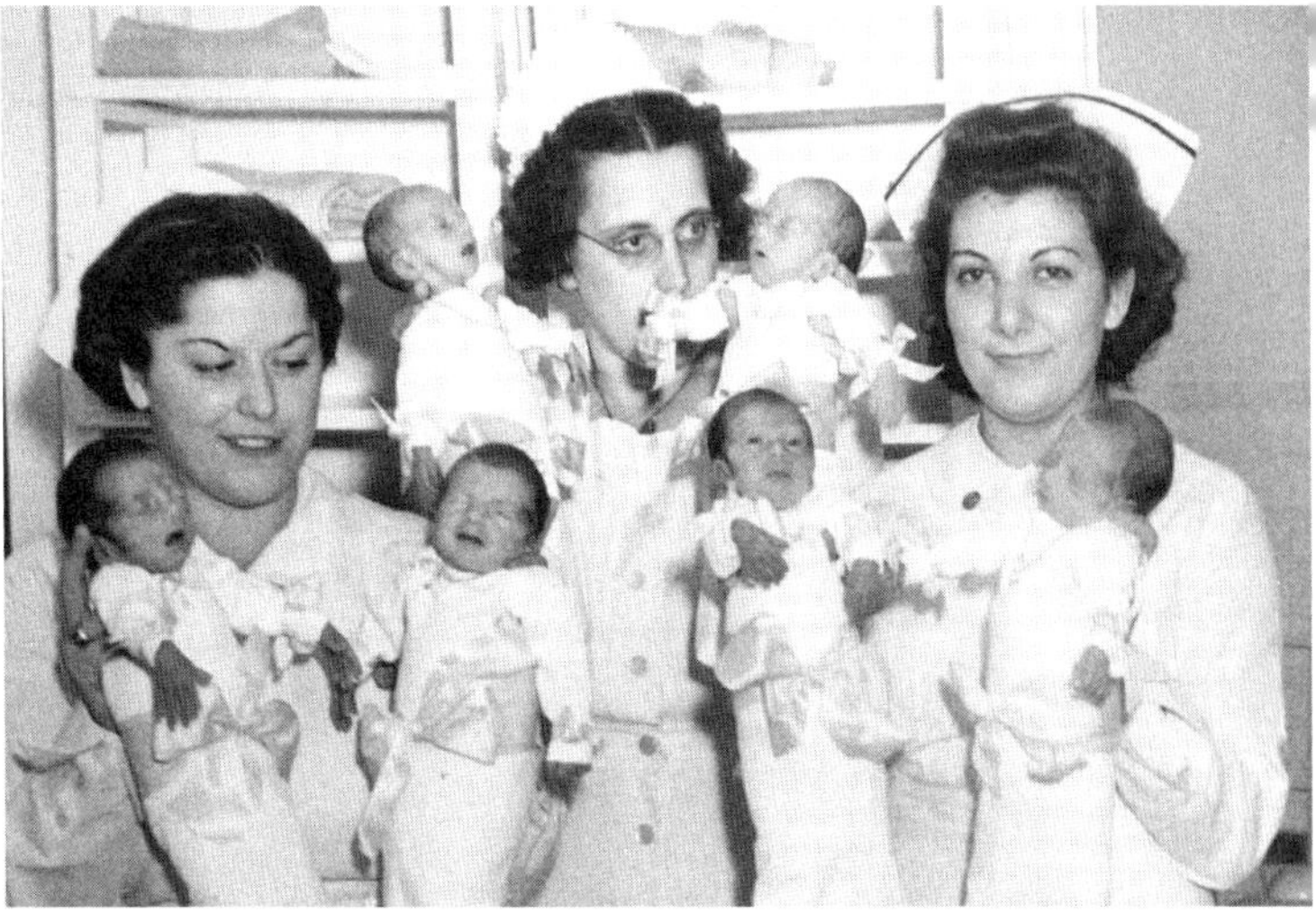

マーティン・クーニーが雇っていた看護師たち。ニューヨーク万国博覧会にて

ものも見つけた。その一人、サーマン・ギヴァンは、自分たちはクーニーから刺激を受けてきたと語っていた。ギヴァンは、ニューヨークのキングス郡で児童保健委員会を設立し、そこでブルックリンの病院における未熟児の死亡率と罹患率の研究をはじめた。

私がそれまでに聞いたことや、読んだことすべてを考えあわせると、ウィリアム・シルヴァーマンが『小児科学』誌に寄稿した原著論文の結論は、理解しがたいものだった。「医学史におけるこの風変わりな一章に奥深い意義を与えるのは、ばかげている。保育器の興行師という現象はおもに一人の男が起こした行動にすぎない」後続の学術論文も、こうした考えを踏襲した。なぜだろう？　ウィリアム・シルヴァーマンは長年このテーマに取り組み、少なくとも私には、彼の論文がそれとは逆の結論に向かっているように見えていた。私の誤解だったのか？

やはり論文審査のある厳格な専門誌だから、かくも異端で非科学的な実践者を評価することは不可能なのか？　マーティン・クーニーが興行師のあいだで孤立していたことが、その業績の評価を下げる理由になったのだろうか？

九時間におよんだ〝クーニーを語る日〟の終わりを前にして、私は道沿いにあった売春宿の前でラリーに尋ねた。どうしてウィリアム・シルヴァーマンは最終的に保育器医師の重要性を退けたんだと思いますか？「私にはわからないよ」と、ラリーは答えた。

わずかに巻かれたテープのリールには、とうに亡くなった人たちの声が残されていた。言葉遣い、間合い、アクセント、笑い声。彼らの世界につながる入り口だ。だが、その世界同様、ローレンス・ガートナーのテープも古びていた。途中で止まったり、引っかかったり、絡まったり、ノイズが入ったり、急に早くなったり遅くなったりした。うんともすんともいわない強情なテープもあった。修復の専門家も匙《さじ》を投げた。私は何度も試みた結果、ほとんどのテープの音声をなんとかデジタル化することに成功した。

ある日、ドイツ語なまりでまくしたてる声がパソコンから流れだした。声の主は、マーティン・クーニーの姪のイルザ・イーフリイムだった。ベティの愛称で知られたクーニーの姉、レベッカの娘だ。再生できた七分間のテープには、彼女がおじから聞かされたという、一八九八年のドイツの博覧会に関する、じつに興味深い話が残されていた。のちに事実ではなかったと判明するのだけれども。

乗船者リストをあたると、マーティン・クーニーというオマハから来たばかりの新しい米国市民が

イルザ・イーフリイムと夫のアルフレッド

その年の終わりにニューヨークを発ち、一八九九年に戻ったことが確認できたが、あの有名な〝赤ちゃん孵化器〟のあとの三年間、彼がそこでなにをしていたかを知るには、イルザの話が唯一の手がかりだった。「あの年、ベルリンでは大規模な博覧会があって、クーニー医師は大変な苦労の末、本物の赤ちゃんを展示することを許可されたんですって」彼女は言った（だが、一八九八年もしくは九九年に、ベルリンで大規模な博覧会があったという記録はない）。クーニーは実現にこぎ着けるため、婦人科の外科医で、ハイデルベルク大学の教授だったヴィンツエンツ・チェルニーと面会した。彼はコーン家の友人だった。「おじはチェルニーに窮状を訴えたそうよ。アメリカからスタッフ全員を引き連れてきたのに、許可が下りなくて困ってるって。するとチェルニーは、ドイツの皇后に面会するよう取り計らってくれたの。皇后ご一家のお子さまたちの主治医だったから」

翌朝一一時に、ポツダム近郊の城にて、アウグスタ・ヴィクトリア皇后に拝謁をすることになったという知らせが届いた。「チェルニーから正装の仕方を教わったそうよ」イルザ・イーフリイムは言った。「縦縞のズボン、モーニングコート、それにシルクハットと手袋を着用しなければならなかったんですって」

彼女の話によれば、クーニー医師は大わらわで礼装一式をそろえて、皇后に拝謁し、彼女がドイツにおける乳児ケアの後援者となるよう説得した。「展示会は大成功だった」イルザは言った。「でも病院側は、一番元気のない子、一番体の弱い子しか提供してくれなかったの。彼らの手で育てられる見込みが少しでもある子は、興行師になんて渡したくなかったんでしょうね」

彼女の話は続く。「この一年後に、おじにとって唯一の姉が結婚することになったの。姉たちは盛大に式を挙げて、クーニー医師もまだヨーロッパにいたからもちろん出席して、新たに家族になる義理の兄側の親戚一同とも会ったの。それで話をしている最中に、展示会の話題が出たわけ。そしたら義理の兄の家族と親しい年配の女性がやってきて、自分も展示場へ行ったけれど、ある男が近づいてきて、展示場の外につまみ出されたって。そのとき、おじさんが言ったそうよ。『ああ、あなたでしたか。私があなたを追いだしたのは、あなたが保育器の赤ちゃんを指で差して、この子たちは生きてるはずがないって言い張ったからです』って」

「新しく家族になる者にとって、幸先のいいスタートではなかったわね」マーティンの姪は、そう話を締めくくった。

私は何度も何度もテープを聞き返した。繰り返し聞けば、この時期のずれた話も理屈が通るのではないか。この話には（かすかとはいえ）真実の響きがあった。ヴィンツェンツ・チェルニーは実在の人物だった。とはいえベティことレベッカの結婚式以外、ここで示される事実はどれもつじつまが合わず、マーティン・クーニーのどの有名なエピソードとも合致しなかった。だが時間によって濾過《ろか》され、記憶のあいまいさと、繰り返される語りによって形を変え、理解不能になっているにもかかわらず、この話には彼の本質が色濃く漂っていた。

それはグラスにかかる息のように、たちまちかき消えてしまうことだ。

私はいなかったことにしてください

一九一三年、デンヴァー

一九一三年の夏を前に、マーティンは元気になっていった。結婚して子供をもったのがよかったらしく、ビジネスも順調だった。人生最後の夏を迎えていたソロモン・フィッシェルが米国東部を担当してくれたので、マーティンとメイは西部に向かった。

レイクサイドというアミューズメントパークは、デンヴァーの有名な行楽地だった。いわゆる遊園地にあるわくわくする呼び物がそろっていて、そのうえ――このときに限ってだが――小さな未熟児たちの展示場もあった。細身で赤毛の若い〝助っ人〟――医師免許をとったばかりの小児科医――がてきぱき仕事をこなしてくれたので、マーティンはそのあいだにゆっくりと園内を歩いてまわった。あちらこちら。うろうろと。暇をもてあまして。なぜかというと、残念ながら医学界の名士がまったく来なかったので、もてなそうにもその必要なかったのだ。セントルイスでの大失敗のせいで、マーティンは医師たちから相手にされなくなっていた。デンヴァーの医師の大半は、彼がレイクサイドで展示を行っていることすら知らなかった。知っていた医師も、双頭の子牛を見世物にするのと同じような、低俗ないんちき療法のショーだと思っていた。

一方、デンヴァーで同じ夏に開かれたナショナル・ウエスタン・ストック・ショーの優生学コーナー、つまりメアリー・ベイツ医師の縄張りでは、市内の名だたる医師が、完璧な耳や鼻や足を備えた最良の身体をもつ子供たちを表彰していた。

その後、マーティンを補佐していた細身で赤毛の医師は、コロラドで小児科医として評判を確立する。一九六〇年代には、L・ジョゼフ・バターフィールド医師がその男性の所在を突きとめたが、彼はあの夏のレイクサイドでの出来事を語りたがらなかった。バターフィールド医師が男性の名を伏せているところをみると、本人から内密にしてもらいたいという申し入れがあったのだろう。男性は「あんな昔のあんな短期間の出来事に、なぜ興味をもつのか」理解しがたいと言った。さらに追及すると、マーティン・クーニーには真剣さと熱意があり、未熟児の命が救えることを実地で示したいと本気で願っていた、というところまでは話した。だが、赤毛の男性がそれ以上に言わんとしたのは、「あの件で私の名に傷をつけるのはやめてくれ」ということだった。彼が現場でなにを見聞きしたにせよ、自分がそれに関わったと認めることはなさそうだ。

保育器を寄付させてもらえませんか

一九一五年、サンフランシスコ

マーティンは悩んでいた。サンフランシスコ万国博覧会の出展権を勝ち取った――彼にとってはバッファローで行われたパン・アメリカン博覧会以来、初となる世界博――のはいいが、いざ出展となると、会社の誰かが開会準備のため一年近く西部に滞在しなければならない。

出展するには、ありとあらゆる細目を書類にして提出する必要があった。退屈な会議の連続。〝添付〟や〝受領証をお送りください〟のやりとりの嵐。天井の梁、給水塔、配水管の連結、電気工事、電話設置、塗料の色、ガスおよび予備のガス、仮設建造物に保護塗料を塗る提案、メーターの目盛り、出口、あれこれのあいだのミリ単位の隙間、ろくでもないことが、きりなくある。

ソロモン・フィッシェルは、新婚旅行から戻りしだい、サンフランシスコに向かうつもりでいた。ところが、彼は初夜の床でこの世を去ってしまった（検視官の報告書には〝心臓肥大〟という文言があった。フィッシェルは長らく胃痛にも苦しんでいたが、その死の真相はいまも謎のままだ）。わずかな時間だけ彼の妻だった女性は、莫大な遺産をせめてもの慰めにしたかもしれないが、マーティンのほうは窮地に陥った。

ソロモン亡きあと、マーティン自身が家族を連れてサンフランシスコに赴くとして、それでも保健局の応対を任せるには医師がいる。ニューヨークならばルイーズに頼めばすぐに見つかるが、西部とニューヨークは離れすぎている。それに、今回は大規模な世界博覧会であって、テーマパークの夏の巡業とはちがう。ひょろっとした赤毛の新米医師では務まらない仕事なのだ。何百万人もの観客が訪れる博覧会なのだから、赤ん坊のお尻にさわったこともない医者をメイに訓練させれば事足りるというわけにはいかない。大舞台にふさわしい、見栄えのする人物がいる。それはいったい、誰なのか？

そのころジュリアス・ヘスも深い悩みを抱えていた。たしかに、業績は際立っている。シカゴのマイケル・リーズ病院で小児科医として働き、イリノイ大学医学部では教授昇進の道を順調に進み、クック郡コミュニティ病院ではスタッフ長就任を控えている。

自身が設計した保育器もある――実体は、温熱ベッドだったとはいえ。彼の保育器（米国保育器学会に展示されている）は、金属製の洗濯盥《だらい》のようで、マーティンのもののように見栄えがよくなかった。蓋で半ばおおわれたバケツ状の容器を四本の脚が支え、蓋には温度計がついている。なかの新生児を見るには、かがんでのぞき込まなければならない。だが、ジュリアスは赤ん坊を入れた保育器の展示をしたかったわけではないし、目的は未熟児の命を救おうとする数少ない同僚の一部を味方につけることだった。ジュリアスの新型保育器は、マーティンが使っているものより手入れが簡単で、上部は密閉されていなかった。

マーティンの保育器は、パイプラインから外気を取り込んで換気を行っていたが、病院の保育室には通気設備がなく、効率性の低い〝温熱部屋〟のシステムにまだ頼っていた。屋外の空気がどんなに不快だろうと、豹のにおいがしようと、保育室の雑菌が密閉された保育器の内部に逆流するよりはましというもの。その点を考慮してジュリアス・ヘスが提案したのが、見てくれは悪いが両方のいいところを取り入れた——外気の導入、手入れのしやすさ、個別の温度調節——最高に機能的な保育器だった。

ところが、その提案に注目する者はいなかった。

その点、マーティンは大衆に認知されることをなにより重視していた。ソロモンが亡くなったあと、彼はジュリアスにある重大な頼みごとをしたようだ。ジュリアス・ヘスは数多く表彰されたジュリアス・ヘスは、サンフランシスコ万国博覧会における保育器展示会の参加許可証も保管していた。

一九一四年の春から秋にかけて、保育器展示計画は何度も練り直された。一発の銃弾で皇太子が殺害されたことから世界大戦がはじまったが、マーティンはその間ずっとサンフランシスコのピアース通りに住んでいた。メイとヒルデガードとメイの病気の母親も、いっしょだった。

さらにこのときは、サンフランシスコに住んで一〇年以上になる兄のアルフォンスも同居していた。アルフォンスも年を取った。四〇代後半で子供はなく、セールスマンとして妻のメアリーと暮らしていた。彼がたまたまはじめたディプシー・レースは、いまや一〇年めを迎える恒例行事となり、出場するランナーたちは〝インディアンズ〟と称して酋長や大酋長を選んだ。アルフォンス自身は一度も勝てなかったが、レース委員会に籍を置き、ディプシー・トレイルを週に二、三回歩いていた。物事

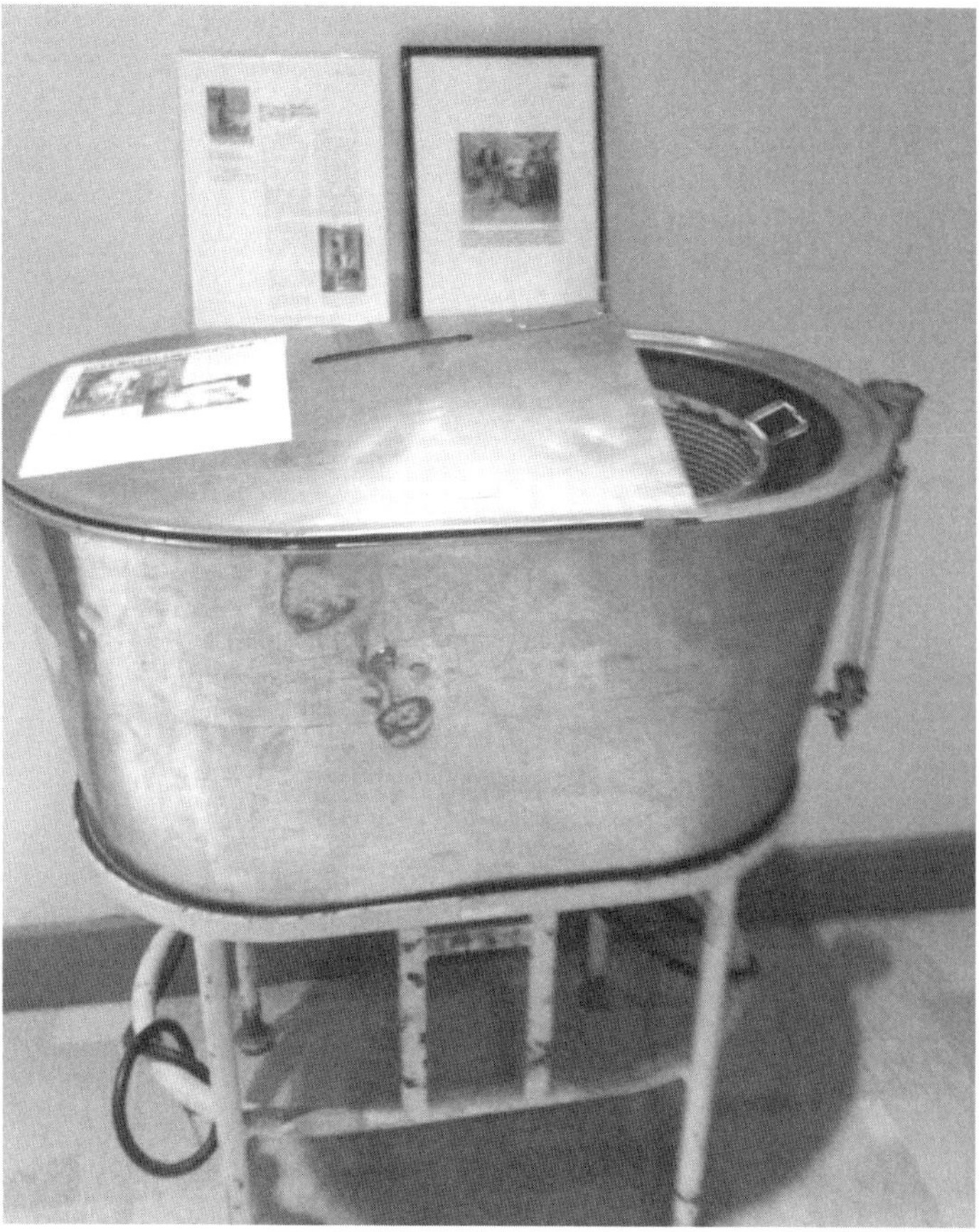

米国保育器学会に展示されているジュリアス・ヘスが設計した保育器

に無頓着なせいか、あるいはおもしろがっていたのか、彼は弟であるマーティンを〝コニー医師〟と呼びつづけた（アルフォンスの葬儀の記録にも、弟はマーティン・コニー医師と記載されている）。

サンフランシスコにはほかにルナパークの経営者フレデリック・トンプソンもいて、懸命に返り咲きを狙っていた。一〇年前、彼はダンディと組み、コニーアイランドをはじめ、マンハッタンのヒッポドローム劇場でも圧巻の見世物――象に宇宙船、道化師に爆発ショーなど、人間の精神の根源を攪乱するスペクタクル――で観客をおおいに沸かせたが、相方のダンディが他界すると、酒に溺れた。財産の大半を失い、衝動的に女優と結婚したことで残りの金も底をつき、一九一二年、破産したトンプソンはルナパークを手放す。ルナパークという名称は、彼らが作った人気のアトラクション〈月旅行〉にちなんだと思われがちだが、じつはダンディの姉妹の名前からきている。そのルナパークも、かくして債権者の手に渡った。そんなトンプソンにとってサンフランシスコ万国博覧会はまさに起死回生のチャンスであり、そのために仕掛けたのが〈グランド・トイランド〉というショーだった。だが、魔法は効かなかった。トンプソンは病に倒れ、そのまま健康を取り戻すことはなかった。

一九一五年二月、博覧会がついに開幕して三日め、幸薄い夫婦に女の子が生まれ、未熟児だったその子はアナと名付けられた。母親のカレン・ステイニッケはデンマーク出身で、乳母として働くつもりでアメリカに来ていた。父親のピーター・ラスムセンはアメリカまで密航してきた。二人はデンマーク・ダンスのパーティで出会い、掃除婦と大工の仕事でなんとか生計を立てながら、はじめての子供を授かった。そう、四五四グラム（一ポンド）ほどの重さしかない赤ん坊を。

途方に暮れた夫妻は、生まれたばかりのわが子を靴箱に入れ、路面電車で万博会場まで運んだ。その子を受け入れた女性はメイだったかもしれない。その子の命を救った医師はおそらくジュリアス・ヘスだろう。そして夫妻の手を握って心配いらないと励ましたのは、まちがいなくマーティンその人だった。

母親は、路面電車で一日四回会場に通い、娘に授乳することにした。

同じころ、この万博でも赤ちゃんコンテストが開催されようとしていた。

メイの母親のメアリー・イザベラ・セグナーは、人生の終わりを迎えていた。メイとマーティンが結婚したときから、彼女は娘夫婦と同居してきた。それにしても、娘がこういう男、つまりユダヤ人の興行師と結ばれるとは、夢にも思っていなかったのではないか。まさか道化師や珍奇な動物に囲まれて、見世物の巡業で生計を立てることになるとは。とはいえ、娘婿はやさしかった。娘夫妻とともに訪れた場所では、メアリーもかならず歓待を受けた。そして、愛しい孫娘のヒルデガードがいた。

メアリーはサンフランシスコで遺言書をしたためた。メイの姉妹である亡きフランシスの遺児、わが孫娘のイザベラ・ラスには一〇〇ドルを与える。ヒルデガードにも一〇〇ドルを。残りの遺産はすべて、「どんなときも、こよなくやさしく、愛情深く、思いやりをもって接してくれた」メイに譲ると書いた。メアリーにはもう一人、チャールズという息子がいたが、遺産の譲受人にはふくめなかった。ただしそれは「当該の息子を愛していない、あるいは軽視しているからではなく、娘メイが長年にわたり温かい配慮をしてくれたことへの感謝のあかし」であるとされていた。息子であるチャールズ・A・セグナーはインディアナで新聞記者として名を上げ（《インディアナポリス・スター》の記者を一〇年務めたのち、ケンタッキー州ルイヴィルで《ヘラルド》の編集長となった）、既婚で子供もいた。その後、セグナー家がクーニー家と明らかに疎遠になったところを見ると、彼が遺産の一件にまったくわだかまりを感じなかったというわけにはいかなかったようだ。事実、チャールズはメイの死亡記事の一つで、母親の遺言書に自分の名前がなかったことを明らかにしているし、ヒルデガードは自分の遺言書に自分の母親のメイが祖父母にとって唯一の子供であったと記している。

メイが母の死期を察して悲しみに沈んでいたころ、マーティンは別のことで心を痛めていた。サンフランシスコ万博は一九一五年一二月に閉幕した。そのとき彼が考えたのは、必要な設備がすべてそろった展示施設をあっさり取り壊すのではなく、慈善連合会に寄付して、市内の未熟児のケアに役立ててもらうことだった。その気になれば、サンフランシスコ市民はそういう子供を救うことができる。ケアの方法はすでに実演で示している。にもかかわらず、彼のこの提案は、あらゆるところで抵抗にあった。

マーティンの患者のなかには、貧困にあえぐ両親に捨てられた子供もいた。そういう子供は展示がすんでも引き取り手がないことがあり、その場合は愛情をかけられることなく孤児院で育つ運命にあった。しかし、だからといって、市当局は彼らを見殺しにしてよいのか？

最初に突きつけられたのは、展示施設は撤去すべしというお達しだった。私有地に建てられていて、所有者が土地の返還を求めたのだ。では、保育器はどうか？　高価な機材なのだから、引き取りたいというところがあるのではないか？　マーティンは関係各所を何度もまわって、やる気のない役人たちにかけあった。

保育器を無償で譲渡することすらできなかった。

クーニー家がまだサンフランシスコに滞在中だった一九一六年二月末日に、メアリー・イザベラは息を引き取った。遺言書はインディアナ州ティペカヌー郡で検認されたのち、その年の秋に提出され、メイは一五八〇ドルを受け取った。シーゲートのサーフ通り三七二八番にあった物件の頭金がちょうど払えるくらいの額だ。風光明媚で排他的な（そして、それとなく反ユダヤ的な）シーゲートは、コニーアイランドに隣接していながら、塀とゲートに守られた住宅地だった。大実業家が暮らす町。社交界の名士や各界の大物が、非の打ち所のない夏の別荘を構える地域。その後長らく、クーニー家はその家で優雅な生活を送る。ルイーズおばさんも一家と同居した。さらには、マーティンの親戚のイザドー・シュルツも越してきて、死ぬまでそこで暮らした。

たいそう小柄な女性

フェイスブックのおかげで私がネドラの存在に気づいたとき、彼女は七四歳になっていた。赤ちゃんのときに靴箱に入れられてサンフランシスコ万博に運ばれたアナは、ネドラの義母にあたる。ネドラはその後の話を聞かせてくれた。アナの両親は娘を家に連れ帰ったのち、アナのほかに九人の子供を育てたという。

アナは結婚し、名字がジャスティスになった。四人の子供を産み、一人は死産だったが、三人は元気に育った。男の子は一人で、それがネドラの夫だ。「たいそう小柄な女性でしたよ」ネドラ・ジャスティスは八〇歳まで生きた義母のことをそう語った。

のちにわかったことだが、優良な赤ちゃんコンテストで優勝した優生学的に完璧な子供は、万博が終わった数カ月後に結核で亡くなっていた。

第三部

黒いコウノトリ

1917年の映画『黒いコウノトリ』の宣伝ポスター

空白地帯

一九一七年、ニューヨーク市

第一次世界大戦がはじまり、兵士たちは船で戦地に送られた。そのなかにはマーティン・クーニーの初期の患者もいて、ある者は戦功十字章を授与された。ジュリアス・ヘスは、若くはなかったが、少佐として海外に派遣された。フランスではピエール・ブディンが戦死した。アレクサンダー・ライオンは、一九〇〇年代に姿を目撃されたのを最後に、行方不明になっていた。

そのあいだに、民間人は空白地帯に取り残された。世界全体が戦争に専念していたこともあるが、理由はそれだけではない。出産に対する取り組みは、全面的な変革期にあった。産科学という分野が専門性を高めるにつれ、中産階級のアメリカ人女性は自宅ではなく病院で出産するようになっていた。だが、産科医には虚弱な未熟児にかかずらう暇も意欲もなく、はじまったばかりの小児科学のほうは、未熟児を扱うところまで至っていなかったのだ。未熟児は両分野のはざまに落ち、そこで息絶えた。

赤ちゃん好きは万国共通！　コニーアイランドでもアトランティック・シティでも、マーティンの患者は力強く成長し、ビジネスも同じように伸びた。とくに女性客は、赤ちゃんの愛らしい姿が特効薬のように気分をよくしてくれるのに味をしめて、繰り返し展示場に来てくれた。なかには、三六年にわたって、夏のあいだは毎週、コニーアイランドの展示場に通った女性もいる。

マーティンとメイは、ご近所に合わせて、富を象徴する贅沢品を少しずつ手に入れていった。テーブル上のクリスタルのゴブレット、虹色の光を放つシャンデリア。薄手の磁器の食器を一組ずつ載せた純銀製の大皿。キッチンには召使い（住み込みの）が待機し、お抱え運転手もいる（これは安全のためだった。マーティンはどうがんばっても運転が上達せず、彼に運転させるのは危険だと思われていた）。奥さまにはダイヤモンド、旦那さまには黒いプードル。たっぷり部屋があるので、クーニー嬢とルイーズおばさん、親戚のイザドーもなに不自由なく豊かな生活を楽しめた。

マーティンは商売用の宣伝文句に磨きをかけ、この世に生まれ出るのが早すぎた有名人の名をしばしば引きあいに出した。

アイザック・ニュートン卿
フランソワ＝マリー・アルエ、通称ヴォルテール
ジャン＝ジャック・ルソー
ナポレオン・ボナパルト
ヴィクトル・ユーゴー
チャールズ・ダーウィン

ここでマーティンが見栄を張って自分の経歴を誇張したとして、誰がそのことを気にしただろう？　パリでピエール・ブディンのもとで学んだと言えば、ニューヨークの医師たちに自説を主張するときに説得力が増して、真剣に耳を傾けてもらえる。ベルリンで保育器の展示を行ったとか、ヨーロッパの大学の学位を持っているとか、保育器は自分で発明したと言ったとして、それで傷つく人がいるだろうか？　世間はけっこう甘いもので、マーティンの話を聞いて裏をとろうとした者はいなかった。彼の話を嘘だと言う者は、一人としていなかったのだ。マーティンが語った経歴がすべて事実であれば、彼は非常に適切な方法で新生児を保育したはずで、実際、彼はそれに匹敵する良質な保育を実践していた。どんな病院より上等だったほどだ（ある医師は前年、『ジャーナル・オブ・アメリカン・メディカル・アソシエーション』に寄稿し、「病院における保育器は過去のもの」であり、「事実、保育器に入れられた未熟児はほぼ全員が死亡した」と発表していた）。

だが、マーティンはおのれの経歴を粉飾することで、みずからを窮地に追い込んでいった――窮地といっても居心地は悪くなかったが。時流が変わって、信用に足る経歴が必要だと感じていたのだろう。だが、仮にその経歴を本物と信じた者がいたとすれば、彼はかえって辛辣に批判されたかもしれない。マーティンが本当にピエール・ブディンの弟子で、ライプツィヒやベルリンで教育を受けていたなら、新生児を遊園地で展示しつづけたことは利己的な搾取行為と見なされたにちがいない。正式に医学教育を受けたのであれば、ジョン・ザホルスキーと同じように、せめて臨床研究の結果を論文で発表するぐらいのことはできなかったのか？　あるいは、ジュリアス・ヘスのように、苦労を強いられつつも病院内で新生児医療に携わるべきだったのではないか？

マーティンにはほかに進むべき道がなかった。ある程度の年齢になるとおおむねそうしたものだが、彼もある意味で決まったやり方を繰り返すようになっていた。メイとルイーズが、人生の大半を彼の仕事に捧げてきたという現実もある。しかも、金には麻薬のような魅力があった。それでも、忘れてはならないことがある。マーティンには何千人もの新生児を救う手段があり、彼以外にその子たちを救える者はいなかった。彼が仕事をやめれば、子供たちは死ぬしかなかった。

マーティンがやっていたのはたんなる治療ではなく、未熟児のためのプロパガンダという公共事業だった。

戦争においてはプロパガンダが大きな意味を持つ。マーティンなら、いずれ宣伝文句の有名人リストにウィンストン・チャーチル卿を加えていたかもしれない。

シカゴにもプロパガンダを実施していた者がいた。ただし、それは死を呼ぶプロパガンダだった。シカゴのドイツ・アメリカ病院の院長を務めるハリー・J・ハイゼルデン医師が、そのプロパガンダの張本人だ。それまで、人々は優生学の二つの側面を目にしていた。一方は、少なくとも理屈のうえで〝前向き〟なもので、そちらは先天性の欠陥を予防することと、胎児や新生児のケアを主眼としていた。赤ちゃんコンテストはその例にあたる。もう一方の〝後ろ向き〟な面には、〝望ましくない〟子供の誕生をなくすことがふくまれていた。不妊手術の強制という恐るべき方策は、最終的に二七カ国の六万人を襲うことになり、アフリカ系アメリカ人、ネイティヴ・アメリカン、メキシコ人、軽犯罪者、障害や精神疾患のある個人などが犠牲になった。アメリカの優生学はナチスにも影響を与え、彼らに称賛された。アメリカの優生学を主導した人たちの一部は、特定の子供の誕生を阻止するだけでは飽き足らず、ある種の新生児の死亡率を高めることまでした。本来三つあった優生学の側面の最後の一つを世に知らしめたのが、ハリー・ハイゼルデン医師だった。彼は〝欠陥あり〟と見なした子供の救命治療を拒み、生きられそうな子供すら意図的に見殺しにした。心に傷を負った両親が、彼の方針に同意する場合もあった。彼の説得によって、この子は死んだほうが幸せなのだと信じ込まされた両親もいた。子供を見殺しにした医師はハイゼルデンだけではなく、彼が最初でもなかったが、マスコミに呼びかけたのはハイゼルデンがはじめてだった。彼は積極的にジャーナリストを呼び集め、死にゆく子供の姿を公開したうえに、自分で書いた記事を《シカゴ・アメリカン》紙に寄稿した。

論争になると、国じゅうの医師がこぞっていずれかの陣営に加わり、アメリカの著名人も参戦した。ヘレン・ケラーは、目と耳が不自由な障害者としてはじめて大学の学位を取得し、障害者支援でも名を上げていたが、それでもハイゼルデン医師に味方した。シカゴでは、彼を告訴して医師免許を取り消しにしようという動きも何件かあったものの、いずれも失敗に終わった。最終的には、シカゴ医師会がハイゼルデンの会員資格を剥奪するに至ったが、処分の理由は患者を死なせたことではなく、自身が扱った症例を宣伝したことだった。

そのあいだにも、恐怖にかられた親たちがハイゼルデン医師に手紙を送り、重い障害のあるわが子を「どうにかしてほしい」と懇願していた。助けを求めようにもその場所がなく、自分の息子や娘が人類を衰退させると信じ込まされていたのだ。

『黒いコウノトリ（The Black Stork）』というその映画は、一九一七年に公開された。主役を務めたのはハイゼルデン医師だ。おおむね実話に基づいた物語のなかで、彼は自身をモデルにした役を平然と演じた。この字幕付きサイレント映画では、ある新生児が正体不明の遺伝病に冒されている。母親は（当然ながら）ショックを受けているが、わが息子が今後送ることになる悲惨な未来——精神に異常をきたし、犯罪者となる人生——を幻影として目にして、医師の賢明な判断を受け入れる。医師が女性看護師から差しだされた手術用の白衣をきっぱりと断ると、看護師はしおしおと引き下がり、手術台に残された子供は誰にも看取られることなく息を引き取る。息絶えた子供は、ほどなく天に召されてキリストの腕に抱かれる。一九一七年の新聞広告には、「欠陥人間を殺して国家を救い、『黒いコウノトリ』を観よう」という謳い文句が載っていた。

この映画はのちに『結婚する資格はありますか？（Are You Fit to Marry?）』と改題され、長年にわたって上映されつづけた。今もＹｏｕＴｕｂｅでその一部を観ることができる。

遊園地の展示場に新生児を送っていた産科医たちは、その見世物まがいのやり方に不安を感じていた。親のほうにもためらいがあった。とはいえ、ほかに選択肢があっただろうか？　年月がたつにつれ、ニューヨーク州内では、ミッドウッド、ザイオン、ベルヴュー、ボロパーク産科病院、ロングアイランド・カレッジ病院、キングス郡病院、あるいはブルックリンやクイーンズやマンハッタンにあるほかの施設からも新生児が送られてくるようになった。ニュージャージーで預かった新生児は、アトランティック・シティ病院や個人宅から送られてきた。病院側には記録が残っていないが、成人したかつての赤ん坊へのインタビューからこれだけのことがわかっている。

マーティン・クーニーの患者たちは重い障害があったわけではなく、たんに早産で発育不全だっただけだ。だが、この時代の潮流には明確な思想がひそんでいた。欠陥のある子、成長時に障害を抱えるおそれがある子は、救う価値がないと思われていたのである。


遊園地で火事が起きやすいのは当時としては常識であり、今回の出火原因は煙草の不始末だった。一九一七年八月、ルナパーク内の、保育器展示場の隣にあった〈トボガン〉というアトラクションから火の手が上がった。このとき、看護師一人および警官二人と協力し、一一人の新生児全員をホテルに避難させたのはルイーズだった。

それでも保育器の展示は続いた。スティープルチェース・パークに場所を移して再開されたのだ。そしてルナパークは、ドリームランドとはちがって命脈を保った。マーティン・クーニーは、職業人生を終える前にそこに舞い戻ることになる。当時の社会情勢からすると、地獄の業火をもってしても、彼を追い払うことはできなかったのだろう。

魔法にかけられた人生

《ニューヨーク・タイムズ》の死亡広告欄にはこうあった。

「ジーン・デュビンスキー＝アプルトン。一九一九年六月一九日―二〇一五年一月三日。勇敢にして意志強固、凛とした女性であった。マーティン・クーニー医師によるかのコニーアイランド保育器ベビーの一人として生を享け、その波瀾万丈の人生において二〇世紀のもっとも重要な社会的政治的諸問題および事件に関与した」

私はすでにマーティン・クーニーの患者の何人かから話を聞いていたが、この女性は見逃していた。記事を読み進むと、彼女の父親のデーヴィッド・デュビンスキーは国際婦人服労働組合（ＩＬＧＷＵ）の組合長だった。ジーンが面識のあった人として、ジョージ・Ｃ・マーシャル将軍、バーナード・バルーク、ピウス一二世、ジョン・デューイ、ディエゴ・リベラとフリーダ・カーロ、パブロ・カザルス、マリアン・アンダーソン、オーソン・ウェルズ、アーサー・ケストラー、ネルソン・ロックフェラー、ゴルダ・メイア、マーガレット・サッチャー、そしてフランクリン・デラノ・ルーズベルト以降の歴代のアメリカ大統領といったそうそうたる面々の名がならんでいた。当時のニューヨーク市長フィオレロ・ラガーディアが、彼女の一度めの結婚式を執り行った。ちなみに二度めの相手は、ＩＬＧＷＵの書記兼会計のシェリー・アプルトンである。「彼女の知性はその最晩年まで際立っていた」と記事にはあった。

つまり、一週間前なら私は彼女と電話で話すことができたということだ。

この死亡記事を書いたのは、ジーン・アプルトンの娘ライナである。すらりとした体型の彼女は、マンハッタンの自宅キッチンでテーブルをはさみ、写真や思い出の品、母親が九五年半の人生の終盤に残した口述記録などについて穏やかな口調で説明してくれた。

病院での出生時体重が一二〇〇グラムほどしかなかったジーンは、コニーアイランドの保育器に入ることになっていた。ところが、それを聞きつけたおばの一人が反対したという。ライナによると、「押しの強いおばのローズは、〈デュービン・ベイカリー〉というブルックリンで有名なパン屋の経営者だったんだけど、病院へ駆けつけると赤ん坊をひったくって、家に連れ帰ろうとしたそうよ。一悶着あったらしいわ」赤ん坊のジーンは結局、保育器に入ったが、その際マーティン・クーニーから、おばのローズに警戒するよう釘を刺されたという。

「私がこうして生き長らえたのは奇跡だと思ってる」ジーン・アプルトンは口述史家に語った。「見物するのに一〇セント払われた人間なんて、ほかに会ったことないでしょうって、パーティでは軽口を叩いたりするのよ」

母親はジーンを連れてコニーアイランドを一度、再訪している。ジーンが七歳のときのことだ。「物腰のやわらかいヨーロッパ的な男性と、はつらつとしたふくよかな女性がいたのを覚えてる」

ライナには、その女性がルイーズだったのかメイだったのか、はたまた別の人間だったのか知る由もない。ただ母親に関しては、保育器がその人格に深く影響していたと感じていた。「母は生まれたときから自分がちょっとした〝セレブ〟だったという考えを気に入っていました」ジーンは生き抜こうとする意志を持ち、自身の運命を誇りにしていた。

ジーンは五歳のときに両親に連れられてロシアへ旅した。一九二四年のことだ。道端で寝る子や、酔っぱらった子を目にした。一人の男性が引きずられていって、銃で撃たれた。しかも、一瓶のジャムを盗んだがためらしい。ジーンは人から、「お父さんはなにをしている人?」かと尋ねられ、「ストライキを作ってるの」と答えた。

ライナによると、「それが母のはじめてのスピーチだった」そうだ。

ジーンはのちに、両親とはまた異なる独自の道で情熱を開花させた。彼女は著名なデザイナーの多くと面識があったが、誰も宝飾品に注目することはおろか、その文化的歴史的意義に関心を払っていなかった。ジーンはニューヨーク州立ファッション工科大学で講義をはじめ、アメリカ宝飾歴史学者協会を立ちあげた。

ライナは母親のことを「気品があって、活力にあふれた人」と表現した。「博識で歴史好き、フランスびいきで、新しいものに目がなかった」晩年にはｉＰｈｏｎｅやｉＰａｄ、パソコンや電子書籍リーダーを愛用したという。

ジーン・アプルトンは九〇代を迎えてこう語った。

「魔法にかけられた人生だった。私にとってはアルカディア（古代ギリシアの牧歌的理想郷）みたいなもんね」

ジュリアス・ヘスの大活躍

一九二二年、シカゴ

戦争から戻ったジュリアス・ヘスは、重大なミッションに取り組もうとしていた。マーティン・クーニーのシカゴ来訪を見逃すのがむずかしかったように、ハリー・ハイゼルデン医師の殺人的行為は見逃しようがなかった。未熟児のなかには出産時の影響が残る子もいる。身体的あるいは知的に障害を負うこともある。しかも早産は梅毒が原因であることが多く、〝悪い血統〟という汚名をきせられる。誰かがこうした子供たちを救うことが急務だった。

独自の装置を考案したあと、ジュリアス・ヘスがつぎに乗りだしたのは、書籍の執筆だった。一九二二年に出版された『未熟児と先天的疾患をもつ幼児（Premature and Congenitally Diseased Infants）』には、多くの事例研究、図解、写真、図表、グラフ、X線写真がふくまれ、マーティン・クーニーの軽快な語り口を支える堅固な土台となった。ヘスは〝早産児〟（予定日より早い出産）と〝未熟児〟（臨月の出産だが発育不良で体重不足）を区別した。一般大衆のあいだでは、適当に言い換えられて語られていたのだ。ヘスはどちらの事例も扱い、徹底的に追究した。梅毒のほか、貧困、疾病、ストレス、多胎（双子や三つ子）が主要な原因として挙げられた。重要な臓器の発育具合が詳細に調べられた。考えうるかぎりの日々の営みとともに、疾患、食事、体温、保育室のあり方が分析された。そこには乳母が避けるべきものまで書いてあった。香りの強い野菜や、熟していない酸っぱい果物、揚げた肉、こってりしたペストリーである（ビールについての記述はない。若かりしショーマンはかつて推奨していたが）。

ヘスの著書は、新興の新生児学の分野において、アメリカで刊行された初の国民的書籍になった。刊行を急ぐ必要があった、とヘスは序文で書いている。シカゴで早産が急増していたのだ。また「合衆国においては、一般に、要となる医療専門家が早産児のケアに注目していない」とも。ヘスは最後の数ページで、影響を受けた世界じゅうの医師一五〇名以上の名前を挙げ、そこにはブディン、タルニエ、クレーデの名があった。しかし、序文で挙げたのはたった一人。「本書執筆の資料を準備するにあたり、マーティン・クーニー医師には多くの有益な助言をいただき、一方ならぬお世話になりました。感謝いたします」

同年ジュリアス・ヘスは、一万ドルの寄付金でサラ・モリス子供病院に未熟児研究所を開設し、さらにその一年で九〇〇ドルを集めた。二年後にはシカゴ乳幼児援助協会が最終的に八万五〇〇〇ドルにのぼる基金を元手に加わり、この基金の設立者であるホーテンス・シェーン・ジョゼフにちなんだ名称に変更された。その間、協会は運転資金としてさらに年五〇〇〇ドルを拠出した。じゅうぶんではなかったものの、少なくとも最初の一歩は踏みだせた。

一九二四年にはヘス式保育器が一二台と赤外線ランプ、自身が設計した移動式保育装置がそろった。

そこへ現れたのが優秀な看護師イーヴリン・ランディーンである。以来、彼女はその生涯をかけてヘスを支えた。

伝説の誕生

一九二二年、コニーアイランド

寄ってらっしゃい、見てらっしゃい！　毎年夏になるとコニーアイランドには呼び込みが現れる。ほとんどが俳優を夢見る若者たちだ。高足に乗ってよろけながら、広告板を体の前後に下げたサンドイッチマンの恰好で、声をからして行き交う群衆に呼びかける。前代未聞の、ものすごいやつだよ、見たら絶対忘れられないよ。それがなんであれ、極楽でないことは確かだが、演芸場やブロードウェイに呼ばれるまでの我慢だった。

マーティン・クーニーの呼び込みは、ほかの呼び込みより明らかに控え目だった。サンドイッチボードはない。でもやることは同じ。マーティンにも、朗々とした声で呼び込んでくれる人が必要だった。「赤ちゃんを見逃しちゃいけないよ！」内部では、やはり性格俳優が講師役を務めていた。当時はこうした講師役の名前が新聞に載ることも珍しくなかった。呼び込みをやっていたドン・カーニーは、のちに人気の子供向けラジオ番組の司会者〝ドンおじさん〟となり、なかには外交官になった人もいるという。ウィリアム・シルヴァーマンの論文によると、アメリカ領事としてヴェネチアに駐在したジョージ・スチュワートがそうだったとか。

なんといっても楽しいのは、イギリス人青年アーチボルト・リーチの話だ。伝えられるところによると、一九二二年の夏、高足に乗ったアーチーは保育器展示場の外に立ち、客を呼び込みながらスターになることを夢見ていた。アーチボルトはほどなくケーリー・グラントになる。

彼を雇い入れたのはジョージ・C・ティルユーだった。ティルユーはアーチボルトに、赤い縁取り付きの緑色のコートにどぎつい緑色の帽子、一組の高足をあてがって、週四〇ドルを支払った。当時としては悪くない報酬だが、アーチボルトは早々にこの仕事から足を洗った。ずらっとならんだ保育器の前で彼がへまをしたことはあっただろうか？　暇な雨の日に仲間の代役に立ったことは？　なかをちょっとのぞいて、ウインクしたことは？　私はジョージ・ティルユーの孫息子のジョージ三世に質問をぶつけた。覚えていたことはわずかだった。「ケーリー・グラントは足長おじさんをやっていた。おじのエドワードが会ったとき、ハリウッドに行くとかなんとか言っていたそうだ」

ケーリー・グラントが保育器関連のバイトをしていたとあらば、これもまた一つの古きよきコニーアイランド伝説だ。事実かどうかはわからないが、そうであってもらいたい。クーニー愛好会のメンバーはこの話を事実とするが、私は情報源を見つけられなかった。

群衆のなかに一人

狂騒の一九二〇年代、コニーアイランド

ジュリアス・ヘスが書いた献辞によってマーティンに対する世間の評価が変わったと考える向きもあるだろうが、現実は甘くなかった。マーティンが自身の推薦状をいくら脚色しようと、ジュリアスがどれほど援護射撃しようと、マーティンの立場は望むほどには改善されなかった。人々はシカゴの医者が興行師にうつつを抜かしていると思っていたようだ。誰しも多少のまちがいは犯すものだ、と。

ジュリアスが開業準備をしているあいだ、マーティンは〈アリゲーターボーイ〉という出し物と競りあっていた。マーティンはウイスキー（赤ん坊一人につき一日一滴）を与えることはあっても、薬を使わず、極度に発育不全の乳児にはジュリアスと同じく酸素を吸入させるようになっていた。また、乳母の食事についても厳しかった。後年は、おやつにホットドッグ（なにが入っているかわかったものではない）を食べたり、オレンジソーダ（神が許さない）を飲んだりした乳母は、容赦なくクビにすると息巻いていたという。誰もまともに取りあってはいなかったが。

ジュリアスの場合は、失意のときも同僚がいたし、医学界という職業上の強固な足場があった。マーティンにはそれがなかった。

いくら医者たちがマーティンの話を信じ、上品なシーゲートに家があることに感心して、喜んでごちそうになったとしても、そして彼らが預けた赤ん坊がすくすく育つのを目の当たりにしたとしても、結局のところ、マーティンが彼らの仲間に迎え入れられることはなかった。

そのころ、さまざまなうわさが流れた。

長年、新生児保育器会社を共同経営していたサミュエル・シェンケインが退いた。事業はもっぱら家族経営となり、マーティンとメイ、ルイーズ、イザドーのほか、いとこ二人が担った。家のリフォームや、頻繁な海外旅行といったクーニー家の金遣いの荒さに加えて、医師免許の真偽が取り沙汰され、すべてにわたりマーティンに疑惑の目が向けられた。なかには赤ん坊は本物じゃないと言う者まで現れた。それはらちもないたわごとだとしても、赤ん坊を取り替えたり誘拐したり、そういう犯罪行為で財をなしたと告発する者も出てきた。証拠がなくてもおかまいなしだった。誰もマーティンに医師資格を証明するよう求めなかったように、告発者に証拠を求める者もいなかった。あるジャーナリストがマーティンにずばり〝うわさ〟について、中身を明かさずに尋ねると、彼は一笑に付したという。

「赤ん坊に関するうわさが飛び交っていると聞いても、私は驚きませんよ。一般の人たちは総じて私たちの試みに無関心です。もちろん赤ん坊の身元は明かしませんし、ここを巣立ったあと、すっかり見ちがえてしまいますから、誰が誰やら見分けがつきません」

そのうえでマーティンは、自分にやましい点がないことは、保健局と病院が知っている、と胸を張った。

一九一六年当時、広く知られた養子縁組の話があった。リチャード・エルキンス夫人という女性が、ある赤ん坊を自宅に連れて帰った。その子の父親はフランドルの塹壕で戦死し、母親は出産直後に死亡していた。エルキンス夫人は赤ん坊に上院議員の息子である夫の姓ではなく、自分の旧姓ロンズデールを名乗らせようと興味深い取り引きを持ちかけた。

もしマーティンがその話に乗っていたのであれば、絶対に足がつかないように証拠を念入りに消し去ったはずだ。だが金儲けのために養子縁組を斡旋したとみなされるだけでも、倫理的には傷がつく。愛情のある家庭に行けないとなると、両親のない子供の行き先は、孤児院ということになる。そこでの死亡率は高く、特別なケアが必要な二二〇〇グラムほどの体重しかない子となれば、なおさらだった。いずれにせよ、マーティンは生涯、斡旋はしていないと言いつづけた。

ときには、たとえば結婚して七、八カ月の夫婦が、お金を払うので未熟児の赤ん坊を引き取ってほしいと言ってくることもあった、とマーティンは言う。そして、もちろん断った、と。

とはいえ、感謝の意を示す両親からの寄付は喜んで受け取った。余裕のない親たちもなんらかのお礼をすることが多かった。赤ん坊の命を救ってもらった裕福な家族から是非にと言ってお金を差しだされたら、それを受け取るのはそんなに悪いことだろうか？

マーティンは死と同じくらい税金を忌み嫌っていた。彼は会社を〝パーソナル・サービス会社〟、つまり実質的に慈善事業として登録していた。入場料は取っていたが、患者には請求していなかったからだ。これこそパーソナル・サービスではないか？　ただ国税庁の考えはちがった。結果としてマーティンは国税不服審判所に申し立てをした。審判所は彼に敗訴の判決を下し、未払いの税を全額支払うよう求めた。

税金と同じくらいわずらわしかったのが、マーティンを敵視するコニーアイランドの警官たちだった。マーティンは三キロ以上の移動は運転手に任せていたが、地元の人たちはその理由をよく知っていた。酔っているわけでもないのに、これから向かう展示場のことで頭がいっぱいで運転があぶなっかしかったのだ。

一九二六年七月二三日、パトロール警官のトーマス・トゥーランは、コニーアイランドの駐車場にマーティンの車を誘導した。先を急ぎたがっていたマーティンに対して、警官は「おれの言うとおりに進め」と命じたのだ。その場は険悪なムードになった。

マーティンは即刻、逮捕され、治安紊乱罪に問われた。のちにマーティンが語った話だと、トゥーランはコニーアイランドの所轄署までマーティンに車を運転させた。署に到着するとトゥーランは警部補となにやら協議し、二人で戻ってくるや、マーティンがトゥーランの足を車でかすったと訴え、保釈金五〇〇〇ドルを課した。

マーティンはルイーズを呼んだ。ところがルイーズが現金を用意しに行っているあいだに、マーティンは「慌ただしく留置場から出され、護送車に乗せられて」、ブルックリンのダウンタウンにある「アダムズ・ストリートの裁判所に連れて行かれた」そして、彼が言うには、手荒な扱いを受け、腕を負傷した。審理は八月八日に設定された。

マーティンは万全の構えで審理に挑んだ。五〇人の証人のなかには、《コニーアイランド・タイムズ》の発行者エドワード・ストラットン、イゴロト首狩り族の元輸入者にして焼失したドリームランドの支配人を務めていた、サミュエル・グンペルツがいた。サミュエルはそのときコニーアイランド商工会議所の尊敬すべき所長を務めていた。

マーティンは不起訴となった。

マーティンにはコニーアイランドのショーマンと興行師たちがついていた。彼らは不屈の精神を持ち、かつ上品なマーティンに一目置いていた。されど、マーティンは彼らの仲間でもなかった。コニーアイランドで〝もっとも奇妙なものコンテスト〟を開いたら、〈エレファント・ホテル〉を挙げる人たちもなかにはいただろうが、だいたいは保育器の人と即答したにちがいない。マーティンは徒党を組める人ではなかった。


平日の《ブルックリン・イーグル》紙には、マーティン・クーニー医師夫妻が民主同盟に寄付をしたことや、娘のヒルデガード・クーニーがマウント・セントヴィンセント・カレッジに在籍しながらプレジデント・ルーズベルト号でフランスに渡ったことが掲載された。彼女はその後、ヴィクトル・デュルイ女学校で社交界用の仕上げ教育を受ける。紙面には、クーニー嬢が光の都パリに滞在中に、言語学で優秀賞を授与されたことも載っていた。

だが、クーニー家は教養あるすてきな人々に囲まれてはいても、マーティンはここでも彼らの一員とはみなされなかった。彼はあくまで興行師だった。そして名前を変え、雰囲気でごまかしても、彼がユダヤ人であることは隠せなかった。

救急車を走らせて

大恐慌、アトランティック・シティ

株価が暴落した。女性たちのスカート丈が長くなった。未熟児の出生率が急増した。マーティンは急増の理由が母親の働きすぎとストレス、それと栄養不足にあると考えた。そして妊婦に対してさらに厳格になった。妊婦がお昼の時間にささっとレタスサンドを食べて、ランチと呼ぶことを認めなかった。また、夜更かしして映画を観にいくことも気に入らなかった。「二、三〇年前はこんなではなかった」マーティンは記者に話した。「赤ちゃんが生まれるとなったら、うちで一日三度の食事をしっかり作り、運動をし、新鮮な空気をたっぷり吸って、栄養のあるものを食べたものだ」かつての妊婦は、と彼は続けた。「つぎの食事をどこで手に入れようなんて心配はしなかった。今の若い母親はそうなっている」

だがいくらマーティンが小言を述べても、たいていの都会女性を、おそらくは存在しない（彼のバラ色の記憶のなかにのみ存在する）時代に引き戻すことはできなかった。もちろん映画の魅力にも太刀打ちできなかった。大恐慌に耐えているのは、映画館も同じだった。マーティンのいるルナパークやスティープルチェースの同業者も週ごとのニュース映画をあさった。商売になりそうな一風変わっ

た人間、たとえば耳でラッパを吹ける男がスクリーンに映ったとたん、獲得競争がはじまった。

マーティンはひたすら働いた。無一文の母親がいれば、赤ん坊が展示場の保育器に入っているあいだの職を与え、秋には健康になった赤ん坊と生活できるだけの蓄えを持たせて家に帰した。コニーアイランドとアトランティック・シティの会場の収容能力に限界が来ていたので、メイは赤ん坊のために空いているスペースを探し、マーティンは双方を行き来した。

アトランティック・シティでは入場料を寄付金扱いにして、国税局の目をたくみに逃れた。コニーアイランドでは依然として入場料を徴収していた。なかにはうちの子を利用して金儲けをしているのだから入場料の分け前をよこせと息巻く親もいたが、ほとんどの親は深い感謝の念を抱いていた。

一九三二年にマーティンはスティープルチェースの電気工が頻繁に訪れることに気づいた。かつて九〇七グラム（二ポンド）の患者だったこの若者は常連となった。

「感心な若者だね」マーティンは夜勤の看護師に言った。

「本当にそうですね」

若者はマーティンを起こすまいと夜中に来ることもあった。

そしてとうとう、看護師と電気工は、結婚していたことをマーティンに報告した。「困ったやつらだよ」マーティンは嬉しそうに記者に語った。

とはいえ、もっとも愛情を注ぐ自慢の種は、アトランティック・シティで看護師をしているヒルデガードだった。

クーニー嬢は幸せいっぱいで大人への階段をのぼったわけではない。うわさによれば第一次世界大戦で愛する人を失い、禁酒法時代には密造酒を飲んで一時的に目が見えなくなった。〝社交界デビューの仕上げ〟のため、パリの女学校へ送られたにもかかわらず、ヒルデガード・クーニーは決して可憐でもしとやかでもなかった。世間では、〝男まさり〟だの〝たくましい〟だの〝怒りっぽい〟だのと言われていた。本人が望むと望まざるとにかかわらず、生涯、未熟児の例として扱われ、その成長がニュースになった。ヒルデガードが三八二七グラムになりました、今日は四五三六グラムです！

パリから帰ったヒルデガードは、アトランティック・シティ病院付属の看護学校に入った。遊歩道にある保育器展示場からもそう離れていなかった。彼女はルイーズおばからスプーンで栄養を与える技術と赤ちゃんを守るすべての動きを習得して、正規の看護師となった。そしてほどなく、国民的ドラマの中心人物となる。

Ｅ・ハリソン・ニックマン医師は、ヒルデガードの担当教授にしてアトランティック・シティ病院の小児科医だった。保育器の展示場でも仕事をしていた。「赤ん坊の世話にかけては、卓越していました」と、それからおよそ四〇年後に彼はローレン

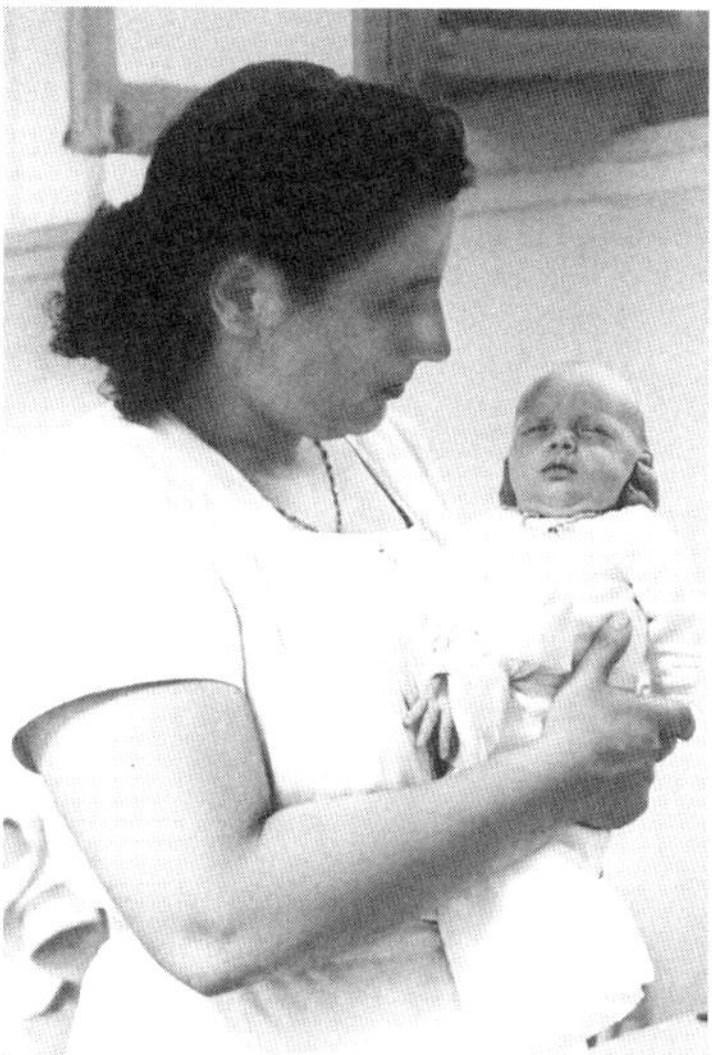

アトランティック・シティの展示場を取り仕切るヒルデガード

ス・ガートナーに語った。一九三〇年代には初心者の〝助っ人〟医師はほとんどいなくなった。「その地域で小児科医の権威を見つけ、託された未熟児たちの世話を任せるようになりました。実際にはトップクラスの小児科医を獲得しておいて、マーティン自身が、彼らを実践で鍛えて育てていたわけですが。そして医師の知りあいには事欠きませんでした。たとえば、アトランティック・シティで米国医師会の会議があれば、遊歩道にあるこの展示場が大学教授たちのたまり場になりました」

アトランティック・シティ病院はニュージャージー州南部で最大の病院の一つだったが、未熟児医療に関しては設備が整っていなかった。その代わりとして新生児と看護師を遊歩道まで届けるためには、救急車の運転手であるジェローム・チャンピオンが呼ばれるか、直接、個人宅に彼を派遣して未熟児を引き取ってこさせた。海沿いに最大級のホテルを所有する一家でさえ、生まれてきた子を保育器の展示場に預けた。お金の問題でなく、そこが最善の場所だったからだ。「ずらりとならんだ保育器にパイプで酸素が送られているのをはじめて見ました。今使われているのと同じようなパイプラインを使っていたんです」とは、一九七〇年、ニックマン医師の言葉だ。

「あんなに清潔な場所は、病院でも見たことがありませんよ」彼は続けた。「保育室だけでなく、入場者が歩きまわる場所もきれいにしていました。誰かがなにかを落としたら、すぐに拾われます。塵一つ落ちていませんでした」

ガートナー医師はインタビューを締めくくる前にさらに二、三の質問をした。いいえ、マーティン・クーニー医師が赤ん坊を診察しているのは一度も見たことがありません。医学雑誌を手に取るところもです。

マーティンの気持ちをざわつかせるニュースが入ってきた。カンザスとミシガンできわめて低体重の赤ちゃんが生まれたという新聞報道があったのだ。そしてオハイオでは、四二五グラムしかない子が生まれたという。ありえない、とマーティンは反論した。助言を求めてジュリアスに電報を打つと、彼も同意見だった。

その後、マーティンにとって未熟児の代表格となる子を預かることになった。ロングアイランド・カレッジで生まれたアーリーンは、六八〇グラム（一ポンド半）から九〇七グラムしかなかった（担当医師は出生時体重すら量っていなかった）。マーティンは病院に到着すると、温めたバスケットにアーリーンを寝かして後部座席に座り、運転手の運転する車でアトランティック・シティに戻った。

一九三二年五月、マーティンは赤ん坊の母親に母の日のカードを送り、そこに〝アーリーン〟と署名した。六月には両親が迎えに来て、彼女を養子にしたいとたびたび足を運んでいた訪問者は断念するしかなくなった。メイはアーリーンにふんわりしたピンクの上着とボンネットを着せ、やわらかい黄色のおくるみで包み、母親にこう話した。「七〇㏄のミルクを一日七回あげてください。夜泣きしたからといって、ミルクを与えないこと。二週間ごとにようすを見せにいらして。しっかりと面倒を見てあげてくださいね」

「私のアーリーンに対する愛情は、両親にも負けていなかったと思いますよ」と、マーティンは記者に語った。「こうした未熟児には助ける価値がないと思っている人がいまだにいるのが、私には理解できません」

どんなときでも、マーティンが受け入れ可能な新生児の数は五〇人までで、その地域はニューヨーク市、ロングアイランド、ニュージャージー州南部におよんだ。冬期は預かる設備がなく、シカゴではジュリアス・ヘスも赤ん坊を両親の元に返さざるを得なかった。興行師と医師はこうして何年も仕事を続けた。国じゅうでもっと関心を高める方法がなにかあるはずだった。

そして実際あった。

進歩の世紀

一九三三年、シカゴ

一九三三年五月二七日、牛飼い座の赤色巨星アルクトゥルスからはるかなる旅をしてきた光が、輝かしいアールデコの町を煌めかせた。この光が放たれたのは、シカゴのコロンビアン博覧会が開催された一八九三年ごろとみられる。魅惑的な計画の一環として、シカゴで二度めの開催となる今回の万博では、アドラー・プラネタリウムが建設され、国内にあるほかの三つのプラネタリウムと協同で集めた星の光が電力に変えられた。

そして開幕のスイッチが押された。

一九三三年は大恐慌のどん底だった。激しい砂嵐が草原地帯を丸裸にした。ギャングが都市を血の海にした。食料庫はがらんとし、ニュースは暗かった。一月三〇日、アドルフ・ヒトラーがドイツの首相となった。二月一五日フランクリン・デラノ・ルーズベルトに向けられた銃弾が、シカゴ市長アントン・サーマクに命中した。市長はマイアミの集会で大統領候補の隣に立っていた。数週間は持ちこたえたものの、そののち死亡した。二月二四日、日本が国際連盟から実質的に脱退した。三月には、ヒトラーが権力を掌握した。
そんななか、五月二七日、誇り高く大胆にシカゴはパーティーを催し、誰もが招待された。開幕のスイッチが押されると虹色の光が湖畔をまばゆく輝かせ、霧雨の闇を希望と期待に満ちた光景に変えた。八月には毎週一〇〇万を超える人々が訪れた。今日はふさぎ込んでいても、未来は明るい、見てごらん！

博覧会に対する反対意見はまれだったが、小説家であり文芸批評家であるラドウィグ・ルーイソンは、『ハーパーズ・マガジン』で、技術の進歩は人類の発展と同じではないという見解を表明した。
「この機械の時代にわれわれが新しい思考や新しい倫理を創出しているという誤信の実例や例証以上に目にあまるのは、機械の力を借りることによって、薄暗いホールにゆったりと腰かけながら、決してたどり着くことのない奇妙にしてはるかな地を夢見ることだ」

だが大半の人にとって、博覧会は未来へのすばらしい贈り物だった。そして将来への贈り物として、赤ちゃんほどいいものがあるだろうか？

催事場に建てられたピンクとブルーの保育器展示場は、ジュリアス・ヘスから手厚い支援を受け、衛生局長のハーマン・バンドセンの後ろ盾もあった。万博の執行部も一歩進んで、乳幼児援助協会を通して新たな財源を手配するようになった。シカゴ産科病院も後援した。サラ・モリス子供病院はしぶしぶ派遣される看護師イーヴリン・ランディーン嬢とともに、未熟児をすべて会場へ送った。ひときわ虚弱で病気がちな乳児は公開せず、ヘス式ベッドに寝かせて奥の部屋で面倒を見たが、やはり彼らも〈進歩の世紀博覧会〉の一部であることに変わりなかった。

ジュリアス・ヘスはここへ至るまでの一〇年のあいだに、臨床結果を積みあげていた。一九二八年に書かれた乳幼児の食に関する書籍の本文にはこうある。「親愛の情を込めて、本書の業績を四半世紀にわたる経験からこれを実践してこられたマーティン・クーニー医師に捧げる。未熟児に栄養を与えるという発想は、小さく生まれた乳児の健康に対するクーニー医師の献身から大きな刺激を受けてきた」

二人はお互いに相手を必要としていた。社会的地位を必要とするマーティンに対して、ジュリアスには決定的に欠けている資質があった。宣伝の才である。サラ・モリス子供病院は未熟児病棟を開設して一一年後には資金が底をつき、それを解消するためには世論を味方につけなければならなかった。マーティンには見取り図やグラフを書くことも、統計的分析を行うことも、医学雑誌に研究の成果を発表することもできなかった。だが、市井の人の心を動かすすべは知っていた。きちんと税金を納める人々、赤ん坊を産み育てる人々、資金豊富な優生学の展示を見たあとこちらに来て、この小さな子たちになにかをしてやらなければならない理由がわからない人々の心をである。

マーティンのすぐ隣の会場で羽根の扇子を使ったセクシーなダンスを披露していたサリー・ランドは、シカゴ市警察のお世話にならなくても成功しただろうが、公然わいせつでの逮捕はりっぱな宣伝になった（サリーは、赤ちゃんほどは肌を露出していないのになにを騒いでいるのかと、嘲ったという伝説が残っている）。はたして彼女はちびちゃんたちを見に展示場に立ち寄っただろうか？　マーティンはこっそり彼女のショーをのぞいただろうか？　マーティンは多忙を極めた。多くの人と握手を交わし、崇拝者に囲まれ、仲間の医師たちに食事をふるまい、質問に答え、ヒルデガードが担当するアトランティック・シティやいとこのイザドー（シュルツ医師）が担当するコニーアイランドを往復した。夏のあいだ〝海辺のソドム〟に入り浸る人に対して、マーティンは手厳しかった。やがて隣とのあいだに有刺鉄線のフェンスを建てるよう求め、こちらからゲートを飛び越えてサリーの方へ行けないようにした。

とはいえ、マーティンも人の子だ。もし博覧会会場を見てまわっていれば、目をみはっていただろう。手はじめは、アメリカの万国博覧会で最初（で最後）の優生学の展示だった。この特殊な見世物は優生学者の第二の潮流〝望ましくない赤ん坊の誕生を予防する〟という目的に沿ったものだった。海の向こうの同調者であるナチ党員は第三の潮流、つまりは〝殺人〟という形をとり、ゆがんだ最終形に突き進んだ。科学館のあとは催事場に出て、〈生命〉という展示を見ることになるだろう。双頭の赤ん坊をくわえたコウノトリの絵が掲げられた入り口からなかに入ると、死んだ生き物が浮かぶ広口瓶が置いてある。自然はまちがいを排除する。それはグロテスクではあったが、科学的に処理された肌は色つやがよく、精巧な作り物の方がよほど忌まわしかった。

バーバラ・フィッシュバインは、『ジャーナル・オブ・アメリカン・メディカル・アソシエーション』の編集長であった父親のモリスに連れられて、ほぼ夜ごとに開かれていたクーニー家のグルメディナーに列席した。バーバラは後年、この家の主人役から、第一次世界大戦時にフランスで大将の補佐をしていて料理の腕前を磨いたと聞かされた、と懐かしそうに語った（メイはあきれたようにそっと目をまわした。軍が中年のユダヤ人興行師をフランスに派遣してグルメ料理をさせることは、ないとは言えない話だが、マーティンには軍歴がなかったのだ）。
マーティンはシカゴを去るにあたって、バーバラ・フィッシュバインにこんなレシピを贈った。

「マーティン・クーニー流、新婚さん向けスパゲッティソース」

・オリーブオイル
・ニンニク　一かけら　みじん切り
・玉ねぎ　大きめ一個　さいの目切り
・牛ひき肉　五〇〇グラム
・トマト缶詰　一缶
・トマトソース　一缶
・トマトペースト　一缶
・塩、コショウ、ハーブ　お好みで

二リットル用の鍋の底に広がるようにオリーブオイルを入れ、ニンニクを茶色になるまで炒めたら、取り出す。その鍋で玉ねぎとひき肉をキツネ色になるまで炒める。その他の材料を加え、一時間とろ火で煮込む。

人目に触れないまま

一九三四年の戦没将兵追悼記念日。ある女性がパーティでホットドッグを食べて後悔した（マーティンならそうしないように言っただろうに）。実際、彼女は気分が悪くなった。あろうことか妊娠九カ月で双子を宿していたのだ。シカゴ産科病院に担ぎ込まれ、血圧が急上昇した結果、ジョゼフ・ボリヴァル・デリー医師の同僚の一人が緊急の帝王切開手術を行った。

妊娠週数はじゅうぶんだったものの、生まれた双子のバーバラとジョニーは低体重で病弱だったとジュリアス・ヘスの書籍には書いてある。母親は妊娠中毒症だった。双子の体格には差があった。一八一四グラム（四ポンド）のジョニーは産科病院で保育器に入り、四〇〇グラムほど増やして元気になれば家に帰せそうだった。もう一人のバーバラは一三六〇グラム（三ポンド）に満たない状態で、生きられる見込みは薄かった。

私がバーバラ・ガーバーに話を聞いたとき、彼女は八〇歳だった。当時はカリフォルニア在住だったが、育ったのはシカゴのサウスサイドで、シカゴ大学の前でスケートをしたことを覚えていた。「たぶんあそこで原子爆弾を造っていたのよね。誰も知らなかったけど」さらに彼女は誕生時のことを話してくれた。産科病院からサラ・モリスに転院したバーバラはぐったりとし、輸血が必要だった。父親には経済的な余裕がなかったので、看護師たちがこっそり父親を病院に招き入れ、娘に父親の血液を輸血したという。

その後、サラ・モリス子供病院の未熟児全員が〈進歩の世紀博覧会〉に運ばれ、バーバラは重篤な赤ん坊たちとともに奥の部屋に寝かされた。一般の目には触れることのない子供たちだった。

三カ月が過ぎた。「両親が電話を取ると、自宅で看取ってくださいと言われたんですって」

「本当ですか？」私は衝撃を受けた。マーティン・クーニーが患者を投げだしたという話は、聞いたことがなかった。だが実のところ、マーティンは担当医ではなかった。

「私はあまり快方に向かわなかったのね」バーバラは言った。「母によれば、抱いて外に連れだすと、私は深い呼吸をして、その後は順調に育ったそうよ」

対照的に双子のかたわれのジョニーは、生涯、肺虚脱をふくむ体の不調に悩まされた。バーバラは産科病院の保育器にいたことに起因する病気もあるのではと疑っていた。ジョニーは四八歳でこの世を去った。

「一九三四年の同期はほかにもいるの？」バーバラは知りたがった。さらに、何年かに関係なく、彼女と同じ境遇の人に私が会ったかどうかも。そして引きつづき私とじかに会うことを望んだ。彼女は二カ月のうちにロングビーチとロングアイランドに旅行する計画を立てていた。かくして計画は具体的な形をとりはじめた。

二〇世紀号発車します！

一九三四年、シカゴ

催事場にあるリプリーの奇妙な館《オッディトリアム》では、二歳のベティ・ルー・ウィリアムズが話題をさらっていた。ジョージア州の片田舎で貧しい小作人を両親に、一五人きょうだいの一人として生まれたベティには、褐色の肌をしたきれいな顔、一本の余分な腕、体の左側から飛びでる使い物にならない二本の脚があった。

お金のあるなしにかかわらず、一九三四年当時はどんな外科手術をもってしても、ベティをほかの子供たちと同じ姿にすることはできなかった。ベティの選択肢は一人でひっそりと暮らすか、奇形として見世物にされてそこそこの財産を作るかだった。万博のあとベティは全国をまわり、収入は週五〇〇ドルにまで増えた。そのお金を分け与えられたきょうだいたちは大学を卒業し、ベティ本人は二二歳でこの世を去った。

もっとも世に知られたベティの写真は、彼女が自分を抱きしめているものだ。まるで体内に、ここから出してと叫ぶ誰かがいるかのようだった。

ヨーロッパの状況は日増しに悪化していた。六月三〇日、血の粛清を発端として政敵に対するナチスのすさまじい粛清がはじまった。ヒトラーが長く政権に留まると思っていなかった人々は落胆した。マーティンの姉レベッカはパレスチナへ移住したが、若い姪のイルザはベルリンに残ったので、マーティンは気が気ではなかった。

一方、メイの兄のチャールズはシカゴに住んでいた。チャールズは《シカゴ・イヴニング・ポスト》の編集主幹だったが、クーニー家のテーブルを囲んだという話や記録は残っていない。メイのせいで遺産を受け取れなかった、あるいは義理の弟とウマが合わなかったことが原因で、距離を置いていたのかもしれない。

シカゴは浮かれつづけた。本来は一夏きりの計画だったが、利益を上げようとする後援者のために、もう一シーズン開催せざるを得なかった。この年の案内パンフレットにはこうある。「か弱き人類が星々のある高みへ到達しようともがく、大いなる苦闘のドラマをぜひ会場でご覧ください」

サリー・ランドも戻ってきた。こんどは羽根の扇を捨てて、大きな風船の中で踊った。その風船がまるで羊膜のようだと物議をかもした。

七月も半ばを過ぎたころ、シカゴはベニート・ムッソリーニからの贈り物の除幕式を行った。前年にイタロ・バルボと水上飛行機隊を温かく迎えてくれたことへの感謝のしるしとして贈られた、美しい彫刻が施されたローマ時代の円柱だった。

バルボは一九四〇年に他界し、万博会場内の構築物もほぼすべて解体された。しかし円柱はいまもバーナム・パークに立っている。

円柱の除幕式の一〇日後、保育器ベビーの同窓会の模様が滞りなくラジオで生放送された。前年の夏は、七〇人の患者のうち、二六人が死亡していた。そのうち一三人は生後二四時間で危篤になった赤ん坊だった。これはマーティンがつねづね豪語していた生存率八五パーセントを大幅に下回る結果だ。しかし一日ももたなかった未熟児をのぞけば（これは、かのピエール・ブディンもやっている）近い数字になる。生存できたうちもっとも小さい赤ん坊は四五四グラム（一ポンド）で、誕生時には三〇〇グラムに満たず、生き残ったなかにはほかにも九〇七グラム（二ポンド）以下の子供が二人いた。その意義は大きく、ジュリアス・ヘスは慎重に経過を観察した。

生存者のうち二人をのぞく全員が同窓会に参加した。著名な医師や乳幼児援助協会のメンバーらが居ならぶなか、ハーマン・バンドセンがマイクを握った。「赤ちゃん好きは万国共通」というおなじみのスローガンに続き、マーティンの宣伝文句を借用しながら、ヴィクトル・ユーゴーやナポレオン、ヴォルテールやルソー、ニュートン、ダーウィンを引きあいに出した。さらに、この日は博愛に満ちた列席者が大義のために献金する「輝かしい機会」だと念を押すことを忘れなかった。

つぎがジュリアス・ヘスだった。「私は声を大にして申しあげたい。胎児期に正常な生理学的発達をし、遺伝病の兆候が見られない早産児については、体重や精神面での発達においてきょうだいやほかの子供となんら変わることがないと、私たちは信じております」これはマーティン・クーニーの手助けが必要な理由として申し分なかった。

メイ・ウィンター嬢が「正常児」の例として持ちあげられた。そこでマイクがマーティンに渡った。

彼は感謝の念で胸が押しつぶされそうだと述べた。本心だった。保育器を卒業した四〇人の赤ちゃんが一堂に会するとは、なんという僥倖か。そして、一流の医師二人が同席してくれたことに興奮していた。「ここにいる赤ちゃんたちが現実に救う価値があったことを改めて確認するために、おいでくださったのです」そして、言わずもがなの発言を控えた。こうした医師の出席が、とりもなおさず自分が狂人でも、低俗でも、ニセ医者でもないことの証明だ、と。

アトランティック・シティではヒルデガードが息を呑むほど小さい乳児を受け入れた。新聞報道によれば、その子はエマニュエル・サンフィリッポという名の男児で、体重五三九グラム、ニュージャージー州ハモントンの生まれだった。ある新聞はカナダにはディオンヌ家の五つ子がいるが、そのなかの最小の赤ん坊よりハモントンの方が小さいと誇らしげに書いた。サンフィリッポ家を訪れた州の救急救援担当者は上司に連絡をとり、上司は議会議員に連絡をとって、その結果、赤ん坊は急遽、遊歩道に運ばれた。

ほどなくエマニュエル坊やは体重を増していく。ただやっかいなことに生まれたのは八月七日だった。つまり、あと二週間ほどで、保育器展示場の営業が終わろうとしていた。

マーティンはヒルデガードに一六〇〇キロ離れたシカゴの博覧会会場まで赤ん坊を列車で運ぶように指示した。アトランティック・シティにいたほかの未熟児はみな帰宅できるまでに育っていたが、まだ九〇〇グラムほどしかないエマニュエルでは無理だ。シカゴで開催中の〈進歩の世紀博覧会〉なら、一一月まで会期がある。まわりに世話をする仲間がいないとマーティンは自分の医学知識のなさを露呈しかねないが、ディオンヌ家の五つ子のケースとは異なり、シカゴならジュリアスが力になってくれるし、メイとルイーズ、ヒルデガードもいる。これはほぼ完璧なチャンスだった。

はたしてマーティンの狙いどおり、ドラマチックな展開が国じゅうを虜にした。九月一二日、ヒルデガードはエマニュエルを温めた携帯用ベビーベッドに入れて遊歩道を出発し、午後二時五〇分にマンハッタンのペンシルヴェニア駅に到着した。そこからタクシーで町を横切りグランド・セントラル駅に向かい、午後四時一五分に〈二〇世紀号〉という名の列車に乗った。マーティンは大金を注ぎ込んで一両を丸ごと貸し切り、温度を摂氏二六度ほどに保たせた。ヒルデガードが赤ん坊をベッドから出してミルクを与えても危険がないようにしたのだ。

みんなが待っていた。APニュースは「揺らめく生命の火が今日、煌めきを放ちながら大陸の半分を横断……」と報道した。そして九月一三日の午前九時、〈二〇世紀号〉がシカゴの駅にすべり込むと、国じゅうの人たちが安堵のため息をついた。エマニュエル坊やは無事だった。

それから二週間もしないうちに、またもや考えられないほど小さい命が運び込まれた。この赤ん坊はシカゴのクック郡病院で生まれ、体重は六五二グラムだったが、新生児のつねで、すでに体重が減りだしていた。マーティンは自分が目にした未熟児のなかでも最小だったと明言している。実際、そうだったかもしれない。「子供の名前は公表できない」マーティンは新聞でこう語った。「医療倫理にもとるからです。今後子供が生きるための闘いに成功をおさめたなら、もう少し詳しくお話しできる

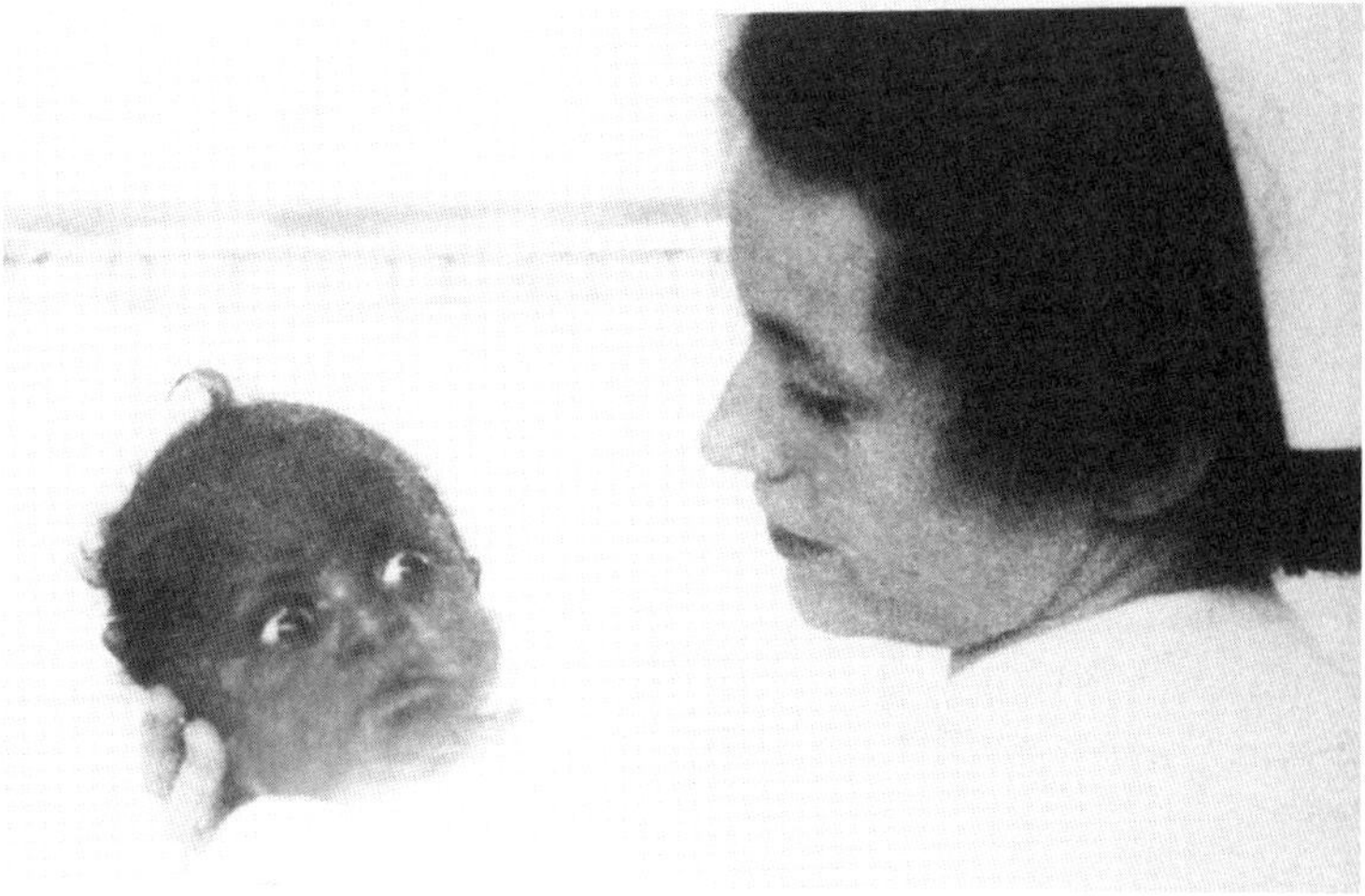
ニューヨーク万国博覧会で乳児を抱くルイーズ・レチェ

でしょう」赤ん坊の性別も伏せられた。万博運営者が出した声明の最後の一文にはこうあった。
「子供は有色人種である」
その後も赤ん坊の名前が公表されることはなかった。新聞各紙はニューヨークやシカゴで行われている保育器展示を記事にし、「黒人や中国人の赤ん坊ばかりだ」と書き立てた。有色人種である子供の写真は撮られるのに、アフリカ系アメリカ人向けの新聞ですら、非白人である親の声が記事内に取りあげられることはなかった。

一〇月になると、急な寒さで町じゅうが冬のコートに包まれた。万博には駆け込みで見学しようという人たちが大挙して押しかけた。〈進歩の世紀博覧会〉は、ささやかながら収益をあげた（そのことが広く報じられ、一九三九年開催のニューヨークでの万国博覧会へとつながる）。信念に満ちた勇気ある行動が実を結んだのである。新生児用の保育器によって一〇〇人ほどの命が救われた。

ところが一一月一日、万博の閉幕と時を同じくして、エマニュエル坊やが亡くなった。

一九三五年の冬、アールデコ様式のパヴィリオンが解体用鉄球で粉砕されているころ、ハーマン・バンドセンはつぎの行動に移った。この都市の未熟児を救済する包括的な計画を発表したのである。シカゴの全病院が計画案を受け取り、不足しているものを洗いだすための調査票に記入することが求められた。保健局は、病院や家庭に貸し出すためヘス式ベッドを複数購入し、無料の授乳室を開設した。また早産児が誕生したときは、治療計画が作成できるように、健康管理の専門家すべてにすぐに報告することを義務付けた。そして早産児が三六二九グラム（八ポンド）になるまでは、サラ・モリス子供病院で特別に訓練された看護師が経過を見守ることとした。すでにラジオ放送のゲストとして常連になっていたバンドセンは、ショービジネスを味方につけ、未熟児が亡くなるときは公共の場で光が当たるようにした。

シカゴ市全体での率先した取り組みは全国の模範となった。

まさに未熟児のためのプロパガンダだった。

私の小さな兄

ニュージャージー州ハモントンの電話帳にはサンフィリッポという名字が一件だけ登録されている。見つけた家族に連絡をとることは、桁数の異なる番号に電話をかけて、目当ての人物が出てくれることを願うようなものだった。それでも私は電話をかけた。大当たりだった。

一九三七年生まれのエマニュエル・サンフィリッポは、万博で亡くなった兄の名を引き継いだ。「貧しいイタリア移民だった両親は、兄についてなにも語りませんでした」と、彼からの手紙にあった。だが、両親は新聞の切り抜きと小さな毛糸の帽子、名前が彫られたビーズのブレスレットを保存していた。エマニュエルは手書きのメモとともに一枚の写真を送ってくれた。「この帽子は両親のメアリーとビアージョのもとに送られてきた、一九三四年八月七日に五三九グラムで生まれたエマニュエルのものです。私の小さな兄の」私の小さな兄。そのひとことに会えなかった兄に対する愛情が込められている。年上だけれど、永遠にかわいい赤ちゃんのままのお兄さん。

エマニュエルはクーニー家から届いた肉筆の手紙数通のコピーも送ってくれた。一九三四年八月二三日、遊歩道のヒルデガードからメアリー・サンフィリッポに宛てた手紙には、坊やが元気であることを伝え、母乳がよく出る状態を維持するように励ます言葉がならび、「エマニュエルよりいっぱいの愛と大きなたくさんのキスを」と締めくくってあった。八月三〇日には、前回の手紙から三五グラム増えたと報告している。「坊やはすごく愛らしくて、食べてしまいたいほどです。とてもいい子で、よく眠るし、あまり泣きません。ときどき顔を見にいらしてくださったら、喜びますよ」九月六日には、両親が会いに来られるようヒルデガードは往復のバス代三ドルを同封していた。「日増しにかわいくなって、たまに親指をしゃぶっています」

つぎの便りは一〇月三〇日、シカゴからだった。このときヒルデガードは赤ん坊が夜のうちに元気をなくしたと伝えている。「先生が先ほど診察しましたが、まだ希望は失っていません。ほんのわずかですが、可能性は残っています」

聖アンブロシウス教会のウィリアム・M・フォーリー尊師から出された一一月六日付の手紙には、赤ちゃんがカトリック教会の儀式にのっとって立派に埋葬されたことを証明すると書いてあった。

エマニュエル・サンフィリッポの両親が保存していたブレスレット

一一月八日付の最後の手紙は、メイによって書かれていた。

親愛なるサンフィリッポ夫妻さま
　迅速に承諾のお返事をいただき、ありがとうございます。手紙は日曜日に届き、すぐに葬儀人に連絡しましたところ、すべての手はずを整えてくれました。しかも、やさしさを込めて、立派に。坊やは一一月六日、火曜日の午前中に葬られ、マダム・レチェ、ヒルデガード・クーニーと私が、司祭さまによって執り行われた葬儀に参列いたしました。ご両親もさぞや列席されたかったことと存じます。坊やは銀色の装飾を施したかわいい十字架つきの白いビロードの棺におさめられました。ご両親にも満足いただけたと信じております。司祭さまからの証明書と短い手紙、それにネックレスと坊やの護符のメダルをお送りします。こんどアトランティック・シティを訪れました折りには、立ち寄らせていただきます。
　すばらしいご両親およびご家族のご幸福を心からお祈り申しあげます。

親愛なる友
メイ・クーニー

シーゲートの悲劇

一九三六年、ニューヨーク

〈進歩の世紀博覧会〉はクーニーの輝かしい人生の道のりの第一歩となるはずだった。ところが三六年二月、メイが体調の不良を訴えるようになった。イザドーも死の淵をさまよっていた。春を越せる見込みは薄く、私設の看護師がついていた。だがメイの容体は急変し、一刻を争う状況になった。

危機感を抱いたマーティンは人間関係をフルに活用したにちがいない。おもにシカゴ以降に培われた広い交友関係と莫大な財産を使えば、何本か電話をかけるだけで、さまざまな分野における最高の専門家に連絡がとれる。

二月二二日、メイはマンハッタンの神経学研究所で開頭術を受けた。外科医がメイの頭蓋を開く。その脳のどこかに人生の物語が刻まれている。マーティンと過ごした三五年間。はじめて彼と出会った日のこと、その後間もないある朝、大統領が撃たれたこと。遊歩道、保育室。塩と血。悔やまれる選択。そしていつも赤ちゃんがいた。墓場まで持っていく秘密の数々。

メイは手術台で亡くなった。

これを読んだらすぐに出発すること

おじのマーティンから届いた手紙はそっけなかった。「すぐに出発しなさい」チケットと現金、そして指示書が同封されていた。赤ん坊を連れて発ちなさい。別れの挨拶も荷造りも無用。ニューヨーク行きの船に乗ること。あとは私が面倒をみる。

それから数十年後、マーティンの姪イルザ・イーフリイムとその夫にして医師であるアルフレッドは、一九三七年にベルリンを離れて、住まいが見つかるまで赤ん坊だった娘とともにシーゲートで暮らしたときのことをガートナー夫妻に語った。

メイの死後、三カ月とせずにイザドーが亡くなった。マーティンは二人の死を悼むとともに、みずからの故郷についても胸を痛めていた。大半の人よりこれから起きようとしていることをはるかに理解していたマーティンは、一人でも多くのユダヤ人を救おうとした。だがアメリカ政府は協力的ではなかった。アメリカの優生学論者は国務省に対して強い影響力をもち、アメリカにユダヤ人を殺到させるわけにはいかないという意見が幅を利かせていたからだ。だから一人入国させるにも事務手続きは煩雑を極め、金銭面で責任を負うと宣誓したうえで、裏付けとなる財力があることを証明しなければばならなかった。そこまでしてなお、ビザを受け取れる保証はなかった。ユダヤ人を満載して沿岸まで来た船が、入国を認められずに、引き返したケースもある。《ニューヨーク・タイムズ》すら、ユダヤ人に対してあまり同情的ではなかった。

マーティンは突如、相手が知りあいであれ見知らぬ人であれ、彼らの〝おじ〟や〝いとこ〟になった。そのような人々と船で落ちあい、運転手つきの自分の車でニューヨークを案内し、買い物をする場所、すべきこと、この国での暮らし方を教えた。感謝祭になれば、亡命者たちを自宅に招き、ごちそうをふるまった。亡命者の多くはほどなく自活できるようになったが、それでもマーティンは気前よく金を分け与えた。

アメリカ側には、署名入りの宣誓書を残している人がいなかったが、船舶乗客名簿によって少なくとも八名がマーティンのもとを訪れたことがわかる。当時マーティンと同居していたイルザによれば、一五人だったという。

「なぜ大おじのことを知りたいのですか?」

ルース・フロイデンタールは私に尋ねた。彼女の両親であるイルザとアルフレッドはすでに故人だったが、私はガートナー夫妻と話しあったあの〝クーニーを語る日〟に、その娘のルースが存命であろうことに気づいた。私が探しあてたことに驚いたふうはなかったものの、ルースはこの本を書く理由を知りたがった。マーティンが〝医者というより興行師だった〟ことをわかっているのか、といわんばかりの口ぶりだった。マーティンやルイーズ、ヒルデガードのことをおしゃべりするうちに、ルースが自宅に招いてくれた。

「大おじたちを覚えているのは、もう私しかいないのよ」彼女は悲しげに言った。

自分の家族のことを嗅ぎまわり、録音された母親の声に耳を傾け、親族の墓を参り、探すつもりのなかった家族の記録を掘り起こしている赤の他人が目の前に現れれば、いぶかしむのも当然だろう。ルースの母のイルザは一族の象だと言われていたそうだ。象はあらゆることを忘れないとされ、その象さながらの記憶力だったからだ。「母の言うことはすべて事実だった」ルースは力説した。自分はそれほど記憶力がよくないと残念がりながらも、ルースはいろんなことを覚えていた。シーゲートで、テーブルの上に立ってシャンデリアのリンゴやナシの形をしたクリスタルを手に取ろうとして見つかったことや、ルナパークのおじの展示場を訪ねて小人症の人と遊んだこと。ルースは如才なく明敏で（家は隅々まで手入れが行き届いていた）、私が夢中になっている亡霊と似通ったところがあり、さすが血縁者だと思わされた。

私はシーゲートの屋敷内の写真をルースに見せた。ゲートで守衛に頼み込んで、撮影させてもらったのだ。当時と同じかどうかよくわからない、と彼女は言った。

「あのころはピンクじゃなくて、グレーだったんじゃないかしら。ダイニングルームには、一六人から二〇人は囲めたガラスのテーブルがあったわ。のちに彼が私たちの家に食事に来たことがあるとしたら、よほど特別なことだったでしょうね。もちろん私にとっては大おじだけど、とても美食家だったからよ」

不思議なことにマーティンは、イーフリイム家を自宅に住まわせていた最初の数カ月のあいだ、ニューヨークの街を離れて、なんの用事でか、ヨーロッパに渡っていた。ローレンス・ガートナーも私も、マーティンはなんらかの諜報活動に参加していたのではないかと疑っていたが、情報公開法に基づいて六件ほど開示請求を行ったうえ、このような案件を専門とするワシントンの調査員に依頼して調査も行ってもらったものの、なんの成果も得られなかった。したがってマーティンはたんに、戦前フランスに頻繁に旅行をした、裕福で知りあいが多くて身軽な男やもめにすぎなかったのかもしれない。それもまた確証はないが。

帰国後、彼はコネを使ってルースの父親が皮膚科の医院を開業する手助けをした。

「マーティン・クーニーはとても裕福だったのよ」ルースは何度も言った。「裕福だったにちがいないわ」

たしかにニューヨークの万国博覧会までは彼には潤沢な富があった。財産が乏しくなりつつあるなか、マーティンが万博で購入した中国製のキャビネットをルースは見せてくれた。現在それは彼女のリビングルームに置かれている。

ルースは子供のころ、大おじの娘であるヒルデガードに連れられて、毎年の誕生日プレゼントとしてメトロポリタン・オペラに行った。そんな日は晴れ着姿でじっと座っていなければならなかった。じつはその席は、シーズンチケットを持つシーゲートの隣人の席で、その人が毎年冬のあいだ地元を離れるため、空いていたのだった。

ヒルデガードは体調を崩すにつれ、痩せ細り、衰弱していった。「私の結婚式のアルバムにおばさんの写真があれば、どれくらい痩せていたかお見せできるわね」ルースはページをめくりながら言った。

「このアルバムに載っている人たちは、みんな亡くなってしまったわ。本当に悲しい」やがてヒルデガードの写真が見つかった。往年のたくましさはなく、やつれて死期が近づいていた。

「彼女は私の服を着て埋葬されたのよ」ルースは言った。

死を免れた赤子たち

ノーマ・ジョンソンと双子の弟ジョージは一九三七年七月生まれで、それぞれ一一三四グラム（二ポンド半）と一三六一グラム（三ポンド）の未熟児だった。私が連絡をとったとき、ノーマは病院の名前こそ覚えていなかったが、母親のベッドの隣にいた患者の話はよく覚えていた。その女性もやはり早産で双子の兄弟をもうけていた。「お医者さんから、保育器に入れないと生きられないと言われたそうよ。でも病院には保育器が一つしかなくて、それにはもう別の赤ん坊が入っていた。その女の人は自分の子をコニーアイランドへ送るつもりはありませんって答えたんですって」ノーマの話は続く。「私の母はその医師から同じことを言われて、私と弟をコニーアイランドへ送ることを二つ返事で了承したの。かわいそうに、双子の兄弟のほうは亡くなったそうよ」

取材時、ノーマ（現在の姓はコー）と弟は七八歳。二人合わせて九人の子供と一三人の孫に恵まれていた。

火遊び

一九三九年、ニューヨーク市

雨が降りしきるなか、しきりに足を踏み替えている観客に向けて、アルベルト・アインシュタインは短い挨拶を行った。一九三九年、四月三一日、〈明日の世界博覧会〉と名付けられたニューヨークの万国博覧会の開会式でのことだ。主催者は、この万博はたやすくシカゴをしのぐだろうと考えていた。シカゴは中部のしがない二流の街だ。ニューヨークはそのはるか上、一流の街なのだから。六〇カ国の展示館が立ちならんでいた。ドイツは参加しなかったが、気にすることはない。こちらにはドイツ生まれのふさふさ頭の天才がいる。強いドイツ訛りでアインシュタインは述べた。「芸術同様、科学が真の使命をぞんぶんに果たすなら、その成果は表面に留まらず、人々の意識のなかに深く入り込むでありましょう」

人々は何時間もならんで、ゼネラルモーターズのジオラマ展示〈フューチュラマ〉を見学した。展示館に入り、周囲をめぐる動くシートに座り、来るべきよりよい世界を見物した。高層ビル、一四もの車線が交差する高速道路。興奮冷めやらぬ入場者たちの胸には、〝私は未来を目撃した〟と書かれたバッジが誇らしげに飾られていた。

クライスラーは自動車の組み立て工程を、ボーデンは搾乳機を展示したが、ソビエト連邦はそれらを凌駕する魔法の箱、テレビを見せつけた。見学者は展示館に入って、ソビエト連邦、ポーランド、フランス、日本、スウェーデンのバイキング料理など、各国の出展物を味わった。ライフブイの石鹸で磨きあげ、ポマードで髪を固めた人たちが、アメリカに初来訪したジョージ六世とエリザベス女王を見ようと必死に背伸びしていた。万博の記念碑的建築物であるトライロンとペリスフィアを仰ぎ見て、通路にならぶ彫刻を眺めた。

文化を吸収し、未来の世界とそこで提供されるさまざまなサービスを見聞きしたり味わったりした人たちは、そのあと本当に行きたかった場所へ向かう。そうアミューズメント・ゾーンへだ。


かつてごみ処分場だった湿地の端に設営されたアミューズメント・ゾーンは、低俗で騒々しい楽しみを提供していた。〈フューチュラマ〉の設計者ノーマン・ベル・ゲッデズは、〈クリスタル・ラッシーズ〉に尽力した。その正面には豊満な女性像が置かれ、〝なかの女性は本物です〟という看板が掲げられた。一五セント支払えば実物を見られるというわけだ。なかには健全な水中ショーや乗り物もあったが、幅を利かせているのは、裸で氷に閉じ込められた〈北極の少女たち〉や、色気を売り物にしたショーやストリップ劇場だった。ときおり市警の風俗取締班の取り締まりがあったものの、どうということはなかった。

そしてサルバドール・ダリの〈ビーナスの夢〉があった。このシュルレアリストが披露した水中シヨーは「おぼろな明かりのなか、役者とそれを囲むさまざまなものが満ちあふれた」建物のなかで行われる官能的な問題作だった。その支持者たちは、水中を泳ぐ女性がトップレスであっても問題視しなかった。むしろ彼らの懸念は、おろかなダリが女性の何人かに大きな魚の頭をかぶせようと考えていることだった。多少なりと頭脳があれば、人魚の尻尾をつけた美女こそ必須とわかる。いざショーがはじまると（多数の裸の上半身の女性、ゆがんだ時計、ロブスター、ひっくり返った傘が登場――だが、魚の頭をつけて泳ぐ女性は一人もいなかった）、この芸術家はマンハッタン上空から抗議のビラをばらまき、憤りながらアメリカを去った。

全体がこんな調子だったので、〈パラシュート・ジャンプ〉の裏に、入場料をとる新生児の集中治療室があっても、なんの差しさわりもなかった。いまだこの街には未熟児が安定的に総合治療を受けられる場所がなかった。だがマーティンはそこに活躍の場を見いだした。ジュリアス・ヘスやモリス・フィッシュバインに受け入れられ、ニューヨークで有名な医師たちに認められ、米国医師会からプラチナの時計を贈られて称えられたにもかかわらず、彼は依然としてアミューズメント・ゾーンの興行師だった。

マーティンはシカゴで行われた〈進歩の世紀博覧会〉で、主催者から格別な厚遇を受けることができた。だがニューヨークでは、展示場が開く前から主催者との関係が崩れかけていた。マーティンは早くから準備を開始し、一九三七年一月に、シカゴでの大成功を引きあいに出して、出展に関心があることを知らせる手紙を送った。さらに照会先としてヘス、バンドセン、フィッシュバインなど八名の名前を挙げた。概要説明に粉飾をほどこし、これまでの開催地としてベルリン、パリのみならず、リオやブエノスアイレスまで挙げて、ときにはメキシコシティや、モントリオールや、モスクワを加えることもあった。

マーティンは許可を得たうえで、ベルヴューの産科医フレデリック・フリードと、カンバーランド・ストリート病院の小児科部長でロングアイランド・カレッジ・メディカル・スクールで小児科医長を務めるサーマン・ギヴァンの名前を出した（サーマン・ギヴァンはのちに、マーティン・クーニーはフランスで医師免許を取得していたが、この国では免許がなかったため後ろ盾が必要だった、とガートナー宛ての手紙で記している）。この二名の医師は、会期中にマーティンが亡くなるようなことがあれば催しを引き継ぐと表明した。万博が開催された時点で、マーティンは七〇歳だった。

第一の障害は、委員会のメンバーの一人が、マーティンのショーを〈進歩の世紀博覧会〉で展示された双頭の胎児の瓶詰と混同して、反対を唱えたことだった。しかし、その問題はすぐに解決した。より大きな障害は資金だった。マーティンは過去最大規模の展示にしたいと考えていた。資金はすべて自前で用意するつもりでいたものの、金銭に関しては、惜しみなく消費する方法以外、なに一つわかっていなかった。彼は万博終了後、展示館と備品をすべてニューヨーク市に寄付して、メイを記念する病院として恒久的に残したいと考えた。

当初、マーティンは興行費を八万ドルと見積もっていた。ところが一九三八年二月には、早くも一〇万ドルまで跳ねあがり、委員会から資金の捻出先を疑われるはめになった。財務報告書を提出せよとのお達しがあったが、マーティンは無視した。

運営委員会は市内で調査を行った。コニーアイランドのファースト・ナショナル・バンク・アンド・トラストはマーティンについて、「きわめて評判の高い人物……当行からの融資がないため資産状況は不明ながら、本人が希望すれば、そのとおりの貸付が可能」と証言した。

信用調査会社ダン・アンド・ブラッドストリートからは、クーニー医師と接触できなかったと報告があった。だが、別の二銀行から高い評価が得られたことから、そうした情報を総合して、クーニーは複数の銀行にじゅんぶんな流動資産を保有していると判断された。

実際はちがった。ネズミがはびこる湿地やその他もろもろのせいで、資金が尽きかけていた。展示館の設計は、報酬が高いので有名なスキッドモア・オーウィングズ設計事務所（現在のスキッドモア・オーウィングズ・アンド・メリル。のちにシカゴのジョン・ハンコック・センターやシアーズ・タワーを設計した設計事務所。二一世紀にはニューヨーク市のフリーダムタワーを設計）に頼んだ。贅沢なU字型の建物には、保育室に加え、九つの居室（マーティン、看護師、乳母、運転手、家政婦などが使用）、花畑のある中庭、体重が増えてきた赤ん坊のためにガラスブロックを使った日光浴スペース、赤ん坊のケアについて説明する部屋、そして来訪した医師のための特別な面会室がもうけられることになっていた。三九年三月になると、予定どおりの完成は不可能なことが判明した。主催者側が記した内輪向けのメモには、「二〇人は必要な作業に六名の」大工があたっているとある。現金で支払いたいと考えていたマーティンは、市況が低迷しているにもかかわらず、重要な株を売却せざるを得なかった。

そうこうするうちに、外の案内看板を取りつける位置や、食器洗浄機の設置など、彼はなにかにつけて不満を漏らすようになった。しがない役人のくせに、保育室の運営について自分に指図するとは、なんと厚顔な！　原則として、マーティンはそうした要求を断固はねつけた（委員に向かって「万博など失敗してしまえ」と言い放ったとする記録もある）。

そして火災警報器を設置すべしという要求に対して、過剰な反応を示した。火事の恐ろしさは誰よりも知っている。現にこの夏も、のちにスティープルチェース・パークで火災が起きる。そのとき彼の赤ん坊がそこにいなかったのは、万国博覧会のためにほかの展示場を閉じていたというだけの理由だった。

メイなしに仕事をこなすつらさがのしかかり、しかもこれ以上は一セントたりとも捻出できなかった。彼は二ページにわたる手紙をしたため、火災警報器は「どう考えても不必要」だと訴えた。建物は準耐火構造であり、消火器が六つ、そして構内に消火栓がある。つねに三、四人の看護師が当直勤務し、四つの内線を持つ電話が備えられている。毎晩、避難訓練をし、避難の際に必要となる湯たんぽや毛布はかごにまとめて常備してある。近くに専用の救急車が停めてあり、そしてマーティン自身が建物内で寝起きするのだから。

彼はその手紙をこう結んだ。「看護師には、建物内で喫煙しないように厳しく言いつけてあり、赤ん坊がマッチで遊ぶはずもありません。訴えの正当性を理解し、不必要な出費をせずにすむようにしていただきたい」そしてこのときはじめて、自分の署名のあとに〝医学博士《MD》〟と記した。

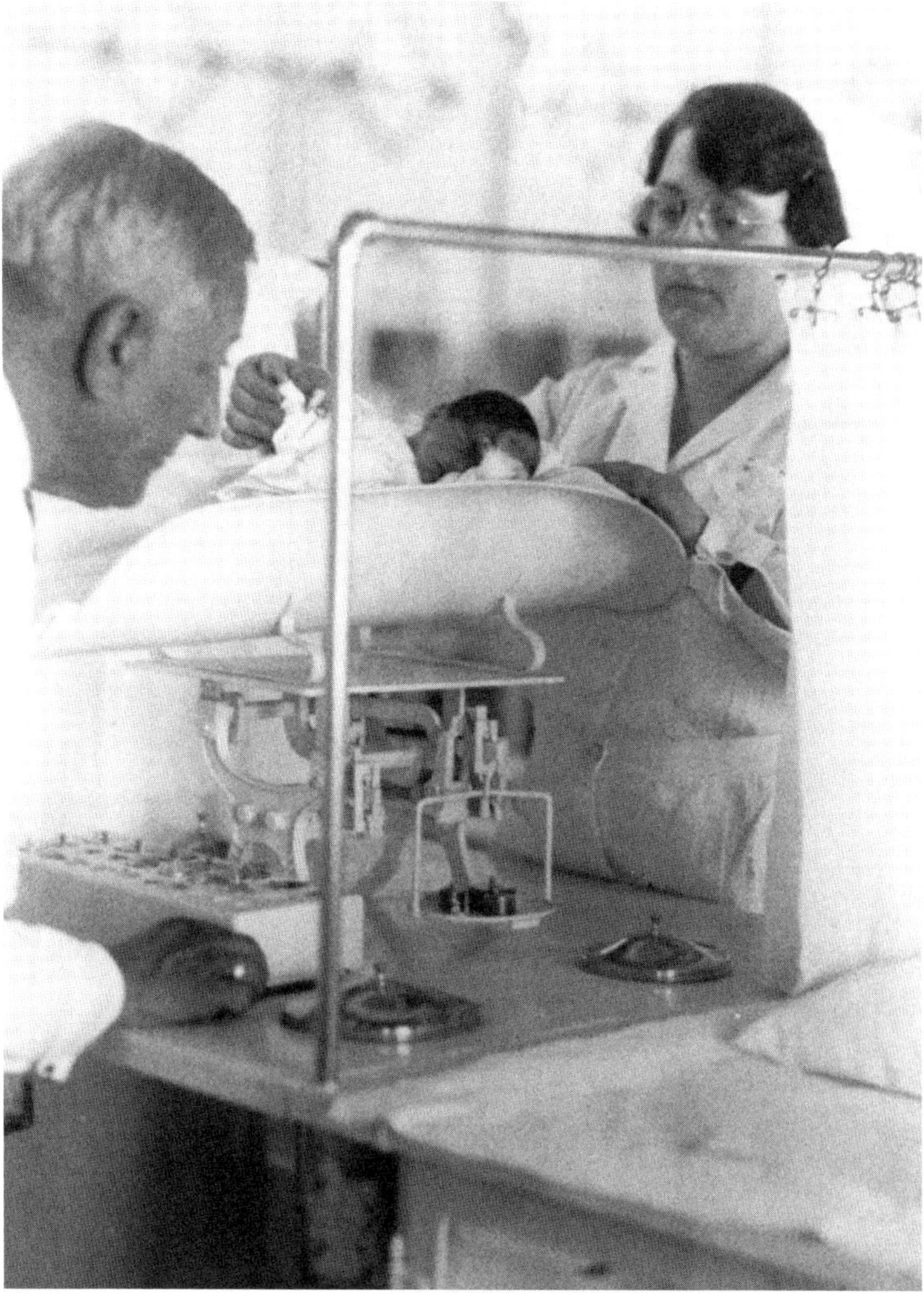

マーティンとヒルデガード。ニューヨークの万国博覧会にて

開会式の数週間後、ようやく準備の整った展示館に来場者が流れ込んだ。建物の屋根には、アンドレア・デッラ・ロッビアが一五世紀末に作った、布で包まれた赤子の浅浮き彫りの複製（これだけで五〇〇キロほどの重さがあった）が取りつけられ、〝すでに五〇〇万人以上がこの展示を見学〟と書かれた看板とともに、ドアの上には〝赤ちゃん好きは万国共通〟のスローガンが掲げられた。

A・J・リーブリングが『ザ・ニューヨーカー』誌の記事のためにインタビューに訪れた。「私が行っていることは、厳密に見ても、すべてが倫理にかなっています」いまだ風評に悩まされていたマーティンは強調した。それからリーブリング相手に思いのままに語った。ベルリンのビアホールにいた歌手。帽子箱に入れられたオマハの赤ん坊。精力をつけるためニンニクの首飾りをつけさせられていた未熟児。幸運のまじないとして、父親のズボンの脚に未熟児をくぐらせたスウェーデンの祖母。お守りのメダイユをつけたカトリックの赤ん坊。邪眼から守るため赤い糸を巻かれたユダヤ人の赤ん坊。ほかにも、シカゴからオマハへ赤ん坊を運んだこと（実際にそこまでやったかどうかは疑わしい）、ヴィクトリア女王即位六〇周年祝典のために、恩師の励ましを受けて、フランスの孤児を（洗濯カゴに入れて！）英仏海峡を渡らせたこと（『ファミリー・サークル』誌のインタビューでは、さらに尾ひれをつけ、ピエール・ブディン医師のもとで保育器を開発するのは「複雑な」仕事というより、「頭とともに心を使う」仕事だったと語っている）。

アミューズメント・ゾーンでの体験にいまだ興奮冷めやらぬ男女は、驚きの声とともに、決まって同じ質問をした。「ここにいるのは、シカゴにいたのと同じ赤ちゃん？」「ガスストーブのなかで赤ん坊はどうやって生きているの？」

ルイーズとヒルデガードは、ダイヤモンドの腕輪をつけたり外したりしながら、カメラに向かってほほえんだ。ヒルデガードは記者に語った。「ほかのなにをするより、私は父の手足となってこの仕事をしたいのです」だが日々、メイの不在が身を切るようなつらさとして感じられたにちがいない。

来訪したジュリアス・ヘスは来客名簿にメッセージを残していた。

親愛なるマーティン

直接お目にかかることがかなわないので、個人として、そして医師として、多大なお力添えをいただいた〝すばらしい先生〟にこのような不本意な形で感謝を述べることをお許しください。先生は科学の進歩を導いたのみか、あらゆる倫理的な面の発達に重要な役割を担われました。来し方を振り返ったとき、そこには充実した人生が横たわっているはずです。

先生のおそばで長年、良き妻、よき伴侶であられた奥さまは、私の心の奥底に深く刻み込まれております。誉れ高き奥さまとヒルデガードのお人柄と功績に深い尊敬の念を抱いております。

末永く健やかにお過ごしください、マーティン。あなたを必要とする人々を代表して、これからも偉大な仕事を続けていただくために、お願いいたします。

あなたの友
ジュリアス・Ｈ・ヘス

だが紙とインクでは、その街で敬意をもって遇されるようにしてくれる友人の代わりにはならない。

シカゴでのマーティンはヨーロッパから来訪した客人だったが、ここではコニーアイランドから来た盛りを過ぎた一老人にすぎなかった。腰が曲がり、鉤型の握りの杖をついて歩く老いぼれた男だった。

マーティンには展示がはじまれば、すぐに投資分を回収できるという自信があった。だがほどなく、さらに出費がかさむことが確実になった。活気あるビリー・ローズの水上ショーをのぞくと、ほぼすべての展示館が同じように苦しんでいた。万博全体が負債を抱えつつあった。入場料は七五セント——シカゴでは会場への入場料が五〇セント——だったが、それはたんに入場するためで、それぞれの催しにはまた金を払わなければならなかった。いまだ失業中の人が多いなか、たしかに人出はあるが、主催者の予想にははるかにおよばなかった。マーティンにとってさらに悪いことに、ニューヨークの人たちはほんの一年前の夏にコニーアイランドで保育器を見ていた。そのときの入場料は二〇セントだったのに、どうしてここでは二五セント支払わなければならないのか？　そう不満に思ってもおかしくない。

ある日、若い女性が先生に会いたいと言ってやってきた。名前はルシール、ブルックリンのセント・ジョンズ聖公会病院の看護学生だという。マーティンはすぐに見つかった。女性は彼に歩み寄った。「私はあなたの赤ちゃんの一人です」

この夏、このような人物の来訪は珍しくなかった。マーティンには、それが今回の万博で唯一の褒賞のように思えた。彼はルシールに名字と誕生年を尋ね、分厚い黒の帳面を開いた。たしかにあった。ルシール・コンリン、一九二〇年。病院で見捨てられたため、父親がタオルにくるんでコニーアイランドに連れてきた子だった。そのルシールがいまや一九歳、健康な若い娘に育っていた。「そうだ。きみはうちにいた子だ」マーティンは彼女を抱きしめ、誇らしげに紹介してまわった。

背の高い青年が赤ん坊の無事を祈るように、じっと保育器をのぞき込んでいた。マーティンは男の肩を叩いた。「きみのお子さんかね？」

「そうです」例によって、恐怖の滲む声だった。

「ほら、この娘さんをごらん」マーティンは言った。「彼女は私のところにいた赤ん坊の一人なんだよ」若い父親はルシールを見て、赤ん坊を見て、またルシールに目を戻した。「本当に？」男の娘はとても小さかった。自分の手ほどの大きさしかない娘を見て、きっと大人になれる見込みはないと思っていたのだろう。

マーティンはルシールが帰る前に、彼女の学校名を控えておいた。そして翌年、彼女が晴れて看護師帽を受け取ったときには、コサージュを贈った。

「私たちのような貧乏人があの保育器のおかげでどれほど救われたか」二三歳の元電話オペレーターは記者に語った。「クーニー先生は保育器つきの救急車までよこしてくれたんですよ」

いつものことながら、その背後にはある医師の存在があった。若きモー・ゴールドスタイン医師だ。モリス・フィッシュバインの義理の息子と同じ医学校に通ったモーは、メイヨー・クリニックで研修を終え、故郷のクイーンズに戻って小児科の医院を開業した。だが病院ははやらなかった。そこへ国内屈指の有名医学誌の有力編集者から魅力的な仕事の依頼が舞い込んだ。断る人間がいるだろうか？

モーの聞いた話では、雇い主は医者だが、なんらかの事情でニューヨークの医師免許を持っていないとのことだった。詳しい事情は聞かせてもらえなかったが、気にもならなかった。

モーは毎晩、展示場に出向いて赤ん坊を診察し、残ってマーティンとともにおいしい食事と酒を楽しんだ。マーティンとのつきあいは楽しく、マダムには畏敬の念を抱いた。彼女は赤ん坊の扱い方を熟知しており、鼻腔栄養法の手順など、医学部やメイヨー・クリニックで教えてもらえなかったことを知っていた。そうした技術の習得は、駆け出しの医者にとっていい訓練になった。万博が終われば赤ん坊には小児科医が必要となる。そういうわけで、これはモーには願ったり叶ったりの仕事だった。

モーは展示場で働きながら、隣のストリップ劇場の若い娘たちを助けた。彼女たちはほとんどが新生児を抱える母親で、豊かな乳房をしていた。そして、お金を必要としていた。彼女たちは赤ん坊が病気になると、モーに診てもらうため、展示場に連れてきた。

モーはこの展示のたぐいまれなすばらしさに気づいていた。一三六一グラム（三ポンド）以下の赤ん坊の死亡率はおよそ九〇パーセントだが、ここではほぼ全員が生き延びた。彼はマーティンから記録を任されていた。もっとも小さな赤ん坊はヘスが開発した酸素のおおいがついた保育器に送られ、そのほかはマーティンの眠り姫の保育器に入れられた。赤ん坊によっては酸素を与えられる場合もあるが、それもごく少量だった。

晩年、モーはこう語った。「ヘス医師は、［シカゴの博覧会の］クーニー医師のシステムを大幅にまねていた」モーはほかにも、未発達なニューヨーク市の輸送システムをはるかにしのぐ運転手つきの救急車についても言及した。

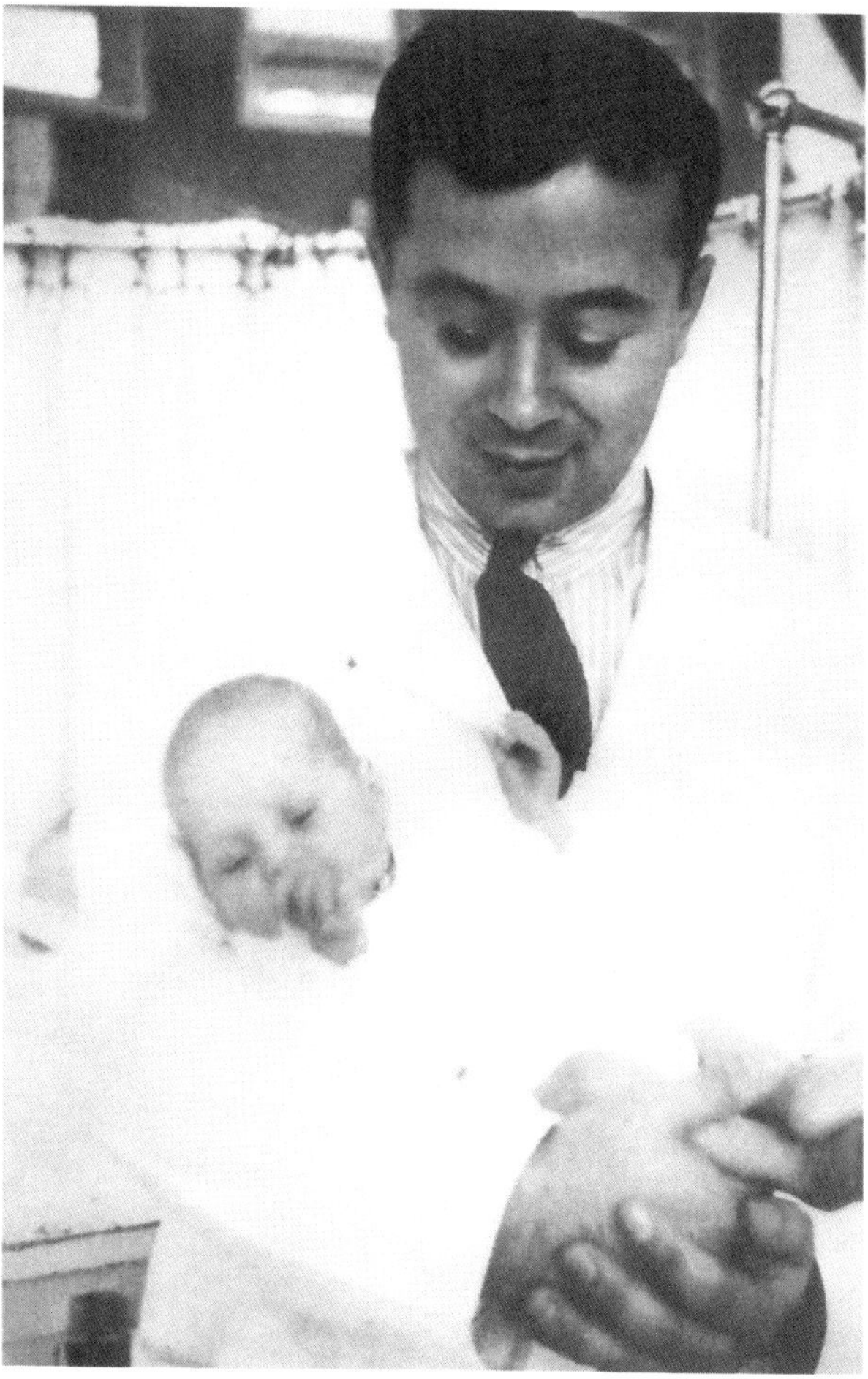
モー・ゴールドスタイン医師

その夏、モーには一つだけ気に染まないことがあった。ヒルデガードだ。雇い主の娘から好意を寄せられているのを感じつつも、彼女にはなんの魅力も感じなかった。

その夏から翌年にかけて、イェールからの医師団が〝超未熟児〟を視察に訪れた。アーノルド・ゲセル医師とキャサリン・アマトゥルーダは、いつから視覚・聴覚意識の発生、手づかみ、笑顔への反応がはじまるか、つまり人の心のスイッチが入るのはいつなのかを探っていた。マーティンとルイーズは、二人を手厚くもてなした。ゲセルとアマトゥルーダは見物客のいない場所で赤ん坊を測定し、観察し、カメラマンが写真を撮り、画質の粗い無声フィルムに録画した。

一九四五年、医学書の古典とされる『行動の胎生学（The Embryology of Behavior）』が出版された。なかには裸の赤ん坊の写真も掲載され、マーティンとルイーズとモーに対する感謝の念が序文で述べられている。かわいい産着やリボンやブランケットや帽子のない赤ちゃんは、大きな頭にカエルのような脚をして、まるで両生類のようだ。

表向きは明るくふるまっていたマーティンだが、その裏で、万博主催者側との関係は日増しに険悪化していた。〈魅惑の森〉の外には〝しどけない恰好〟の女性が立っているし、ケーナイン・ケイパーズ・ビルではベリーダンス・ショーをやっているといって、不服を申し立てた。主催者側は医療面の問題で反撃してきた。なぜモー・ゴールドスタインとやらが死亡診断書に署名しているのか？　そもそも、彼は何者なのか？　国の、州の、市の法律、法令、条令、規則を遵守する必要があるとその医師に言い聞かせてやらなければならないのか？　手紙にはさらに、主催者側のジョン・グリムリー医師――以前マーティンと一悶着あった、自動食器洗浄機の信奉者――による査察を受け入れ、保健

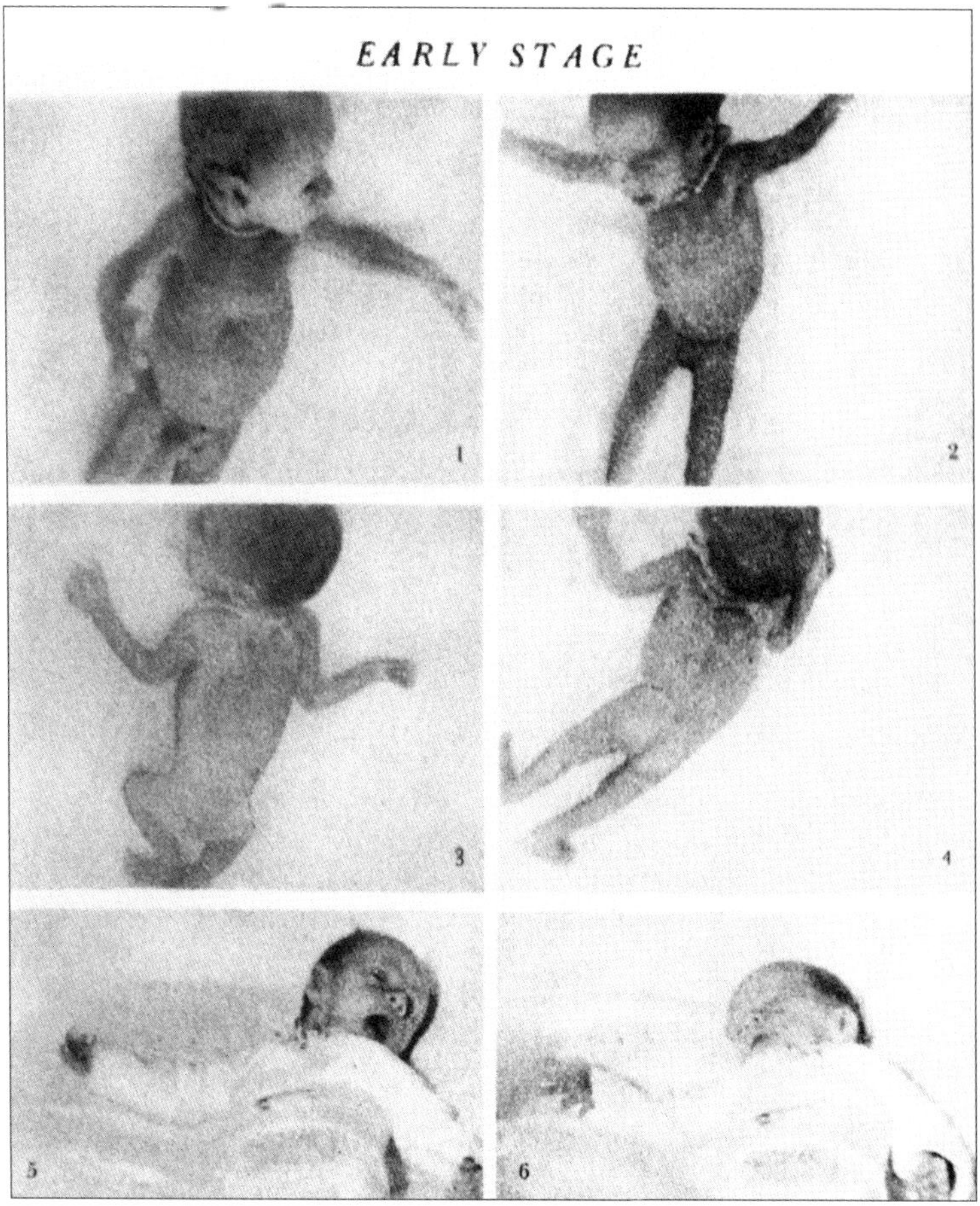

アーノルド・ゲゼル著『行動の胎生学（The Embryology of Behavior）』（1945年）より

局の窓口ではなく、直接、彼に報告するようにと書かれていた。助手のモー・ゴールドスタインは医師免許を有しているとマーティンが明言したことによって、この騒動は収拾した。

だが、資金の問題はさらに悪化した。七月になるころには展示中止の瀬戸際に立たされ、ローンの条件をゆるめてもらわないかぎり、継続できなくなるおそれがあった。人員やケアの水準は保たなければならない。さいわい、主催者側の理解は得られた。だが夏が終わり、ドイツがポーランドに侵攻するころには、マーティンの収支計算書はすっかり赤字になっていた。

先見の明と後知恵

キャサリン・アッシュ・マイヤーは〈一九三九年ニューヨーク万博フォーラム〉を見て、私に電子メールをくれた。「ぜひお話をしたいのです。ほかの〝赤ちゃん〟からあなたに連絡があったかどうかも気になって」彼女のもとには、マーティン・クーニーのサイン入りの雑誌や、モー・ゴールドスタインに抱かれた自分の写真、両親の無料入場許可証が保管されていた。

キャシーは、マーティンが営業打ち切りの瀬戸際にあった七月一九日に生まれた。「母はガリガリに痩せていました。両親が病院へ行くと、なんの用かと尋ねられ、母が赤ん坊が生まれそうだと答えると、冗談だろうと言われたそうです」キャシーは予定より二カ月早く、一四七四グラムで生まれた。

市内で最先端の病院であるニューヨーク病院には保育器があったが、入院費は高額だった。「父は、それじゃ破産すると言ったそうです。失業中で、クイーンズに家を買ったばかり、しかも三歳の子までいましたから。病院からローンを組めと言われて、無理だと答えると、小児科医が言ってくれたそうです。万博で友人が未熟児の展示場をやっているから、この女の子をそこに入れてもらえるか聞いてみようって」

キャシーの両親は――私が話した女性の多くとはちがい――見世物にされたことを進んで娘に話し

ていた。「両親は誇りに思っていました」キャシーは言う。「母が搾った母乳を、父が毎日届けて。二人にとっては、この世で一番いいことだったんです」

九年後、ニューヨーク病院から、娘さんを検査したいので連れてきてほしいと連絡が入った。医者が言うには、原因はわからないが、病院の保育器で育った子は全員視力を失ったのに、おたくのお嬢さんは問題がない——と、そんな話だった。

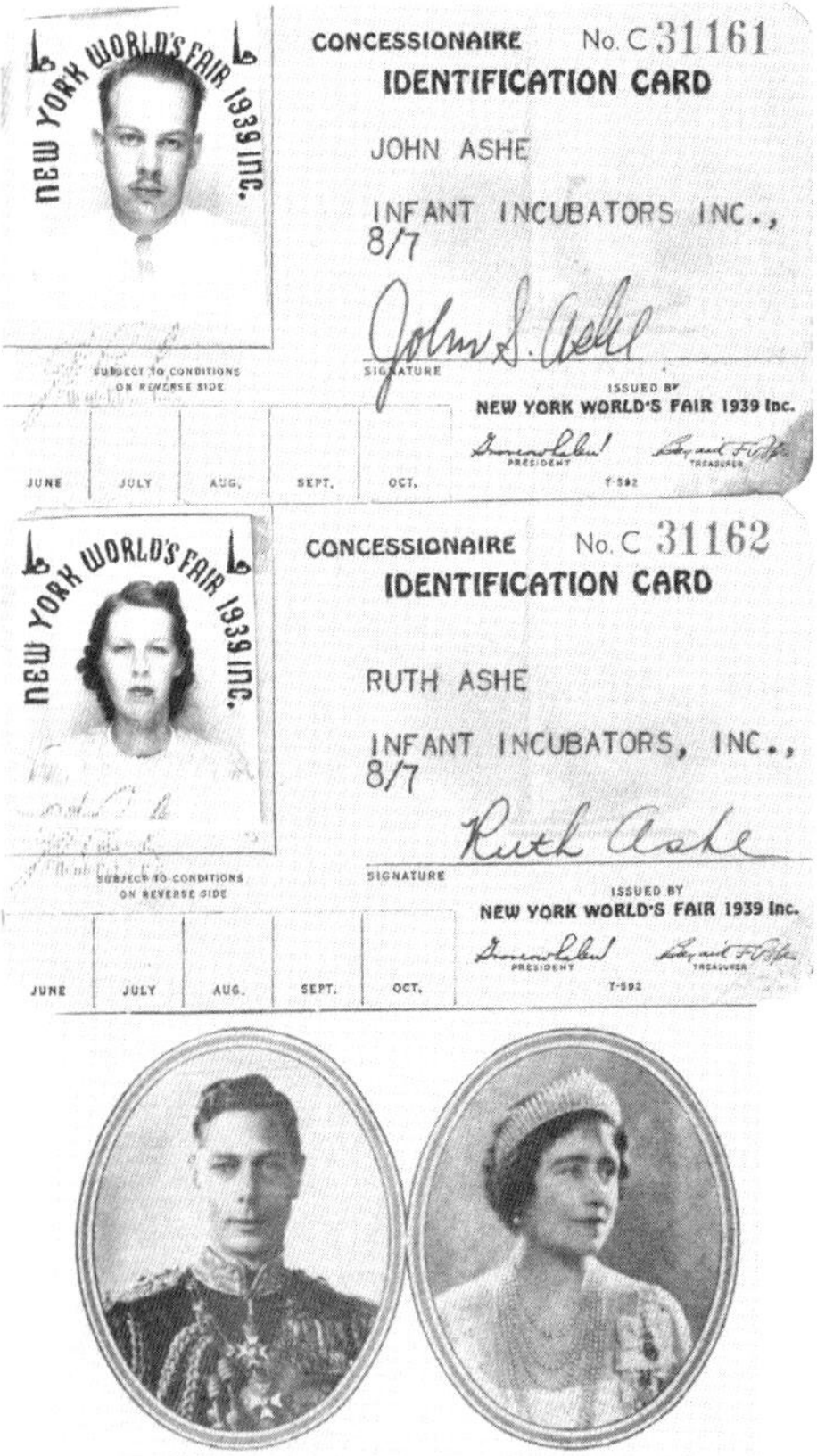

“特別関係者”と書かれたキャサリン・マイヤーの両親の入場許可証。両親はイギリス王と女王の記念写真も大切に保管していた

誰が救ってくれるのか？

一九四〇年、ニューヨーク市

万博の第一シーズンだけで、保育器の展示には一〇万ドル以上かかった。洗濯代が三〇〇〇ドル、加えて三〇人の給料（看護師、乳母、講師、チケット係、調理場のスタッフ）。モーに給金が支払われたことはなかった。代わりにもらったのは腕時計だったが、彼は気にしていなかった。収益から主催者側の取り分を引いたら、収支は完全な赤だった。

主催者側はさまざまな選択肢を検討していた。この展示を医療・公衆衛生ビル内の科学、教育ゾーンに移すとしたら費用はどのくらいかかるかをめぐって非公式の話しあいがもたれたが、結局は移動させないことになった。同時に、ある関係者がオハイオ州の保育器製造会社スミス・インキュベーター・コーポレーションに手紙を出し、一九四〇年に興行を希望するかと照会している。返事はノーだった。

三月までに契約の書き換えはなされず、万博運営会社に対するマーティンの負債はおよそ一万ドルにのぼった。展示を再開するためには、自宅を抵当に入れ、友人から借金し、建設業者に支払いの延期を求め、展示用地の借地料の延納を許可してもらわなければならなかった。マーティンは、以前〝延期〟された債務を放棄されたものと勘違いしていて、借金を帳消しにしてほしいと頼み込んだ。また、後生だから給水停止を解除してもらえないかとも頼んだ。

非公開の話しあいでは、怒りがぶちまけられ、彼を見下す意見が出された。内部資料には、「ご承知のとおり、クーニー医者はゆうに八〇歳を超え［原文まま］、よぼよぼで誤解する傾向がある」と書かれている。「彼には財務関係のいっさいを取りしきってくれる管理者が必要だ。彼の亡き妻は財務面をうまく処理していたが、その死後、こと金に関して彼は迷走している。昨年の営業は成功に程遠く、収支報告書の数字はめちゃくちゃだ……なんらかの形で帳簿を調べてみないことには、確実な数値は不明ながら、その費用をかけるだけ無駄だろう」結局、マーティンの負債を毎週の売上から差し引くということで意見がまとまった。こうしてマーティンは興行を再開できた。

なにを失おうと、マーティンは宣伝の機会を逃さなかった。前年の秋、ジュリアスがニューヨークにいるあいだは、ディナー・パーティを催した。担当する赤ん坊の体重がもっとも増えた看護師には、毎週、ナイロンの靴下などの報賞を与えた。六月になると、三九年の同窓会を開き、そのときも銀のカップを配布した。七月には、街に来たモリス・フィッシュバインの息子、ジャスティンをもてなした。シーズンの終わりには、有名な小児科医を招いてテーブルを囲み、食事、酒、葉巻をふるまって、モー・ゴールドスタインの口から展示場の成果を披露させた。九〇パーセント以上の赤ん坊が救われたことを証明してみせたのだ。

一九四〇年一一月九日、『ジャーナル・オブ・アメリカン・メディカル・アソシエーション』に掲載されたモリス・フィッシュバインの記事の一節に、マーティン・クーニーの保育器が登場した。この雑誌にクーニーの名前が記されたのはこれが最初で最後だった。

モーは人知れず泣くマーティンの姿を目撃していた。いくら努力しようと、万博に影が差しているのは誰の目にも明らかだった。ソビエトを含む一〇カ国が戻ってこなかった。ポーランド館には黒い布がかけられていた。フィンランド館はシーズン半ばで閉じた。ドイツがフランスに侵攻した夜、モーはマーティンといっしょにいた。マーティンは悲しみに打ち沈んでいた。

しかもマーティンは、妻と二人で稼いだ

赤ん坊の同窓会。1940年、ニューヨーク

金をすべて失いつつあり、ひたすら運営側に頭を下げなければならなかった。負債として差し引かれる金額を減額してもらわないかぎり、看護師への給金にも困るありさまだった。債務者は寛大に値引きしてくれた。だが七一歳になろうとしていたマーティンには、もはや挽回が不可能なことがわかっていた。保育器のなかで一九四〇年の赤ん坊たちがすやすやと眠るなか、夜になると、展示館の中庭に出てひっそりと涙を流すのだった。

ニューヨーク万国博覧会は一九四〇年一〇月二七日に閉幕し、関係者のほぼ全員が財政難にみまわれた。保育器の展示館にあったのは、最新鋭の人命救助設備であったにもかかわらず、ニューヨーク市は欲しがらなかった（三年後、クーニーが引退したときも、ニューヨーク市は受け取りを拒否し、最終的にはジュリアス・ヘスが喜んで引き受けた）。

冬

マーティンとルイーズに引退は許されなかった。ルナパークに戻ったが、いまや輝かしきコニーアイランドは消え去り、入場料は一五セントに下げられた。アトランティック・シティの入場料は、やはり寄付扱いだった。これでは大金を稼ぎようがない。それでも救わなければならない赤ん坊たちがいた。

キャロル・ボイスは一九四二年六月一九日、アトランティック・シティ病院で生まれた。体重一八〇〇グラムあまり。未熟児としてはそれほど低体重ではなかったが、孫が未熟児であることを聞いた祖母は、〝万が一〟に備えて赤ん坊用の白い服を買ったという。

私が連絡をとったとき、キャロル・ボイス・ハイニシュはニュージャージー州アブセコンで暮らしていた。七三歳にして、パートタイムの弁護士助手を務めていた。地元の歴史に興味があった彼女は、一九七一年にローレンス・ガートナーが掲げた記念の銘板を知っていた。かつてクーニーが展示を行っていた場所にあった〈ホリデー・イン〉に飾られていた銘板だが、ホテルが取り壊されたときアトランティック・シティの歴史博物館へ移され、いまやすっかり色褪せていた。キャロルは新聞の切り抜きや写真を用意してくれていた。こちらには四〇年前に録音されたキャロルの母親の音声があった。

いまは亡きベティ・ボイスは、〝ルイーズおばさん〟とヒルデガードをしっかり覚えていた。マーティンには一度しか会ったことがなかった。「先生には人をくつろがせる才能がありました」と、ベティは語っている。「わが子が半分死にかけていても、だいじょうぶ、なにもかもうまくいくと信じさせてくれるような人でした」

冬になると、遊歩道から人けがなくなり、海面に雪が降りかかった。若い男たちは残らず戦地へ送られ、マーティン、ルイーズ、ヒルデガードは侘びしい日々を送った。シーゲートは閑散としていた。裕福な隣人たちは寒い時期は暖かい地方へ行ってしまう。マーティンには、プードルという心の友がいた。ルイーズは、気むずかしく誰にも慣れない小さなペキニーズを飼っていた。

そんな日々にあって、来客は慰めだった。フレデリック・フリード医師は、軍に志願したが失格となり、失意のまま一九四二年のクリスマスをクーニーと過ごした。数年後にはモー・ゴールドスタインが帰還し、シーゲートに立ち寄ってさまざまな話をした。「はじめて水晶体後線維増殖症が発見されたとき、私はクーニー先生と膝を交えて話しあいました」彼はローレンス・ガートナーに語った。「先生は、自分にはわからない、と言っていました。うちの子のなかにはいなかった、何千人も世話したが、うちの赤ん坊で視力を失った子はいない、と」彼の保育器は損傷を与えるほど大量の酸素を送り込んでいなかった。それが答えだった。加えて、看護師が赤ん坊をちょくちょく外に出していたことがよかった。だが、それが判明したころには、マーティンはこの世にいなかった。

晩年を迎えたマーティンのもとに届く手紙には、ときに、小切手が同封されていた。ジュリアス・

ヘスやサーマン・ギヴァンなど医療関係の友人たちの心づかいだった。心苦しかったが、受け取るしかなかった。すでに家の権利はヒルデガードに譲っていた。そしてマーティンの死後すぐに、売却するしかなくなった。

「晩年の彼はとても不遇でした。お金にとても困っていたの」姪のイルザは語る。「そんななか最期の数週間も、人を食事に誘っていたわ」

毎年、シーズンが終わると、赤ん坊は両親のもとに戻った。赤ん坊はハイハイを覚え、学校へ通い、そして大学へ進んだ。事務所、工場、病院、会議室で働いた。戦地に赴き、また別の戦地へと送られた。結婚した。新しい車で街へ出かけた。古くさい帽子を脱ぎ捨てた。アイロンをかけなくてもすむ服を着て歩きまわった。子供の結婚式でならんで教会の通路を歩いた。テレビの前に座って月面を歩く男を見つめた。

晩年のマーティン・クーニー

孫を海へ連れて行った。コンピュータなるものを買い、若い人に教わった。なかには墓に入る者もいたが、世紀をまたいで生きる者もいて、アインシュタインですら予想できなかった新しい技術を目の当たりにした。膝の代替手術を受けた。スカイプをした。グーグルで七〇年、八〇年、九〇年前に自分を救ってくれた男性を検索したが、見つかったのは彼が話した言葉だけだった。

一九四三年、コーネル・ニューヨーク病院は市内ではじめて、未熟児専門の集中治療室を開設した。同年マーティン・クーニー医師は、私の仕事は終わったと言って、ついに展示場を閉鎖した。

エピローグ

九月末の肌寒い風がニューヨークを吹き渡っていた。その日の朝八時四〇分、フランシスコ教皇を乗せた飛行機がジョン・F・ケネディ国際空港を飛び立った。教皇が滞在した四〇時間のあいだ、マンハッタンの交通は麻痺したものの、街は不思議とつかのま、やわらかな雰囲気に包まれた。

ウィリアム・シルヴァーマンが若い医師たちを育ててきた、アップタウンのニューヨーク長老派教会モーガン・スタンリー小児病院では、未熟児の治療が途絶えることなく続けられていた。保育器のなかの子供たちは絶妙な量に調整された酸素を吸い、あるいは持続陽圧呼吸治療（CPAP）に助けられて呼吸をしている。口または鼻からチューブで栄養を与えられ、包帯を巻かれた体の静脈に薬が点滴注入されている。

そのフロアには世界屈指の医師、看護師がそろっている。現在、そこの責任者を務めているのは、リチャード・A・ポリン医学博士と、コロンビア大学医学部の小児医学教授にして新生児部長のウィリアム・T・スペック医師だ。彼は、優れた看護技術と、手指消毒の徹底、そして母乳を与えることを、重要なポイントとして掲げている。いずれもかつてマーティン・クーニーが愛情込めたふれあいとともに、強調していたことだ。親子の結びつきを育むことが奨励されて、面会や接触は制限されなくなった。

九月末のその日、ポリン医師の病棟ではいつものように母親や父親が保育器のかたわらに座り、または、モニターにつながる配線や栄養補給のチューブに気をつけながら小さなわが子をそっと抱き、小声で歌ったり、「愛しているよ」と、ささやいたりしていた。

一方、コニーアイランドでは、シーズン終わりの遊歩道をゆったり歩いている人たちがいた。遊歩道の板は、ハリケーン・サンディで砕けて、張り替えたばかりだ。パンツの裾をまくりあげて冷たい大西洋に足を浸し、ビーチを売店のほうへ歩いてゆく。海から数ブロック離れたところにあるルナパーク第二ビルの住人は、のんびり朝寝坊しているか、土曜日にすべきことをこなしている。そしてこのマンションがかつての保育器展示場の跡地に立っていることを知っている人は、ほとんどいない。

そこから三〇数キロ先のロングアイランドにあるロングビーチでは、バーバラ・ホーンが九五歳の母ルシールを介護施設から迎える準備をしていた。マーティン・クーニーの赤ん坊の同窓会のためだった。


最後に赤ん坊の同窓会が行われたのは、一九四〇年、ニューヨーク万国博覧会でのことだった。三九年卒業の子供たちだけの集まりだった。このたびの二一世紀の同窓会は、バーバラ・ガーバー（三四年組）がカリフォルニアから私を訪ねてくると言ってくれたのをきっかけに、数カ月かけて準備した。彼女はロングビーチにホテルをとった。同窓会の会場となるバーバラ・ホーンのアパートに近いからだ。その日の朝六時には、キャシー・マイヤー（三九年組）が、コネチカットを発っていた。夫が病気だったので、列車の乗り継ぎやら家族の手配やらで大変だったが、それでも出席すると固く決めていた。「病気のせいで、一九四〇年の同窓会に行けなかったの」と、彼女は語った。「今回は逃したくないわ」キャロル・ハイニシュ（四二年組）はアトランティック・シティに近いアブセコンから、二四〇キロの距離をおしてやって来た。ベス・アレン（四一年組）はニュージャージー郊外からの足を探していたので、私が車で拾い、二人で一時間強のドライブをすることになった。

もしマーティン・クーニーがこのランチパーティを仕切っていたら、大々的な会になっていたにちがいない。費用を度外視して、全員にプラチナ製のカップを贈っていただろう。だが、企画したのは

2015年9月26日、21世紀の同窓会当日。左からキャロル・ハイニシュ、バーバラ・ガーバー、ドーン・ラッフェル（著者）、ベス・アレン（手にしているのはクーニー医師の写真）、キャサリン・マイヤー、ルシール・ホーンとその娘バーバラ・ホーン

私だ。せいぜいケーキを注文するくらいが関の山だった。「ケーキに〝再会を祝して〟と書いてください」と私はケーキ屋に頼んだ。

マーティン・クーニーの運転はあぶなっかしいことで有名だった。私の運転も似たようなものだ。あらゆる方向から車が猛スピードで迫ってくるうえ、サディストが設計した標識が立っている高速道路に乗り入れたとたん、びびりあがってしまう。ベス・アレンを乗せた私は、後部座席でケーキと紙皿とフォークとナイフがカタカタと音を立てるなか、ベスを殺さずにすみますようにと祈りながら、渋滞してクラクションが鳴り響く道路を進んだ。

人生は意外性に満ちている。私は道に迷うことすらなく、ベスとともにロングビーチにたどり着いた。

一人、また一人と、女性たちが到着した。黒いスラックスと色とりどり――赤、緑、まだら模様の青――のトップスを身に着けて。その全員が、初対面の相手としてではなく、深くつながれた友人として挨拶を交わした。バーバラ・ホーンのこぢんまりとしたリビングルームで、質問が飛び交った。「あなたも双子だったの？」「生まれたときの体重は？」「あの遊歩道にはどのくらいいたの？」「あなたが生き延びると思った人は、マーティン・クーニー以外に誰かいた？」全員の誕生日を祝った回数を合算すると、三九九回にのぼった。〝マーティンおじさん〟と〝ルイーズおばさん〟のサイン入りの雑誌を何人かがトートバッグから取りだした。黄ばんだ新聞の切り抜きやビーズで名前を綴った小さな腕輪もあった。キャシーは銀のカップを持っていた。同窓会は欠席したが、マーティンが彼女の母親に送ってくれたのだ。ポーチに出て、全員で写真を撮った。背後には海が広がり、風がみんなの髪をなびかせた。

最年長はルシール・コンリン・ホーン（二〇年組）だった。私が最初に会ってから六カ月のうちに彼女は弱っていた。当初は、短期記憶こそあやしくなっていたものの、遠い過去はしっかり把握していた。彼女には澄みきった美しさがあり、青い目に光が満ちていた。「私は一日もたないと言われたのよ」彼女はかすれ声でいかにも嬉しそうに言った。生まれたときの話を聞かせてくれた。父がタオルに包んで展示場に運んだこと、ニューヨーク万国博覧会のときにマーティン・クーニーを訪ねて行ったこと。結局、彼女は看護師にはならなかったが、結婚して五人の子を授かったのだ。

今ルシールは娘のアパートを出て、近くの介護施設にいる。足元はおぼつかなく、記憶もあやふやで、少し刺激してもらわなければならないが、そこでの暮らしはいかにも幸せそうだった。マーティン・クーニーのことを思い出していると、混乱がおさまるようだった。彼女は今一度、若かったあの日、戦前の万博で自分を救ってくれた男性と会った日を思い出していた。

ルシールは九五歳にして、神々しいほどの気品を持っていた。きわめて高齢な人が、本質にかかわらないものをすべてそぎ落としたときに見られる美しさだ。「先生はとてもいい人でした」そう言う彼女は、膝の上で手を組んでいた。

マーティン・A・クーニー医師は一九五〇年三月一日に死亡し、妻のメイが眠るブルックリンのサイプレス・ヒルズ墓地に葬られた。彼がつけていた記録簿は見つかっていないが、命を救った子の数は六五〇〇人から七〇〇〇人と推定される。墓には彼の業績がうかがわれるどんな文言も刻まれていない。

マダムことアメリ・ルイーズ・レチェはマーティンの死から一年後の一九五一年の春に亡くなった。ホーリークロス共同墓地に埋葬されている。

ヒルデガード・クーニーは看護師を続けたが、長年、健康障害に苦しんだ。結婚はせず、子供はもうけなかった。一九五六年にブルックリンの自宅アパートで亡くなっているところを発見され、〝ルイーズおばさん〟のそばに葬られた。四九歳だった。

ジュリアス・ヘス医師は一九五五年に亡くなるまで未熟児を治療し、未熟児のために闘った。アメリカの新生児学の父として広く認められている。

ルシール・マリオン・コンリン・ホーンは二〇一七年二月九日、九六歳で亡くなった。二〇分しか生きられなかった双子の姉のそばで眠っている。

謝辞

お礼を申しあげなければならない方々がたくさんいます。その筆頭はローレンス・ガートナー医師です。"クーニーを語る日"だけでなく、本書を執筆中のさまざまな時点で、ご自分の研究成果や知恵を惜しみなく分けてくださいました。お連れあいのキャロル・ガートナー博士にも調査や議論で貢献していただきました。お二人がいなければ、この本はずっと質の劣るものになり、多くの謎が解けずに残ったでしょう。

元祖クーニー愛好会のメンバー、なかでも故ウィリアム・シルヴァーマン医師と故L・ジョゼフ・バターフィールド医師の研究はきわめて重要でした。一九九〇年代に加わった方々をふくむその他のクーニー愛好会の面々は、ジェフリー・P・ベイカー医師、ジュリア・ホワイトフィールド医師、レオノーレ・バーロウィッツ医師、トマス・E・コーン医師、マディナ・M・デズモンド医師、ルラ・O・ラブチェンコ医師、ラッセル・A・ネルソン医師、O・ウォード・スワマー医師、ポール・L・トーバス医師、そして新生児学に関するウェブサイトNeonatology.orgを管理しておられるレイ・ダンカン医師のお名前も挙げさせていただきます。つねに大量の情報を利用できるように管理してくださっているおかげで、私は何度も軌道を修正することができました。

コロンビア大学メイルマン公衆衛生学部で医療社会学の教授を務めておられるジェラルド・オッペンハイマー医師は、新生児の公衆衛生政策に関する完成度の高い発達史を執筆する過程でマーティン・クーニーのことを研究されました。ご自身の研究に留まらず、本書の方向性についても話しあう時間をとってくださいました。フリークや先住民、あるいは動物など、催事場での見世物についても、その取り扱いを慎重に検討すべきだと、はじめて助言してくださったのは先生です。

マーティン・クーニーの姪の娘、ルース・フロイデンタールは私を自宅に招いて、かつての日々を話してくださいました。おかげで、この驚くべき家族について深く知ることができました。お礼を申しあげます。

調査を進めているあいだ、私は好運にもニューヨーク公共図書館のアレン奨学生だったので、執筆場所を与えられ、豊富な記録資料を閲覧できました。ブルック・ラッセル・アスター稀覯文書部門は天の恵みであり、系図、地図部門も同様でした。とくにドロット・ユダヤ部門のアマンダ・シーゲルと、アレン奨学生プログラムを運営するキャロリン・ブルームヘッド、メラニー・ロケイからは絶えずご支援いただき、おかげで誰もが正気を保てたことをここに記しておきます。

コニーアイランド博物館はこの探求の旅に閃きを与えてくれました。学芸員のディック・ジガンとジェイ・シンガーに感謝の意を表します。ジェイに助けてもらったおかげで私はマーティン・クーニーの展示場の正確な場所を特定でき、一八八八年、入国した移民がはじめて目にした新世界が〈エレファント・ホテル〉であったという興味深い事実に気づくことができました。コニーアイランド歴史プロジェクトのチャールズ・デンソンにも感謝申しあげます。

クイーンズ博物館のリチャード・J・リーには、ニューヨーク万国博覧会の画像の取捨選択をお手伝いいただき、また収集家を紹介していただきました。その一人がポール・ブリガンディで、彼がジョージ・C・ティルユー三世に橋渡ししてくれました。ニューヨーク医学アカデミーの文献管理責任者アーリーン・シェイナーは、私が出した数多いあてずっぽうのリクエストをてきぱきと処理し、さまざまな情報、なかでもニューヨーク・スローン病院の歴史や、マーティン・クーニーの展示場で撮影された写真が多数掲載されているアーノルド・ゲセルとキャサリン・ストランク・アマトウルーダの『行動の胎生学』にあたってみるよう、勧めてくれました。ニューヨーク歴史協会博物館の膨大な収蔵物のなかには、万国博覧会関連の新聞の切り抜きや記録が多数ふくまれており、おかげで万博を包括的にとらえることができました。レオ・ベック研究所の文書保管係マイケル・サイモンソンからは、マーティン・クーニーの故郷、クロトシンに関して示唆を与えていただきました。

シカゴでは、シカゴ歴史博物館で最初の閃きを得ました。ジュリアス・ヘスとイーヴリン・ランディーンに関する記録と、〈進歩の世紀博覧会〉のプレスリリースは、シカゴ大学レーゲンシュタイン図書館に保管されていました。また、シカゴのイリノイ大学リチャード・J・デイリー図書館には、〈進歩の世紀博覧会〉の経営記録が保存されていました。どちらの施設でも司書とスタッフに多大なお世話になりました。またサラ・カービーには予備調査をお手伝いいただいたし、エリオット・ファウラーはシカゴで写真を見つけていただきました。

シカゴ郊外にある米国小児科学会の文書保管所にはクーニーの専門家の記録が多数残っていました。嬉しいことに、ベロニカ・ブースのご尽力で、保育器医師自身が映る貴重なビデオも観せてもらえました。さらにアリソン・シーグラムにもお手伝いいただきました。

バッファロー歴史博物館の図書館、文書館の責任者シンシア・ヴァン・ネスにはとくにご協力いただきました。おかげでパン・アメリカン博覧会やウィリアム・マッキンリー暗殺に関する資料が見つかり、またマシュー・マン医師の切り抜き帳のマイクロフィルムを州南部まで送ってくださったので、一〇〇年前の保育器ショーのチケットを発見することができました。バッファロー母子病院の図書館責任者にして小児科医研究准教授のイレイン・モッシャーは、保育器そのものに関する情報をくださり、クーニー医師の保育器がいまも構内のどこかにあるかもしれないと積極的に調べてくださいました（残念ながら、ありませんでしたが）。

オマハでのマーティン・クーニーの活動に関する情報は、オマハ公共図書館とオマハ歴史協会で得られました。トランス・ミシシッピ博覧会については、この博覧会を舞台としたティモシー・シャファートの小説『スワン・ゴンドラ（The Swan Gondola）』を通じて、その全貌を垣間見ることができました。

〝マーティン・A・クーニー〟の署名済みの帰化手続き書類の原本を見つけるため、私は何年にもわたって国立公文書館やオマハのさまざまな司法機関のファイルを探しまわっていました。それをついに探しあててくれたグレーター・オマハ系図協会のボランティア調査員であるヴィッキー・ヘンリーに感謝します。

ミズーリ歴史博物館付属図書館・研究センターのモリー・コドナーのおかげで、セントルイス万国博覧会がなぜ失敗したかを理解できる決定的なコピーや書簡を手に入れることができました。彼女にはジョン・ザホルスキー医師の本のコピーもいただきました。

カリフォルニア大学バークレー校、バンクロフト図書館のローナ・カーウィンの協力で、一九一五年のサンフランシスコ万国博覧会の記録を閲覧することができました。ティペカヌー郡歴史協会図書館・文書館のクウェンティン・ロビンソンのおかげで、メイ・クーニーの母親に関する資料が見つかりました。そのなかには彼女の遺言書もふくまれています。マサチューセッツ州リビアでもマーティン・クーニーの催しが行われていたのを知ったのは、スティーヴン・R・ウィルクの指摘のおかげです。


そのほか大勢の方々に〝赤ん坊〟本人ならびにその情報を見つけるお手伝いをいただきました。クーニー医師の実話に基づく感動的な小説『帽子箱に入れられた赤ちゃん（The Hatbox Baby）』の著者キャリー・ブラウンには、ルシール・ホーンをご紹介いただき、深く感謝しています。エド・マッカロー著『古き良きコニーアイランド』の二〇〇〇年に出た改定版でエピローグを執筆した、作家にして歴史家のマイケル・P・オノラトのおかげで、マーティン・クーニーはドリームランドやルナパークだけでなくスティープルチェースでも展示を行っていたことを知りました。

スティーヴン・プレスマンは、ナチスドイツに対抗して救出活動を行ったアメリカ人夫婦を描いたその著書『平凡なるアメリカ人夫婦によって救われた五〇人の子供たち（50 Children: One Ordinary American Couple's Extraordinary Rescue Mission into the Heart of Nazi Germany）』を通じて、ドイツから脱出をもくろむユダヤ人が直面した困難を明らかにしてくれました。スティーヴンからご紹介いただいた米国ホロコースト記念博物館の学芸員ロン・コールマンは、マーティン・クーニーの親戚となってアメリカに来た人たちの記録を探すのを手伝ってくださいました。

ニューヨーク長老派教会モーガン・スタンリー小児病院の新生児学の責任者であるリチャード・ポリン医学博士には、新生児集中治療室を案内していただきました。先生は現在受けられる最先端の治療を説明して、しろうとの質問に答えてくださいました。

〝赤ん坊〟たちには、いくら感謝してもしきれません。ベス・アレン、故ルシール・ホーン（と娘のバーバラ・ホーン）、キャサリン・アッシュ・マイヤー、バーバラ・ガーバー、キャロル・ハイニシュ、ノーマ・コー、ジーン・ハリソン、そしてジェーン・アンバーガー。みなさんなくして、この本はあり得ません。

お兄さまの大切な思い出を聞かせてくださったエマニュエル・サンフィリッポ、時間を割いて母親の驚くばかりの人生について話してくださったライナ・アプルトン・シーガル、家族の話を聞かせてくださったネドラ・ジャスティスとジェイ・（マッスルホワイト）・エイムティにも、お礼を申しあげます。

ナネット・バリアンには私より先に関連する新聞や雑誌の切り抜きを察知する嗅覚があるようだした。調査の才能がある友人がいて幸せです。ブレンダン・ラッフェル・エバーズはいくつかの調査にあたり、クーニーの家の不動産譲渡証書を見つけだしてくれました。

多くの方々が助言をくださり、相談にのり、ときにはしっかりとした腕で暗礁から引きあげてくれました。チャーリー・ラッフェル、テレーズ・スヴォボダ、トレイシー・ヤング、シンディ・ハンドラー、ダイアン・デサンダーズ、パメラ・ライダー、エリカ・ゴールドマン、ジュディ・スターンライト、ボニー・フリードマン、チャールズ・サルツバーグ、オナ・グリッツ、エッタ・ジェイコブ、ジョイス・ラッフェル（私の祖母が〈進歩の世紀博覧会〉で買ってきた土産品を見せてくれた）。そしていつものようにゴードン・リッシュに感謝を。さらに、〝サロン〟のメンバーであるキャサリン・ウッダード、ヘレン・クライン・ロス、チップ・ブラウン、ケイト・ウォルバート、ウィル・ブライス、クローディア・バーバンクほか、出入りする方々にお世話になりました。

私のすばらしいエージェントのメラニー・ジャクソンは、最初からこの本の成功を信じてくれました。いいえ、振り返ってみるに、彼女は私が以前書いた本についても最初から信じてくれていました。そしてここに至るまでの道のりで、何度となく、欠くことのできない励ましと助言をくれました。〝彼女がいなければ、この本は生まれませんでした〟とは、使い古された常套句ですが、今回については、嘘偽りのない真実です。編集者たちは数多くの草稿を苦労しながら粘り強く読んでくれました。この旅をはじめさせてくれたデーヴィッド・ローゼンタールと、完成させるために私がすべきことを正確に把握し、よりよい本にするため手を貸してくれたスティーヴン・モローに感謝します。また、ケイティ・ザボルスキーとマデリン・ニュークイスト、キャサリン・ゴー、アンナ・ジャーディンをはじめとする編集チームのみなさんにお礼を申しあげます。そして誰をおいても夫のマイケル・エバースと、息子のブレンダンとショーンに対しては、心から感謝しています。私はこの数年、マーティン・クーニーを家に引き入れ、まるでわが家のように住みつかせていました。最後に保護犬だったテリアのピエール、私の執筆中は辛抱強く待ちつつも、ときには椅子から立ちあがって遊んでくれと催促してくれて、ありがとう。

訳者あとがき

マーティン・A・クーニー（一八六九―一九五〇）とは、いったい何者だったのでしょう？　いまはなきプロイセンのクロトシンで四人きょうだいの末っ子として生まれ、ヨーロッパで医術を学んだとの触れ込みでアメリカに渡り、アメリカの博覧会の会場や、アミューズメントパークで赤ちゃん入りの保育器を展示した男。自称〝医師〟にして、興行師。コニーアイランドでの入場料は二五セント。その一方で、赤ちゃんの両親にはお金を請求しなかったとされます。

そんな彼の人生に興味を持った人はこれまでもいましたが、その謎の多くは解明されずにきました。本書はそんな謎に取りつかれた著者が、各地の図書館や文書館などをめぐって貴重な資料にあたり、生存者や関係者への取材を重ねながら、マーティン・クーニーの生涯を明らかにしたノンフィクション作品です。彼の人生をたどると同時に、当時のアメリカにおける新生児学のあり方を浮かびあがらせ、またニューヨークっ子の愛する行楽地コニーアイランドの風俗や、当時の博覧会のようすを生き生きと伝えてくれています。彼の展示が長く続いた背景には、アメリカにおける新生児医療のあり方が大きく関わっていました。また、彼の活躍した時代は、優性思想が広く流布した時代でもありました。ふつうとは異なる、弱きものが、ともすれば排除されがちな時代にあって、マーティン・クーニーはその生涯をかけて六五〇〇人から七〇〇〇人の未熟児を救ったとされます。

それだけ聞くと、義憤にかられたブラックジャックのような人物を思い浮かべがちですが、本書から伝わってくる彼の姿は、どこか悲しげで、ユーモラスなものです。身長は低め、小太りで、料理好きの美食家、ワインも高級品を好み、しゃれた服装。わたしの頭のなかに浮かんだのは、テレビ版『名探偵ポワロ』を庶民的にしたような人物。それでいて、自分の経歴を粉飾する、山師的な人物でもあり、けれどナチスドイツの勢いが増してきたときは、手弁当でユダヤ人の救出に走りまわったりもする行動の人。貧乏になってからも人に食事をごちそうしたがったという、気前のいい人。なんと複雑な人物でしょう。

マーティンの保育器展示デビューは、一八九七年、ロンドンでの博覧会でした。当時のヨーロッパでは保育器が作られ、医師たちがその性能を競っていました。ロンドンでの大成功に味を占めたマーティンは、相棒のサム・シェンケインとともにアメリカでの展示に乗りだします。最初が翌年のネブラスカ州オマハ、つぎが一九〇一年、ニューヨーク州バッファローでしたが、時の大統領ウィリアム・マッキンリーが暗殺されたこの博覧会では、資金が回収できず、出資者から訴えられる騒ぎになります。それでもマーティンはめげることなく、一九〇三年、コニーアイランドで保育器の展示を開始します。その同じ年に、看護師として働いてくれていたメイと結婚。当時の二人の頭のなかには、自分たちが展示していた保育器が病院に採用される夢があったのではないでしょうか。というのも、当時のアメリカの病院には保育器が普及しておらず、また未熟児をケアする技術も確立していませんでした。けれど、一九〇四年、セントルイスの博覧会で儲け主義の運営者が保育器を出展して、預けられた未熟児がつぎつぎに亡くなるという不幸な事件が起き、この一件が未熟児を病院などの施設で預かるむずかしさに結びつけられてしまいます。

幸か不幸か、こうしてマーティン・クーニーの展示場はその後も長らく、そうした子供たちを預かって助けてくれる数少ない場所としての地位を保ちつづけることになります。二〇世紀前半、二つの大戦があり、アメリカが大不況にあえいだ時代、そして、アメリカにおいて優性思想が幅をきかせた時代のことです。

優性思想と聞くと、わたしたちはナチスによる苛烈な民族浄化などを思い浮かべがちですが、最初に優生学の語を用いたのはイギリスの遺伝学者フランシス・ゴルトンであり、二〇世紀初頭においてもっとも優生学的な政策が採られていたのはアメリカでした。当初はより優秀な子孫を残すという目的で論じられていましたが、やがて劣った遺伝形質を持つ人たちの子孫を残さないという方向に向かい、それがナチスによる人種そのものの絶滅政策へとつながったのです。

本書内でも紹介されているとおり、アイオワで一九一一年にはじまった〝よりよい赤ん坊コンテスト〟が全国に広まり、はては現職のハリー・ハイゼルデン医師が登場して、正体不明の遺伝病に冒された赤ちゃんを見殺しにする映画『黒いコウノトリ』（一九一七年）が公開されるまでの流れは、そうした優性思想の変遷を忠実に反映しているように見えます。みずから障害者にして、障害者支援活動にも熱心だったヘレン・ケラーも、この医師ハイゼルデンの味方をしたというのですから、当時の優生思想の興隆ぶりがうかがえるというものです。

第二次大戦後は優性思想の恐ろしさが一般に理解されるようになりましたが、日本では逆に戦後になって政策に反映されています。映画『あん』で広く認知されるようになったハンセン病患者の断種政策も、一九四八年成立の優生保護法からです。この政策は一九九七年に法律が改正されるまで続きました。

またあからさまな優性保護的な政策はなくなっても、新たな科学技術が出現するたび、わたしたちは新たな問題に直面しています。本書のなかには、マーティン・クーニーの死亡記事を読み、彼の経歴に興味を持ったウィリアム・シルヴァーマンという著名な小児科医が登場します。彼がなぜマーティンに興味を持ったのか。一九七九年、シルヴァーマンは倫理的な問題に直面していました。

息も絶え絶えな赤ん坊を救うために手を尽くしたとする。それによって赤ん坊の命が助かったとしても、身体や知性に重篤な障害が残るかもしれない。(中略)「技術力の飛躍的な向上によって、新生児医療は高圧的になっているのではないか」というのが彼の主張だった。無理に生かすことが、残酷なこともあるのではないか？

その疑問は、生命の誕生の場面にも――そして終わりの場面にも――つきまとって離れない。植物状態で生かしておく技術を得た今、私たちはどうしたらよいのか。相手が幼児あるいは九十代だったら、どうなのか？　生命維持から、遺伝子の検査や書き換えまで、先端技術の進歩によって、選択はむずかしくなる一方だ。どの命を救うべきか？　誰がそれを決めるのか？

シルヴァーマンのこの葛藤は、現代のわたしたちにも共通のものです。より健康に、より若々しく長生きしたいという願いが、万能細胞によってかなえられるかもしれません。精度が高いうえに採血のみで行える新型出生前診断の登場によって、胎児に遺伝子疾患があるかどうかをより気楽に調べられるようになりました。けれど、こうした新しい科学技術による選択肢がもたらすものは恩恵だけでしょうか？　障害のあるなしにかかわらず、〝生産的でないこと〟を非難するような風潮、あるいはそんな自分に負い目を感じなければならないような社会的な圧力はかえって強まっているのではないでしょうか？

病気や障害を取りのぞくための医療は、いつの時代にも望まれています。けれど、その一方で、今生きている人たちがないがしろにされるようなことがあってはなりません。その点、マーティン・クーニーが行っていたことは爽快です。そう、「赤ん坊を見世物にするこの楽しいビジネスには、痒いところに手が届くような満足感」があります。うさんくさい人ではあるけれど、儲けつつ赤ちゃんを助け、同胞を救うために走りまわり、人と食卓を囲むことが大好きだったマーティン・クーニーには、その欠点もふくめて、人として愛さずにいられないところがあります。

さて、最後に著者のドーン・ラフェルについて。これまでに *The Secret Life of Objects*（回想録）、*Carrying the Body*（小説）、*Further Adventures in the Restless Universe* と *In the Year of Long Division*（短

編集）を発表。本作は彼女の最新作にあたります。また、編集者としても有能で、『オプラ・マガジン』の創刊にかかわったほか、雑誌『モア』や『リーダーズ・ダイジェスト』では責任ある立場にあり、コロンビア大学やセンター・フォア・フィクションなどでは教壇に立っているのだとか。またワークショップも精力的に展開し、ヨーガやヨーガニドラを組みあわせるといった試みも行っているそうです。短編や小説もたいへん評価が高いようで、著者の才能の多彩さをうかがわせます。

図版クレジット

P.1,15: From The Official Pictures of a Century of Progress Exposition Chicago 1933 (Chicago: Reuben H. Donnelley Corporation, 1933),**P.116**: Image courtesy University of Illinois at Chicago Library, Special Collections

P.9,27,213: Courtesy Carol Heinisch

P.13,77,161,181: Collection of the author
(p.181 は以下より the American Academy of Pediatrics)

P.17,23,253,258: Courtesy Katherine (Ashe) Meyer

Cover, P.26: From The Illustrated London News

P.50,135,173,265: Courtesy Dr. Lawrence Gartner

P.58: Photograph by George Newnes Ltd. From James Walter Smith, "Baby Incubators," The Strand Magazine 12 (July–December 1896), p.770

Cover, P.63,81,83: From The Pan-American Exposition, illustrated by C. D. Arnold (Buff alo, 1901)

P.67: Poster produced by Bockmann Engraving Company, ca. 1932

P.70: Omaha Public Library

P.103 (Aerial photograph of Coney Island, 1903),**P.171**(Martin Couney's nurses, New York World's Fair),**P.247**(Martin and Hildegarde Couney, New York World's Fair),**P.261** (Baby reunion [New York], 1940): Frederick Fried Coney Island Collection, Rare Book & Manuscript Library, Columbia University in the City of New York

P.109,111,157: Courtesy Beth Allen

P.123: Missouri History Museum, St. Louis

P.143: Photograph by Koehne. Special Collections Research Center, University of Chicago Library

P.187: From advertising poster for The Black Stork, ca. 1917

P.229: Newborn Medicine History Collection, Pediatric History Center, American Academy of Pediatrics

P.232: Courtesy Emanuel Sanfilippo

P.255: Arnold Gesell, in collaboration with Catherine S. Amatruda, The Embryology of Behavior: The Beginnings of the Human Mind (New York: Harper & Brothers, 1945), p.203

P.269: Photograph © Eric Alexander

参考文献

"Baby Incubators at the Pan-American Exposition." *Scientific American* 85, no. 5 (August 3, 1901), p. 68.

Baker, Jeffrey P. "The Incubator Controversy: Pediatricians and the Origins of Premature Infant Technology in the United States, 1890 to 1910." *Pediatrics* 87, no. 5 (May 1991), pp. 654–662.

_____. *The Machine in the Nursery: Incubator Technology and the Origins of Newborn Intensive Care*. Baltimore: Johns Hopkins University Press, 1996.

Ballantyne, J. W. "Where Obstetrics and Pædiatrics Meet: Infant Welfare." *International Clinics* 4, 26th series (1916).

Bartlett, John. "The Warming-Crib." *The Chicago Medical Journal and Examiner* 54 (May 1887), pp.449– 454.

Blacher, Norman. *Sea Gate: A Private Community Within the Confines of New York*. New York: Sea Gate Association, 1955.

Black, Edwin. *War Against the Weak: Eugenics and America's Campaign to Create a Master Race*. Revised edition. Washington, DC: Dialog Press, 2012.

Böll, Heinrich. What's to Become of the Boy? Or, Something to Do with Books. Translated by Leila Vennewitz. New York: Alfred A. Knopf, 1984. Brisbane, Arthur. "The Incubator Baby and Niagara Falls," *Cosmopolitan* 31 (September 1901), pp.509–516.

Brown, Carrie. *The Hatbox Baby.* Chapel Hill, NC: Algonquin Books, 2000.

Budin, Pierre. The Nursling. Translated by William J. Maloney. London: Caxton, 1907.

Burton, Richard D. E. *Blood in the City: Violence and Revelation in Paris*, 1789–1945. Ithaca, NY: Cornell University Press, 2001.

Butterfield, L. Joseph. Abstract form for "A Photohistory of the Incubator," presentation to be given at 23rd Annual Conference on Neonatal/Perinatal Medicine, American Academy of Pediatrics, District VIII Section on Perinatal Pediatrics, May 22–24, 1998.

_____. "The Incubator Doctor in Denver: A Medical Missing Link." In *The 1970 Denver Westerners Brand Book*, ed. Jackson C. Thode. Denver: Denver Westerners, 1971.

"Chicago Lying-in Dispensary and Hospital." *The Reform Advocate*, March 1902, p. 77.

Cone, T. E. *History of the Care and Feeding of the Premature Infant*. Boston:

Little, Brown, 1985.
"The Danger of Making a Public Show of Incubators for Babies." *The Lancet* 1 (February 5, 1898), pp. 390–391.
Denson, Charles. *Coney Island: Lost and Found*. Berkeley, CA: Ten Speed Press, 2004.
Doctorow, E. L. *World's Fair*. New York: Random House, 1986.
Everett, Marshall. *Complete Life of William McKinley and Story of His Assassination: An Authentic and Official Memorial Edition . . .* Chicago: C. W. Stanton, 1901.
"Exhibit of Infant Incubators at the Pan-American Exposition." *Pediatrics* 12 (1901), pp. 414–419.
Gartner, Lawrence M., and Carol B. Gartner. "The Care of Premature Infants: Historical Perspective." In *Neonatal Intensive Care: A History of Excellence*. A Symposium Commemorating Child Health Day, NIH Publication No. 92-2786. Bethesda, MD: National Institutes of Health, 1992. http://www.neonatology.org/classics/nic.nih1985.pdf.
Gelernter, David. 1939: *The Lost World of the Fair*. New York: Free Press, 1995.
Gesell, Arnold, in collaboration with Catherine S. Armatruda. *The Embryology of Behavior: The Beginnings of the Human Mind*. New York: Harper & Brothers, 1945.『行動の胎生学』新井清三郎訳、

日本小児医事出版社、1978 年

Grant, Cary. "Archie Leach by Cary Grant," part 3. *Ladies' Home Journal*, April 1963.

Hartzman, Marc. *American Sideshow: An Encyclopedia of History's Most Wondrous and Strange Performers*. New York: Jeremy P. Tarcher, 2005.

Hayes, James B. *History of the Trans-Mississippi and International Exposition of 1898*. St. Louis:Woodward & Tiernan, 1910. http://trans-mississippi.unl.edu/ texts/view/transmiss.book.haynes.1910.html.

Hess, Julius H. "Chicago Plan for Care of Premature Infants." *The Journal of the American Medical Association* 146, no. 10 (July 3, 1951), p. 891.

_____. *Premature and Congenitally Diseased Infants*. Philadelphia: Lea & Febiger, 1922.

Hess, Julius H., George J. Mohr, and Phyllis F. Barteleme. *The Physical and Mental Growth of Prematurely Born Children*. Chicago: University of Chicago Press, 1934.

Howard, Michael. *The Franco-Prussian War*. 2nd edition. London: Granada, 1979.

"Immature Infants in France." *The Lancet* 1 (January 16, 1897), p. 196.

Immerso, Michael. *Coney Island: The People's Playground.* New Brunswick, NJ: Rutgers University Press, 2002.

In re Schenkein et al. (District Court, Western District New York, February 7, 1902). In *The Federal Reporter*, 113, no. 763. St. Paul: West Publishing, 1902.

"Incubator Babies at the World's Fair," J*ournal of the American Medical Association* 115 (November 9, 1940), p. 1648.

"Incubators in London." *Pediatrics* 5 (1898), pp. 298–299.

Johns, A. Wesley. T*he Man Who Shot McKinley*. South Brunswick, NJ: A. S. Barnes, 1970.

Kamphoefner, Walter D., Wolfgang Helbich, and Ulrike Sommer, eds. *News from the Land of Freedom: German Immigrants Write Home*. Translated by Susan Carter Vogel. Ithaca, NY: Cornell University Press, 1991.

Kasson, John F. *Amusing the Million: Coney Island at the Turn of the Century*. New York: Hill and Wang, 1978.

Klaus, Alisa. *Every Child a Lion: The Origins of Maternal and Infant Health Policy in the United States and France*, 1 890–1920. Ithaca, NY: Cornell University Press, 1993.

"Krotoszyn." *The Encyclopedia of Jewish Life Before and During the Holocaust*, vol. 2. Edited by Shmuel Spector and Geoffrey Wigoder. New York: New York University Press, 2001.

Larson, Erik. *The Devil in the White City: Murder, Magic, and Madness at the Fair That Changed America*. New York: Crown, 2003.『悪魔と博覧会』野中邦子訳、文藝春秋、2006 年

Laughlin, Harry H. "The Eugenics Exhibit at Chicago: A Description of the Wall-Panel Survey of Eugenics Exhibited in the Hall of Science, Century of Progress Exposition, Chicago, 1933–34." *The Journal of Heredity* 26, no. 4 (April 1935), pp.155–162.

Leff, Laurel. *Buried by The Times: The Holocaust and America's Most Important Newspaper*. New York: Cambridge University Press, 2005.

Levi, Vicki Gold, Lee Eisenberg, Rod Kennedy, and Susan Subtle. *Atlantic City: 125 Years of Ocean Madness*. New York: C. N. Potter, 1979.

Lewisohn, Ludwig. "The Fallacy of Progress." *Harpers Magazine*, June 1933.

Liebling, A. J. "Masters of the Midway—II." *The New Yorker*, August 19, 1939.

_____. "Patron of the Preemies." *The New Yorker*, June 3, 1939.

Lundeen, Evelyn. "History of the Hortense Schoen Joseph Premature Station." *The Voice of the Clinic* 2 (Fall 1937).

"Martin Couney's Story Revisited." Letter to the editor. *Pediatrics* 100, no. 1 (July 1997), p. 159.

Mattie, Erik. *World's Fairs*. New York: Princeton Architectural Press, 1998.

Mauro, James. *Twilight at the World of Tomorrow: Genius, Madness, Murder, and the 1939 World's Fair on the Brink of War*. New York: Ballantine Books, 2010.

McCullough, Edo. *Good Old Coney Island: A Sentimental Journey into the Past*. New York: Fordham University Press, 2000. Originally published 1957.

Monasch, Bar Loebel. *Lebenserinnerungen/Memoirs/Pamiętnik*. English translation by Peter Fraenkel. Krotoszyn, Poland: Society of the Friends and Researchers of the Krotoszyn Region, 2004.

Morford, Henry. *Paris and Half-Europe in '78: The Paris Exposition of 1878, Its Side-Shows and Excursions*. New York: Geo. W. Carleton and Morford's Travel Publication Office, 1879.

Official Catalogue and Guide Book to the Pan-American Exhibition, May 1–November 1, 1901. Buffalo: Charles Ahrhart, 1901.

Official Guide Book of the Fair, 1933. Chicago: A Century of Progress, 1933.

Official Guide Book of the World's Fair of 1934. Chicago: A Century of Progress International Exposition, 1934.

"Official Report of the Assassination." *The New York Times*, September 14, 1901.

Oppenheimer, Gerald. "Prematurity as a Public Health Problem: US Policy from the 1920s to the 1960s." *American Journal of Public Health* 86, no. 6 (June 1996), pp. 870–878.

Pernick, Martin S. *The Black Stork: Eugenics and the Death of "Defective" Babies in American Medicine and Motion Pictures Since 1915*. New York: Oxford University Press, 1996.

Pilat, Oliver, and Jo Ranson. *Sodom by the Sea: An Affectionate History of Coney Island*. Garden City, NY: Doubleday, Doran, 1941.

Pressman, Steven. *50 Children: One Ordinary American Couple's Extraordinary Rescue Mission into the Heart of Nazi Germany*. New York: Harper Perennial, 2015.

Proctor, John. "Beginner's Luck." *The Family Circle*, November 24, 1939.

Proctor, Katie. "Transferring the Incubator: Fairs and Freak Shows as Agents of Change." Unpublished paper, 2004, http://www.neonatology.org/pdf/ proctor.pdf.

Radcliff e, Walter. *Milestones in Midwifery and the Secret Instrument*. 2nd edition. San Francisco: Norman Publishing, 1989.

Rambar, Alwin C. "Julius Hess, M.D." In *Historical Review and Recent Advances in Neonatal and Perinatal Medicine*, ed. G. F. Smith, P. N. Smith, and D. Vidyasagar. Chicago: Mead Johnson Nutritional Division, 1983, vol. 2, pp. 161–164.

Schaff ert, Timothy. *The Swan Gondola.* New York: Riverhead Books, 2014.

Schaff ner, Ingrid. *Salvador Dalí's Dream of Venus: The Surrealist Funhouse from the 1939 World's Fair.* Photographs by Eric Schaal. New York: Princeton Architectural Press, 2002.

Schenkein, Samuel, and Martin Coney. Letter to the editors, *The Lancet* 2, no. 744 (September 18, 1897).

Silverman, William A. "Incubator-Baby Side Shows." *Pediatrics* 64, no. 2 (August 1979), pp.127–141.

_____. "Postscript to Incubator-Baby Side Shows." *Pediatrics* 66, no. 3 (September 1980), pp. 474–475.

_____. *Retrolental Fibroplasia: A Modern Parable.* New York: Grune & Stratton, 1980.

_____. *Where's the Evidence? Debates in Modern Medicine.* Oxford: Oxford University Press, 1998.

Smith, James Walter. "Baby Incubators." *The Strand Magazine* (London) 12 (July– December 1896), pp. 770–776.

"Some Medical Aspects of the Pan American Exposition: Infant Incubators." *Buffalo Medical Journal* 57, no. 1 (August 1901), p. 56.

Speert, Harold. *The Sloane Hospital Chronicle: A History of the Department of Obstetrics and Gynecology of the Columbia-Presbyterian Medical*

Center. New York: Presbyterian Hospital, 1988. Originally published Philadelphia: F. A. Davis, 1963.

Spitz, Barry. *Dipsea: The Greatest Race.* San Anselmo, CA: Potrero Meadow, 1993.

Stuart, Frances H. "De Lion Incubator at Low Maternity Hospital." *Brooklyn Medical Journal* 15 (1901), pp. 346–349.

"The Use of Incubators for Infants." *The Lancet* 1 (May 29, 1897), pp.1490–1491.

"The Victorian Era Exhibition at Earl's Court." *The Lancet* 2 (July 17, 1897), pp.161–162.

Voorhees, James D. "The Care of Premature Babies in Incubators." *Archives of Pediatrics* 17 (1900), pp. 331–346.

Wakefi eld, John A. "A History of the Trans-Mississippi International Exposition." 1903. http://trans-mississippi.unl.edu/texts/view/transmiss.book.wakefield.1903.html.

Wall, Joseph S. "The Status of the Child in Obstetric Practice." The *Journal of the American Medical Association* 66 (1916), pp. 255–256.

Wilson, Nelson W. "Details of President McKinley's Case." B*uffalo Medical Journal* 57, no. 3 (October 1901), p. 207.

Wlodarczyk, Chuck. *Riverview: Gone but Not Forgotten 1904–1967.* Chicago: Riverview Publications, 1977.

Zahorsky, John. *Baby Incubators: A Clinical Study of the Premature Infant,*

with Especial Reference to Incubator Institutions Conducted for Show Purposes. St. Louis: Courier of Medicine, 1905.

◆著者　ドーン・ラッフェル　Dawn Raffel
ジャーナリスト、伝記作家、短編作家。長年、雑誌編集者を務め、《オプラ・マガジン》の創刊に携わった。コロンビア大学のMFAプログラムで創作を教え、サンクトペテルブルクやモントリオール、リトアニア、ニューヨークなど、世界各地で文学セミナーを受け持っている。現在はフリーの編集者、書評家としても活躍。

◆訳者　林啓恵（はやし・ひろえ）
国際基督教大学教養学部社会科学科卒。翻訳家。主な訳書に『性と懲罰の歴史』『図説「最悪」の仕事の歴史』共訳（いずれも原書房）ほか多数。

未熟児《みじゅくじ》を陳列《ちんれつ》した男《おとこ》
新生児医療《しんせいじいりょう》の奇妙《きみょう》なはじまり

2020年2月28日　第1刷

著者……………………ドーン・ラッフェル
訳者……………………林啓恵《はやしひろえ》
ブックデザイン………永井亜矢子（陽々舎）
発行者…………………成瀬雅人
発行所…………………株式会社原書房
〒160-0022 東京都新宿区新宿1-25-13
電話・代表　03(3354)0685
http://www.harashobo.co.jp/
振替・00150-6-151594
印刷・製本……………図書印刷株式会社

ISBN 978-4-562-05731-3 Printed in Japan